손바닥에
王 자를
새긴
사내

손바닥에 王 자를 새긴 사내

초판 1쇄 | 인쇄 2025년 1월 02일
초판 1쇄 | 발행 2025년 1월 10일

지은이 | 고승우
펴낸이 | 권영임
편 집 | 윤서주, 김형주

펴낸곳 | 도서출판 바람꽃
등 록 | 제2023-000004
주 소 | 서울시 은평구 연서로22길 16-5, 501호(대조동, 명진하이빌)
전 화 | 02-386-6814
팩 스 | 070-7314-6814
이메일 | greendeer@hanmail.net / windflower_books@naver.com
홈페이지 | https://blog.naver.com/windflower_books

ISBN 979-11-90910-18-7 03810

값 16,000원

정치풍자 장편소설

손바닥에 王자를 새긴 사내

고승우 지음

도서출판 바람꽃

차 례

손바닥에 王 자를 새긴 사내 009

작가의 말 228

손바닥에 王자를 새긴 사내

01

한낮이 가까운 시간인데 하늘과 그 아래 공간이 온통 새까맣다. 먹물을 풀어놓은 듯하다. 불길한 일이 생길 것 같은 음침한 기운이 천지간에 그득하다. 검은 구름 속에서 창백한 빛이 번쩍하더니 우르릉 쾅쾅 천둥소리가 허공을 찢어놓는다.

"쏴아아."

장대비가 쏟아진다. 검은 쇠줄이 공중에서 내리꽂히듯 퍼붓는다. 지상에 뿌연 물보라가 인다. 빗줄기로 강타당한 땅이 하얀 피를 뿜어내고 있다. 물속으로 잠겨가는 풀더미 속에서 노란 물체가 보인다. 갓 피어난 노란색 백합꽃 한 송이다. 생명력 넘치는 꽃이 작달 만한 꽃대 위에 당당하게 피어있다. 무서운 비의 공격을 꿋꿋하게 버틴다. 넉넉한 크기의 노란 꽃이 빗줄기를 쏟아내는 검은 하늘을 향해 활짝 웃고 있다. 꽃잎 위에 떨어진 빗줄기가 물방울이 되어 사방으로 튕겨 오른다. 그 모습을 세 존재가 바라보고 있다.

"이런 날을 골라 꽃을 피우다니, 쯧쯧."

"피고 보니 이런 날씨였던 게죠."

"그래도 아름답지 않습니까."

세 존재는 계속 쏟아지는 검은 빗속에 서서 백합꽃을 바라보며 한마디씩 말했다. 그때 번쩍 번개가 치면서 세 존재 가까이에 우뚝 솟아있는 둥근 지붕의 건물이 어두운 하늘과 공간을 배경으로 그 모습이 확 드러났다. 여의도 국회의사당 건물이었다. 건물 부근 화단에 피어있는 한 송이 백합꽃의 샛노란 빛이 더욱 선명한 빛을 뿜어낸다.

"꽈과광."

뇌성이 고막을 찢을 듯 크게 울린다. 세 존재는 약속이나 한 듯 백합꽃을 뒤로하고 천천히 건물 쪽으로 다가간다. 그들은 건물 1층 난간 밑에 멈춰 서서 비를 피한다. 장대비가 떨어지면서 생긴 물안개 탓인가, 세 존재의 발이 보이지 않는다. 그들 몸뚱이가 건물의 창문과 뒤섞여 흐물거린다. 얼굴은 사람 같지만 어딘가 달라 보인다. 인간과는 거리가 먼 초자연적인 영적 존재들이기 때문이다. 셋 가운데 나이가 들어 보이는 존재는 신통력과 경륜이 가장 앞선, 도사라 불리는 영혼이고 나머지 둘은 여의도 국회의사당의 신좌파와 우파를 대변하는 존재들이다. 신좌파는 진보로, 우파는 보수라고 불리기도 하지만 외국의 경우와 헷갈린다면서 도사는 그렇게 하지 않았다. 도사는 빗줄기 속에서 더욱 샛노랗게 보이는 백합꽃을 바라보다 신좌파를 향해 입을 열었다.

"어이, 신좌파. 자네 이곳에서 잘 나간다지?"

"예? 도사님 무슨 말씀입니까?"

도사가 이죽거리는 표정으로 신좌파에게 다시 입을 열었다.

"신좌파 자네들, 요즘 과거의 우파하고 구분이 안 돼. 당 간판만 다른 것 같아."

"당 간판만 다르다니요? 무슨 말씀이세요?"

신좌파가 발끈하자 잠자코 있던 우파가 말했다.

"도사님, 요즘 신좌파는 한술 더 뜨고 있지요. 우파를 상징하는 제가 매일 놀라고 있습니다."

우파의 말에 도사가 맞장구치듯 말했다.

"늦게 배운 도둑이 날 새는 줄 모른다는 말이 있는데 요즘 신좌파가 그 꼴 아닌가?"

"저희가 늦게 배운 도둑이란 말입니까?"

도사가 말을 끝내기도 전에 신좌파가 목청을 높였다.

"내가 틀린 말 했나?"

도사가 눈에 힘을 주면서 신좌파에게 말하자 신좌파가 움찔하면서도 항변하려는 몸짓을 한다. 그러자 우파가 신좌파보다 한발 앞서 말을 시작했다.

"박근혜 대통령 탄핵 때 우파 상당수가 찬성했어요. 당리당략을 떠나 정치를 바로 잡아야 한다는 이유 때문이었습니다. 그런데 촛불로 정권이 들어선 신좌파는 국회 의석 수를 과반이 넘게 차지한 뒤 당리당략이라면 군대처럼 일사불란하게 움직여요. 어찌 저럴 수 있을까 싶을 정도입니다. 요즘 신좌파가 하는 꼴을 보면 우리가 순진했다는 생각이 들어요."

"그래?"

도사가 맞장구를 치자 신좌파가 억울한 표정으로 씩씩거린다. 우파가 고소한 듯 미소를 지으며 신좌파를 슬쩍 바라본 뒤 말을 계속했다.

"21대 총선을 앞두고 신좌파 쪽은 소수정당도 국회의원이 될 수 있는 준연동형비례대표제를 추진한다 해놓고 우파가 짝퉁 정당을 만드니까 자기들도 날름 따라 하는 거예요. 국회에서 다수당 정치를 지양한다고 당헌에도 적어놓았다가 그것을 하루아침에 싹 지워버린 겁니다. 이런 내로남불이 없었지요. 눈앞의 이익을 챙기려고 당의 가장 큰 원칙까지 헌신짝

버리듯 했지요."

"손 놓고 있으면 결과가 불을 보듯 뻔한데 앉아서 당하란 말인가?"

신좌파가 항변하는데 목소리에 힘이 없다. 우파가 다시 나섰다.

"그렇게 말을 바꾸려 했다면 애초에 준연동형비례대표제를 추진하지 말았어야지요. 더욱이 이 제도가 외국에서 짝퉁 정당으로 망가진 것을 알면서도 밀어붙인 게 문제지요. 물론 이 부분은 신좌파와 우파 모두 책임이 있지만요."

"우파가 짝퉁 정당을 먼저 만들지 않았다면 신좌파도 안 그랬을 거란 말입니다. 우파가 원인 제공을 한 것이 원천적으로 잘못된 것 아닙니까?"

신좌파와 우파가 말다툼을 벌이려 하자 도사가 가로막고 나섰다.

"아, 잠깐 신좌파와 우파는 잠시 멈추시오."

도사가 두 존재의 말을 더 이상 들어줄 수 없다는 표정으로 우파와 신좌파를 바라보는데 갑자기 벼락이 건물 지붕을 내리친다. 이어 천지가 무너지는 굉음이 들렸다.

"꽈과광!"

세 존재는 깜짝 놀라 몸을 숙이며 머리 위를 올려다보았다. 건물 지붕 위에서 불길과 함께 검은 연기가 솟구치면서 세 존재의 머리 위로 불이 붙은 건물 잔해가 쏟아져 내렸다.

"피해라."

세 존재는 깜짝 놀라 몸을 솟구쳐 빛의 속도로 장대비 속을 내달리기 시작했다. 하늘은 조금 전보다 더 새까맣게 흐려지면서 빗줄기는 더욱 거세지고 있었다. 셋은 쇠막대기처럼 세차게 쏟아지는 빗속을 정신없이 달렸다.

"휴우, 놀랬네."

얼마쯤 달렸을까, 도사가 달리기를 멈추더니 가쁜 숨을 크게 몰아쉰다.

우파와 신좌파도 도사 곁에 서서 숨을 헐떡인다. 셋은 돌아서서 건물 쪽을 바라보았다. 장대비 속에 가물가물 보이는 건물의 지붕 위에서 간간이 불꽃이 일고 있었다. 그것을 바라보던 도사가 나직이 중얼거렸다.

"저 건물은 원래 국회를 경시하던 독재자가 만들었고 내부도 민의의 전당이라는 구조하고는 거리가 멀었지. 건물이 그 모양이라서 의원들이 잿밥에만 눈독을 들이는 건가."

신좌파와 우파는 발을 동동 구르며 외쳤다.

"의원들의 소중한 일터에 큰일이 생겼네. 어쩌지, 저러면 안 되는데."

셋은 건물 지붕 위의 불꽃이 점차 작아지는 것을 바라보고 서 있었다. 빗줄기는 점차 더 거세지고 바람까지 불기 시작했다. 지붕에 벼락이 떨어지면서 생긴 작은 화재는 빗물에 힘을 못 추고 사그라지는 듯했다. 그때다. 세 존재의 머리 위에서 번쩍하고 번갯불이 일었다. 그러더니 가까운 곳에 서 있는 커다란 나무에 벼락이 내려쳤다. 콰과광! 셋은 놀라서 다시 빗속을 뚫고 도망가기 시작했다. 하늘은 더욱 어두워지고 빗줄기도 굵어지면서 건물은 물속에 잠긴 것처럼 보였다. 검은 구름으로 뒤덮인 하늘에서는 계속 번개가 번쩍이고 천둥소리가 그치지 않았다.

"신좌파는 얼마 전부터 내파가 심했지?"

"내파라니요?"

"한문으로 하면 內破이지. 폭발력이 안쪽으로 집중된다는 뜻이야. 폭발력이 외부로 확산되는 외파(外破)와 구분되는 말이기도 하고. 조 아무개 사태 이후 나타난 현상인데 그 뜻도 몰라?"

"…."

도사가 신좌파에게 묻는데 대화가 이어지지 않는다. 우파가 그 모습을 고소한 듯 바라본다. 도사가 신좌파와 우파를 번갈아 보더니 입을 다물고 시선을 멀리 던진다. 저 멀리 삼각형으로 솟은 산이 내려다보인다. 셋은 산꼭대기가 훤히 보이는, 높은 상공에 세워진 큰 건물의 유리창이 있는 홀에 앉아있다. 건물 주변에는 검은 구름과 흰 구름이 뒤엉켜있고 여기저기 파인 틈 사이로 파란색이 선명하다. 폭우가 어느 틈에 그쳐 맑은 하늘이 군데군데 드러나면서 바람도 잠잠해졌다. 셋은 조금 전 비를 피해 찾아온 건물의 맨 꼭대기에 있는 홀에 앉아 발아래 세상을 내려다보고 있다. 도사는 크고 작은 산봉우리들이 엎드려 있는 지상을 살피다가 시선을 거두며 신좌파와 우파를 향해 말했다.

"저 산이 이쪽에서 보면 모양 좋은 삼각형인데 옆으로 돌아가서 보면 한쪽이 움푹 팬 것 같은 균형이 깨진 삼각형이야. 그래서 저 산 밑의 집에 들어가 살고 나오면 뒤끝이 안 좋다는데 그곳 터가 센 탓인가?"

"저는 모릅니다."

"저도 그것까지는 알 수 없습니다."

우파와 신좌파가 고개를 절레절레 흔들며 같은 말을 했다. 도사는 당연히 그럴 줄 알았다는 듯 거만한 표정을 지으며 입을 열었다.

"모르는 것이 당연하지. 저곳에서 긴 세월을 산 적이 없을 테니까. 그런데 내가 질문 하나 더 하고 싶네. 자네들, 저곳에 들어가는 큰 인물이 되고 싶은가?"

"그럼요."

신좌파와 우파가 한목소리로 답하자 도사가 다시 질문했다.

"저곳에 머물다 나오면 뒤끝이 뭐해도 그렇게 하고 싶어?"

"예, 당연합니다."

"그래?"

도사는 신좌파와 우파가 같은 반응을 보이는 것에 야릇한 미소를 짓는다. 그러더니 혼잣말로 '권력이 좋기는 한가 보네'라고 한 뒤 신좌파에게 말했다.

"청와대가 내세우는 고위공직자 도덕성은 전 국민이 기준으로 삼는 표준이 된다는 점에서 중요하지. 신좌파 쪽에서 그 기준을 세우는데 최선을 다했나? 우파보다 못한다고 비판받지 않았나?"

"최선을 다했다고 봅니다. 털어서 먼지 안 나오는 사람 없다고. 웬만치 능력 있는 사람은 털면 대부분 먼지가 나요."

"그래서 위장전입, 탈세, 논문표절은 흠이 안 된다는 건가?"

"고민할 부분입니다. 도덕과 윤리적인 부분은 비공개 청문회에서 적절하게 하고 능력과 자질 검증은 공개하는 것이?"

"예끼, 이 존재야. 그걸 말이라고 하나. 세계화 시대라는데 다른 나라 공직자 검증 기준도 모르나? 한심한 존재 같으니라고."

"그게 그러니까, 도덕성하고 능력은 차원이 다른 것이 아닌지."

"내로남불이라고 들어봤어? 과거 야당 시절에는 그토록 큰 소리로 외치더니 입장 바뀌니까 원칙도 바꾼다? 유치원 학생한테 물어봐도 해답이 뻔한데, 그따위 헛소리를 하다니."

"…."

신좌파가 말문이 막히는지 얼굴이 벌개졌지만 입을 열지는 못하고 씩씩거린다. 그러자 우파가 입을 열었다.

"세상 어느 나라에 이런 신좌파가 있을까 싶습니다. 과거에는 그토록 공직자 윤리를 외치고 강조하더니 정권 잡으니까 내가 언제 그런 소리를 했냐는 식으로 뻔뻔하게 나오니 말입니다."

"어이, 우파 그쪽도 입을 열지 않는 게 좋아. 다 오십 보 백 보로 보이니까 말일세."

우파가 겸연쩍은 표정으로 입을 다물어 버린다. 도사가 신좌파를 보면서 말했다.

"신좌파가 촛불 때문에 집권했다고 했던가, 그런데 5년이 지나자 촛불들이 다시 촛불을 들겠다고 외치고 있는데 어떻게 생각해? 누가 잘못된 거야?"

"정치가 쉬운 게 아닙니다. 모르면 용감하다고 하죠. 정치 현장에서 뛰어봐야 이야기가 통할 터인데. 청와대나 여당도 최선을 다했지만 야당과 언론이 발목잡기를 해서 일이 꼬이고 잘못된 것입니다."

"남 탓하지 말게. 정권 담당자는 정치에 대해 무한책임을 지는 것이 상식 아닌가? 그런 자질이나 각오가 없었다면 처음부터 정치하겠다고 나선 것이 잘못된 거야. 일단 정권을 잡았으면 국정 전반에 대해 '내 탓입니다'라고 해야 하는 거야. 남 탓하면 안 되지."

"잘하려 했는데 야당과 언론이 말입니다."

신좌파가 말을 더 하려고 하자 도사가 그 중간을 가르며 나무란다.

"들어주기 힘든 말만 하고 있구먼. 검찰개혁한다더니 정권 비리 캐는 걸 막으려는 잔꾀를 부린 건 아닌가? 서울시장, 부산시장이 성 문제로 낙마한 것이나 청와대가 관련된 울산시장 선거에 대한 수사나 재판이 왜 그리 더디게 진행되고 진상이 무엇인지 아리송한 것은 문제 아닌가?"

"그게 다 언론과 야당이 잘못한 탓이라서…."

"입 닥치게. 내가 보기에 신좌파나 우파나 언론을 잘 이용해 먹잖아. 티브이 시사토론을 보면 여야 의원이나 대변인이 나와서 서로 잘했다고 얘기하니 시청자는 상황 파악이 안 돼. 이는 티브이가 정치권의 입장을 선전해 주면서 무엇이 정답인지 아리송하게 만들어 확증편향을 강화하는 역할을 한 셈이지. 언제부터인가 티브이 시사토론 프로에는 불편부당한 존경받는 원로들이 나오지 않잖아. 원로들이 전체 상황을 종합하고 시시비비를 가리면 시청자들이 이해하기 쉬운데 방송사가 그런 서비스를 안 하는 거야. 이게 우연일까, 아니면 협잡의 결과일까?

"…."

도사는 입을 열지 못하고 붉으락푸르락하는 신좌파를 한동안 노려보더니 혀를 끌끌 차면서 우파에게 시선을 돌려 말했다.

"우파는 서울, 부산시장 보궐선거에서 압승하여 5년 만에 권토중래, 선전했다고 해야 하나? 그쪽 출신 대통령이 둘이나 감옥에 가 있는 상황에서 공정성, 도덕성, 참신성, 개혁성을 놓고 신좌파에게 공세를 퍼붓는 입장이 되었으니 말일세. 촛불 속에서 탄핵당한 뒤 침몰, 질식사할 것 같더니 다시 소생한 거야. 몇 년 만에 전세를 역전시킨 역량은 대단한 거야."

"뭐 당연한 것 아닙니까?"

"그런데 좋아하지 말게. 우파가 잘해서 그렇다기보다 상대인 신좌파가 지리멸렬한 덕분 아닌가? 상대가 자살골을 넣어준 덕에 그렇게 된 거 아니냔 말야. 우파는 내부적으로 크게 변해서 개선됐나? 환골탈태했어?"

"그야. 그러니까, 그것이."

우파가 말을 흐리자 도사가 말을 계속했다.

"신좌파가 죽을 쑤다가 내려앉고 우파는 그 덕에 위치가 상승한 모양이 되었지. 하지만 겉으로 드러난 것이 전부가 아냐. 보이고 들리는 것이 전부가 아니라는 게야."

"…."

"제1 야당에 삼십 대 당 대표가 나온 것을 보면 국민이 기존 거대 여야당에 대해 구조개혁, 세대교체를 요구하고 있다는 확실한 증거야. 신좌파, 우파 정당이 그 추한 체질을 안 바꾸니까 국민이 파격적으로 젊은 당 대표를 낙점하는 실력 행사를 한 거야. 이 나라 국민은 참 위대해요. 기존의 지배세력이 기득권에 매몰돼 고인 물이 되어 악취를 풍기니까 유권자들이 들고 일어난 것이라고나 할까?"

"…."

"현재 정국은 신좌파, 우파가 대등한 위치에 있게 되었다고 할 수 있지. 우파는 두 대통령이 감방에 갇히면서 그 속내가 들춰진 꼴이 된 것이고 신좌파는 조 아무개 사태를 거치면서 그 실체가 확인된 거야. 우파는 그 쪽 출신 대통령이 탄핵당한 것에 대해, 최고 권력자가 호가호위하는 사람들을 배척하지 못해 국정농단에 이르는 사태가 발생했고, 국가가 통치 불능의 사태에 빠졌기에 탄핵은 정당했다는 것을 공식화하면서 큰 허물 하나를 벗겨냈지.

신좌파는 우파의 그런 모습에서 교훈을 얻지 못하는 바보짓을 한 거야. 조 아무개 자녀 입시 논란으로 국민과 청년들의 상처받은 마음을 헤아리지 못했고, 뒤늦게 누군가 사과했지만 너무 늦게 한 거야. 기회가 평등하고 과정이 공정하고 결과가 정의로운 나라가 되도록 공정과 정의의 가치를 바로 세우겠다고 했던 약속을 지키지 못한 과오를 인정하는데 주춤거린 거야. 남의 허물만을 손가락질하고 제 자신을 돌아보지 못한 멍청하고 파렴치한 짓을 한 거지. 그 결과가 어땠지? 말과 행동이 따로 놀았잖아. 결국 신좌파는 곤두박질치듯 추락하면서 세간의 평판도 뒤집힌 거야. 즉 우파는 유능하지만 부패하고 신좌파는 무능하지만 깨끗하다는 말이 역사 속으로 사라진 것이지."

"…."

"교과서에 보면 진보와 보수, 우리 쪽의 경우로 말하면 신좌파와 우파는 수레의 두 바퀴와 같아요. 수레가 잘 굴러가려면 두 바퀴가 온전해야 해. 바퀴 하나만으로는 안 굴러가. 우파와 신좌파는 공동운명체야. 서로 미워하고 심지어 죽이려 드는 것은 결국 스스로의 목을 조르는 것과 마찬가지야. 자해 행위지. 내 말 이해할 수 있겠어?"

"…."

"다들 할 말 없지? 그럴 거야 이왕 말이 나왔으니 한마디만 더 하지. 우리 우파와 신좌파는 특이하지. 서구의 경우 우파, 신좌파는 도덕적이고 정의, 진리를 추구하는 공통점이 있지. 그들은 전통적으로 우파는 국가, 민족, 종교 등 기존의 기본 질서가 되는 것을 중시하는 반면 신좌파는 좀 더 미래 지향적인 것을 추구하지. 그러나 선거를 통한 정권교체가 빈번해지고 유권자의 환심을 사야 집권할 수 있다 보니 서구의 우파와 신좌파는 오늘날 별 차이가 없어. 사회적 소수자나 복지 같은 몇 안 되는 분야에서 차이를 보이고 있을 뿐이야."

"…."

"이 나라 우파는 이념이 민족에 우선한다고 하고, 신좌파는 민족을 우선시 하는 등 서구와 차이가 많아. 특히 우파는 친일, 친미, 독재세력과 결탁해 신좌파를 괴롭혔지. 빨갱이로 몰아 많은 사람이 희생됐고 사법살인도 적지 않았잖아. 신좌파는 사상의 자유가 억압된 토양이라 지난 수십년간 제대로 뿌리내리기도 어려웠어. 그러다가 민주화 바람이 불고 신좌파가 집권하는 평화적인 정권교체가 기적처럼 일어났지. 그러나 신좌파는 여전히 소수로 인식되고 우파에 의해 종북, 친북 등으로 손가락질당하고 있어. 그러다 보니 일부 신좌파는 전투하듯 사회생활을 하게 되고 승리 지상주의에 빠지게 된 것이 조 아무개 사태에서 드러났지. 외상 후 스트레스 장애가 방치된 결과의 하나라고나 할까.

한국적인 우파, 신좌파가 세계의 모범이 되려면 엄청 노력해야 해. 도덕, 윤리, 정의, 진리라는 보편적 가치, 규범에 대해서는 우파나 신좌파나 큰 차이가 있어서는 안 된다고 봐. 이 나라도 서구처럼 우파와 신좌파의 전문 영역에서 차별성을 지니려면 더 많이 노력해야 할 거야."

"그렇습니다. 동의합니다."

우파와 신좌파가 이구동성으로 말하자 도사가 말했다.

"좋아. 그럼 이곳을 떠나 우리가 예정했던 곳으로 이동하지."

"예, 알았습니다."

도사와 신좌파, 우파는 동시에 자리에서 일어나는가 싶더니 펑하고 사라졌다. 순간 이동술을 발휘한 것이다. 세 존재가 사라진 뒤 실내 한쪽 구석에서 정체 모를 존재가 스멀스멀 나타났다. 그 존재는 창밖의 삼각형 산을 향해 뭐라 주문을 외우더니 만족지 못한 듯 투덜댄다. 그러면서 '세상이 변하니 내 뜻대로 되는 것이 없다니까. 나도 퇴출 대상이 되었나 봐' 라고 중얼거렸다. 그리고 의자에 털썩 주저앉더니 허옇게 치뜬 눈동자로 창밖에 떠다니는 흰 구름, 검은 구름을 지켜보기 시작했다. 한참 후 그 존재는 자리에서 일어나더니 고개를 푹 떨구고 한숨을 푹푹 내쉬면서 한쪽 벽 속으로 사라졌다.

"저곳 안쪽을 구경하고 싶은데, 용기가 안 나네."

도사가 내키지 않는 시선으로 한 건물을 바라보며 말하는데 우파와 신좌파는 도사 뒤쪽에 몸을 숨긴 듯 엉거주춤 서 있다.

"도사님이 그렇다면 저희도 감히 그럴 수 없지요."

"그렇습니다. 저희는 그런 걸 생각조차 해본 적이 없습니다."

"그래?"

세 존재는 모깃소리보다 작은 목소리로 말을 주고받으면서 광화문 이순신 동상 부근의 미국 대사관 건물 위 상공 구름 뒤에서 서성이고 있었다. 그들은 대사관 건물에서 풍기는 엄청나게 큰 위세가 부근의 청와대까지 미치는 것을 느끼면서 굳은 표정으로 지켜보고 있었다. 청와대는 물론 그 주변의 산봉우리들 위에 군림하는 듯한 건물의 위세가 너무 당당해서 감히 다가갈 엄두를 내지 못했다.

"남의 나라 땅에서 주인 행세를 하는 군대의 대사관이야."

"우리 대한민국 군사주권을 가지고 있는 나라의 대사관이니 조심해야 합니다."

"저곳을 비판하거나 욕하는 것은 적을 이롭게 하는 것이란 비판을 피할 수 없습니다."

도사는 우파와 신좌파의 소곤거리는 소리를 듣다가 갑자기 얼굴 표정을 바꿨다. 자신이 두 존재 앞에서 어른 행세를 하지 못하고 있다는 사실을 깨닫고 창피했던 것이다. 도사는 항상 두 존재를 앞서야 했다. 강력한 카리스마로 둘을 지배해야 한다. 도사 자신이 두 존재처럼 기가 죽어 오금을 저린다는 건 말이 되지 않았다. 안 된다. 도사는 속으로 외치면서 눈에 힘을 주고 어깨를 쭉 폈다. 그리고 '내가 이러면 안 되지. 이 두 존재에게 모범을 보여야 하는데 말이야' 하면서 자기 자신을 타일렀다. 머리를 좌우로 힘차게 흔들고 난 뒤 기운찬 목소리로 말했다.

"이보게들. 우리 기죽지 말고 떳떳해지자고."

우파와 신좌파는 도사가 분위기를 바꾸려는 듯 자신감 넘치는 표정을 지으며 말했지만 여전히 풀 죽은 표정을 짓고 있었다. 그러자 도사가 말을 계속했다.

"어이, 우파. 자네 저 나라가 이 나라에서 누리는 군사적 특권이 뭐가 있는지 아나?"

"예? 그건 알고 있죠. 그런데 기억이 잘 나지 않네요."

"그래? 그럼 신좌파 자네는 알고 있나?"

"예 알고는 있지요. 그런데 그건 말해서는 안 되는 것 아닙니까? 운동권에서 그런 말을 함부로 하는 걸 거의 듣지 못해서 말이죠."

"웃기고 있네. 운동권에서 말하는 것을 못 들어봤다고? 자네가 만나고 다니는 운동권은 대체 어느 나라 운동권이야? 신좌파는 운동권하고 관계가 없나?"

도사의 말에 신좌파는 어색한 웃음을 지으며 혼잣말처럼 중얼거렸다.

"신좌파는 그런 것에 진지하게 신경 쓰는 것을 본 적이 없어서 말이죠. 저 큰 나라의 군사적 특권을 말하는 것은 북한을 도와주는 행위로 몰리니 아예 관심을 끊고 사는 것이 전략, 전술적으로…."

"예끼, 이 존재야. 입 다물어. 그런 식으로 신좌파 하겠어? 신좌파는 현재보다 더 바람직스러운 미래를 지향하는 것인데 군사주권을 포기했으면 신좌파가 아니지."

"요즘 신좌파는 과거와 다른 것 아닌가요? 신좌파는 국내의 지배권을 우선 확보하는 것이 군사적 자주권 회복과 같은 더 나은 미래를 개척할 수 있는 최선의 방법으로 알고 있는데요."

"갈수록 태산이군. 그런 식이면 신좌파라는 딱지를 스스로 떼어내야지. 눈앞의 정치적 이익에 매몰되어 국가 간 관계에 대한 현상 파악도 제대로 하지 않고, 그 모순에도 눈을 감는다면 희망이 없지."

"아니죠. 매사에 순서가 있는 법이죠. 우선 국내에서 확고하게 지배기반을 굳힌 다음 외국과의 관계 모순을 해소하는 것이 합리적이라 하겠죠. 그래서 저희는 당분간 외세에 대해 지대한 관심을 갖지 않기로 했습니다. 장기적으로는 그렇지 않지만 말입니다. 유권자를 고려할 경우 그런 것에 관심을 표명한다는 것 자체가 선거에서 감표 요인이 되니까요. 유권자가 화를 내거나 이해하지 못할 이슈는 아예 입에 올리지 않는 것이 현명하다고 생각합니다."

"그래, 잘하는 짓이다. 그런 사고방식이다 보니까 촛불한테 욕먹는 거야. 단기적 기득권에만 집착하고 중장기적 전략을 제시하지 않는 것은 정치적 비전이 없다는 비판을 자초하는 거지. 미국이 이 나라에 군대를 주둔시키는 것이 권리, 즉 right로 되어 있지, 권리가 무슨 뜻인지 아나? 상대방 의사에 관계없이 저 하고 싶은 대로 관철시키는 것이 권리야. 미군 주둔이 권리라면 일제 때 용산에 주둔했던 일본군하고 어떤 차이가 있을까? 해방 후 미군이 점령군으로 이곳에 오기도 했었지. 으이구, 그만하자. 과거사를 시시콜콜 다 뒤지다 보면 머리 아프다. 신좌파는 그렇다 치고 우파, 자넨 어떤 입장이야?"

"잘 아시지 않습니까? 우리가 군사적 주권을 가져온다는 것은 위험한 일입니다. 그건 안 되죠. 강한 나라 군대의 품에 안겨 지내는 것이 가장 안전하니까요. 군사적 주권 같은 건 생략하고 경제 발전에 올인하는 것이 합리적인 것 아닙니까?"

"그래? 그럼 이 강한 나라는 한반도 남쪽을 위해 무한 봉사하고 있는 것인가?"

"아니죠. 미국도 제 이익을 챙기고 있죠. 그렇다고 해도 우리가 정치적 주권만큼은 확실히 챙기고 있으면 되는 것 아닙니까? 안보는 외국군에 의존하고 경제 발전에 매진한다, 뭐 이런 식이면 유권자들 표를 많이 얻을 수 있는 것이기도 하고요."

"자네 생각대로 세상이 돌아갈까? 미국은 중국이 세계 일등 국가가 되는 것은 모든 수단을 써서 막겠다고 나오면서 냉전시대로 회귀하는 분위기잖아? 이 나라의 대중국 교역량은 미국과 일본의 것을 합친 것보다 많다는데, 어떻게 할 거야? 지금 군사안보와 경제안보를 분리해서 고민해야 할 때라 이 말씀이야. 이 나라가 강대국 패권경쟁에 휘말리는 것을 막으려면 어떻게 해야 해? 군사적 주권을 외국에 맡기면 안전해지는 것인가? 그리고 북한은 언젠가 통일해야 할 반쪽인데 통일은 미국이 원하는 것인가? 안보, 외교에 손 놓고 있으면 저절로 멸공 통일이 되나? 대답해 보게."

"…."

"내가 보기에 2021년은 경술국치 때 못지않게 심각한 지경인데. 신좌파나 우파나 군사주권에 침묵한다는 점은 공통점이구먼. 문제가 심각하네. 자네들이 이 지경이 된 것은 자네들을 지도하는 내게도 책임이 있기는 하지만 말이야."

도사는 말을 마치고 허공 쪽으로 시선을 돌리더니 혼자서 중얼거렸다.

'이 나라의 국력이나 군사력 수준이 세계 상위권이니 그에 걸맞게 2022년 대선 이전에는 군사주권 문제가 공론화되어 후손들에게 떳떳한 나라를 물려주어야 할 텐데.'

도사의 말에 우파와 신좌파가 동시에 입을 열었다.

"군사주권 문제를 꺼내는 것은 선거에 도움이 안 됩니다. 선거에 지면 안 되니까, 그렇게는 안 됩니다."

"예끼, 이 한심한 존재들아. 그런 식이면 안 되지. 군사주권을 되찾아오기 위해 누군가 나서야 하는 거야. 미국이 내놓으려 하지 않을 테니까 말일세. 대통령과 국회가 나서면 정상화를 시도할 수 있는데."

"선거 승리가 최우선입니다. 선거에 지면 아무것도 할 수 없어요. 선거에서 이길 수 있는 전략전술이 필요합니다. 유권자가 외면할 일은 절대 입 밖에도 꺼내면 안 됩니다."

"저도 같은 의견입니다."

우파와 신좌파의 말에 도사는 기가 막힌다는 표정을 지으면서 입을 다물었다. 그리고 화가 나는지 훌쩍 허공으로 몸을 날린다. 그 모습에 두 존재는 "도사님, 어디 가세요? 같이 가셔야지요"라고 외치며 도사를 뒤쫓아가기 시작했다. 도사는 그러나 멀리 가지 않고 허공중에 정지하더니 갑자기 표정이 밝아지며 입을 열었다.

"나는 신좌파와 우파가 지난 수년간 추락하는 모습을 보면서 대단히 기뻐하고 있다네."

"무슨 말씀이세요?"

신좌파와 우파가 도사에게 무슨 소리를 하시느냐는 표정으로 묻는다.

"들어봐. 우파 대통령의 탄핵과 그 이후 조 아무개 사태를 겪으면서 우파와 신좌파의 정체가 폭로된 거야. 국민이 몰랐던 그 실체가 샅샅이 드러난 거지. 진짜처럼 행세했던 가짜가 퇴출되었다고나 할까. 이는 국민이나 유권자에게 정말 행복하고 유익한 일이야. 가짜 우파, 가짜 신좌파가 된서리를 맞았으니 이제 진정한 우파와 진정한 신좌파가 나타날 공간이 확보된 것이지. 가짜가 판치는 세상이 종말을 고하고 역사가 새롭게 전개될 여건이 형성된 것이라고 할 수 있지. 이 얼마나 다행스럽고 행복한 일인가."

"…."

"더욱이 인적 쇄신 바람이 우파 쪽에서 먼저 불었잖아. 삼십 대 당 대표가 뽑힌 것이지. 신좌파가 미몽에서 깨어나지 못하고 헛발질을 하는 사이에 우파 진영에서 바꾸자는 돌풍이 갑자기 분 거야. 이는 인적 쇄신과 함께 정치가 근본적으로 바뀔 때가 된 것을 의미하지. 그것을 눈치채지 못하고 보고 싶은 것, 듣고 싶은 것만 듣는 어리석은 자들이 아직도 많아. 확증편향 증세의 집단 감염이 심각하다는 증거야. 어쨌든 우파, 신좌파 진영이 달라지는 쪽으로 가게 된 것은 국민에게 대단히 다행스러운 일이야."

"…."

"사실 신좌파, 우파 모두 잘 돼야 해. 우파, 신좌파가 생산적으로 공존하면서 경쟁해야 균형 있게 발전하는 거야. 어느 한쪽만으로는 불완전해. 우파는 현재 눈에 보이는 것을 소중히 보존하고 가꾸는데 능하고 신좌파는 현재보다 더 바람직스러운 미래를 지향하는 재주가 있으니 두 체질이 잘 조화를 이루는 것이 최선이지. 내 말 이해하는 거야? 신좌파와 우파는 서로 등 뒤에 칼질하면 안 되는 거야. 한 지붕 두 가족처럼 살아야 해."

"누가 그걸 모르나요?"

"공자님 말씀만 하고 있어."

우파와 신좌파가 투덜거리자 도사가 한심하다는 표정을 짓는다. 그때

다. 세 존재가 갑자기 화들짝 놀라면서 발밑 세계를 바라보기 시작했다. 청와대 주변의 수많은 산봉우리와 사람들이 사는 도회지 곳곳에서 갑자기 노란색 불길 같기도 하고 물결 같기도 한 것이 치솟고 있었다. 셋은 모두 눈을 왕방울처럼 크게 뜨고 아래 세상을 살폈다. 불길같이 보이던 그것이 가까이 다가오자 물결처럼 요동치며 움직이고 있었다. 산봉우리와 건물들을 덮어버린 노란 물결은 사람들이 우왕좌왕하는 사이에 거센 파도처럼 빠른 속도로 움직이고 있었다.

"아니 저게 뭐지?"

도사가 놀란 목소리로 말하자 우파가 대답했다.

"백합꽃입니다. 노란 백합꽃."

"백합꽃?"

"예. 조금 전 장대비 속에서 보았던 그 꽃입니다."

도사가 "백합꽃이 왜 천지 사방에서 몰려오고 있지?"라고 하자 우파와 신좌파가 "글쎄요. 모르겠는데요"라고 말했다. 그러자 도사가 눈을 감고 하늘을 향해 무어라고 주문을 외다가 전기에 감전된 것처럼 심하게 경련을 일으켰다. 그러더니 눈을 번쩍 뜨고 큰 소리로 말했다.

"세상이 바뀌는 징조다."

도사는 얼굴에 환한 미소를 지으며 힘차게 말했다. 그 목소리는 천둥소리처럼 우렁찼다. 도사의 말에 신좌파와 우파가 이구동성으로 외쳤다.

"세상이 바뀐다고요?"

"그렇다. 세상이 바뀌는 큰 움직임이 시작되었다. 아까 그 무서운 비바람 속에서 꿋꿋하게 꽃을 피웠던 백합꽃이 세상을 꽃과 향기로 채우려고 하는 것이야."

우파와 신좌파가 믿을 수 없다는 표정을 짓자 도사가 다시 큰 소리로 외치듯 말했다.

"신좌파와 우파가 체질을 바꾸지 않으면 백합이 세상을 가득 채운다는 경고다. 너희는 침묵 속에 들려오는 우렁찬 외침을 듣지 못하느냐?"

"안 들리는데요."

우파와 신좌파가 떨떠름한 표정으로 말하는데 저 아래 지상 위의 사람들이 백합꽃 속에 뒤섞여 노래를 부르기 시작했다. 백합꽃은 상서로운 노란빛을 발하면서 감미로운 향기를 뿜어내고 있었다. 사람들은 환하게 미소 지으며 남녀노소 할 것 없이 백합꽃의 향기를 맡으며 황홀한 표정을 짓고 덩실덩실 춤을 추기도 했다. 어린이들은 백합꽃 사이에서 숨바꼭질을 벌이며 깔깔 웃었다. 그 모습을 바라보던 도사가 외쳤다.

"백합꽃이 하늘 위로 치솟는다."

"그래요?"

"정말이네."

세 존재가 놀라 바라보는데 지상에 가득 퍼지던 백합꽃의 물결이 세 존재가 있는 곳을 향해 치솟아 올라오고 있었다. 백합꽃은 하늘과 지상 사이의 공간을 황홀한 황금빛으로 채우면서 감미로운 향기를 뿜어내고 있었다. 백합꽃은 지상을 다 덮은 뒤 하늘과 땅 사이의 공간 속을 채우기 시작했다. 조금 후 세 존재는 백합꽃에 둘러싸여 그 모습이 보이지 않았다. 하지만 간간이 세 존재의 유쾌한 웃음소리가 들리면서 꽃향기 속으로 멀리멀리 퍼져나갔다.

02

햇빛이 초여름 같다. 간간이 부는 바람이 햇빛의 열기를 허공으로 날려 보낸다. 파란 하늘에 흰 구름이 한가롭게 떠 있다. 간밤에 비가 조금 내렸지만 해가 중천으로 떠오르면서 그 흔적도 사라져 버렸다. 그러나 지난밤 비와 바람의 피해가 간단치 않았던 듯하다. 땅바닥에 벚꽃과 목련 꽃잎이 여기저기 나뒹군다. 진달래와 개나리가 앞다퉈 피면서 목련과 벚꽃이 바쁘게 꽃망울을 터뜨리는가 싶더니 꽃잎이 떨어지기 시작했고 라일락과 철쭉이 뒤질세라 꽃망울을 밀어 올리고 있다. 바람이 휙 불면서 꽃잎이 허공으로 날리고 파란빛이 더 짙어진 큰 나뭇가지가 춤을 춘다.

두 존재의 시선이 봄 풍경을 바라보는데 한쪽 표정은 밝고 다른 쪽은 그렇지 않다. 입가에 웃음기가 넘치는 우파가 곁눈질로 우거지상을 짓고 있는 신좌파를 보며 입을 열었다.

"벚꽃과 목련, 보기 좋다."

"난 아직 봄을 못 느껴."

"봄은 역시 계절의 여왕이야."

“바람에 시달리는 봄꽃이 애처롭네.”

“꽃이 봄바람에 춤을 추는 거야.”

“엉터리 소리 말아. 심술쟁이 바람이 꽃을 괴롭히고 있는 거라고.”

신좌파와 우파가 벤치에 앉아 봄 경치를 즐기며 말을 주고받다가 서로의 얼굴을 보며 웃음을 터뜨린다.

신좌파와 우파는 가볍게 몸을 푼다면서 달리기를 한 탓에 웃옷 단추를 풀고 열을 식히고 있다. 얼굴이 봄볕에 달궈져 빨이 진달래꽃 색깔 비슷하다. 시원한 바람이 휘익 불어오자 둘은 심호흡을 하면서 시원하다는 표정을 짓는다. 신좌파가 우파의 얼굴을 힐끗 쳐다보며 입을 열었다.

“좋겠어. 선거에 이겼으니.”

“그럼 좋다마다. 승리는 항상 기분 좋은 거니까.”

“선거 과정이 공정했나?”

“당근이지. 뭐 잘못된 것 있어?”

“몰랐나? 평생 법을 다뤘다는 공서결이 티브이 공개토론에서 근거도 없이 상대를 범인으로 모는 발언을 보고 놀란 사람 많아.”

“선거란 다 그렇게 하는 거지. 야당 대권후보 입장에서는 여권 후보를 최대한 공격하는 것이 상식이야. 더구나 일반 유권자들에게는 어느 후보가 잘났는지는 쉽게 분간이 안 되거든. 그러니 가능한 한 최대한 상대를 깎아내리고 얼굴에 먹칠을 하는 거라니까.”

“그래도 그렇지. 공은 본인이 공정과 상식, 정의를 내세우며 출마했다면 선거 유세도 자신의 법률 상식으로 점검을 한 뒤 범법 사실로 확인되면 그것을 무죄 추정의 원칙에서 발언했어야 하는데 전혀 그렇지가 않았지. 영 아니더군.”

“뭐가 아니야?”

"완벽한 내로남불이야. 법을 앞세워 살아왔다는데 티브이 토론에서는 전혀 찾아볼 수 없었지. 예를 들면 이런 거야. 죄는 미워하지만 사람은 미워하지 말라는 말이 있잖아. 법정에서 흔히 하는 말이야. 그런데 공은 어땠어? 근거도 없이 대장동 의혹의 몸통이라고 상대 후보를 공격할 때 소름 끼칠 정도의 단어만을 골라 내뱉는가 하면 살기등등한 표정을 짓더라고. 섬뜩한 모습이었지. 검찰총장 재직 시 법무장관과 다투면서 보여주었던 순박한 표정은 찾아볼 수 없었어. 눈에서 독기를 뿜어내는 듯하고 어깨를 거들먹거리는 조폭과 같은 분위기를 자아내는 몸짓 등은 무뢰한 같은 인상을 주고 있잖은가."

신좌파의 말에 우파는 무슨 말도 되지 않는 소리를 하느냐는 표정을 짓는다. 그러나 신좌파가 말을 속사포처럼 쏟아내자 씩씩거리면서 어쩔 줄 모른다. 신좌파는 아랑곳하지 않고 계속 말을 했다.

"전직 검찰총장이라는 사람이 대장동 사건과 관련해 제기된 자신에 대한 의혹이나 자기 아버지 집을 천하대유 소유자의 누나가 사준 괴이한 우연, 처와 장모의 파렴치한 범법 혐의에 대해서는 말도 되지 않는 소리라고 일축하면서 상대 후보에게 막말을 쏟아내는 모습은 정말 가관이었지. 대장동 몸통이 혹시 저 사람 아니냐 하는 의혹이 커지는 상황이었고 검경이 제대로 수사를 했다면 그 진상이 밝혀졌을 터인데 하는 아쉬움이 지금도 가시질 않아. 하여튼 대선 과정에서 확인된 그의 막가파식 언행으로 볼 때 현직 검사 시절, 피의자를 어떤 식으로 윽박질러 진범으로 몰아갔을까 하는 의문과 함께 법을 앞세워 억울한 사람을 많이 만들었을 것 같은 의혹이 생기더라니까. 이른바 전형적인 악질 검사였다는 것이 증명되었다고나 할까?"

"무슨 악담을 그렇게 하는 거야? 엉터리 같은 소리는 그만하고 내 말을 들어봐. 이번 대선에서 공이 승리하도록 만든 일등공신은 문뇌인 대통령이라는 사실이야. 문뇌인 대통령이 그를 대통령으로 만들기 위해 기획, 연출, 감독 다 한 셈이지. 현직 대통령이 자신의 손으로 후계자를 뽑은 거나 마찬가진데."

우파의 말에 신좌파는 펄쩍 뛰는 모습으로 손사래를 친다.

"말 같잖은 소리 하고 있네."

"뭐라고? 이해가 안 되는 모양인데. 잘 들어봐. 신좌파 진영의 문뇌인 대통령이 공서결을 새 대통령으로 뽑는데 혁혁한 기여를 했다는 건 전혀 틀린 말이 아냐. 우선 검찰 재직 시 직급이 낮아 검찰총장으로 지명하기 어려웠지만 문뇌인 대통령이 7단계를 점프 승진시켜 파격적인 인선을 해준 거지. 당시 청와대 비서진이 인물 검증을 해야 한다고 건의했지만 무슨 쓸데없는 짓을 하느냐고 물리쳤다는군."

"…."

"그뿐인가. 주국 사태가 나서 전국이 두 조각으로 치달을 때 문뇌인 대통령은 방치했지. 대통령은 국정 최고 책임자로써 모든 국민의 대통령이야. 그런 점을 살폈다면 주국 사태에 대해 그렇게 장기간 침묵으로 일관하며 시끄러운 전국을 방치하면 안 되는 거였어. 결과적으로 공을 전국적 인물로 키워준 것과 같지. 문뇌인 대통령이 의도적으로 그런 선택을 한 것이 아닐까? 신좌파 당신은 어떻게 생각해?"

"말도 안 되는 소리 하고 있네."

"그렇게 들려? 그러나 세상에 우연은 없어요. 뭔가 필연적인 원인이 우연을 만들어내는 거라고. 일국의 대통령 자리까지 올라간 사람이 공서결이 큰 인물이 될지를 몰랐다면 그건 뭐랄까, 그 자리에 원래부터 어울리지 않았는지 모르지. 그렇지 않나?"

"우연과 필연을 그런 식으로 뒤죽박죽 섞지 말게. 하다 보니 그렇게 되었더라 하는 말도 존재하는 것이니 그가 일개 검찰총장에서 대통령이 될 인물로 키워준 것은 문뇌인 대통령이라는 것을 부인키는 어렵겠군."

"응, 이제야 서로 말이 통하는군."

"그렇게 생각해? 그렇다면 공은 자신을 발탁해준 문뇌인 대통령에게 고맙다고 했어야 하는 것 아닌가. 나는 그가 그런 말을 했다는 말을 들은 적이 없어. 그건 고마움을 모르는 파렴치한 짓이 아니냔 말이야."

"뭐 그럴 필요가 있겠나? 그자는 검찰총장 시절 엄청 시달리고 괴로움을 당했으니 고맙다는 생각이 남아있었겠어?"

"그래도 그렇지. 문뇌인 대통령이 한때 섭섭하게 했다 해도 고마운 분 아닌가 말이야. 그걸 잊으면 안 되지. 공은 대통령에 당선되고 취임식 때까지도 그런 말하는 것을 못 봤는데 그건 상식에 어긋나. 공정, 정의와도 거리가 멀고."

"그 이야긴 그만하지. 대선 뒤 둘이 청와대에서 만났을 때 그런 말이 오갔는지도 모르잖아. 그건 그렇고 문뇌인 대통령이 기여한 결정적인 부분을 살펴봐야 해. 주국 사태를 통해 법무장관과 공이 격돌하도록 만들어 그가 대통령이 되는 결정적 계기를 마련해준 거지. 그것뿐인가. 대선 초반에 대장동 사건이 불거졌을 때 검찰과 경찰이 수사를 하지 않고 시간을 끄는 것을 아무도 채근하지 않았지. 이는 결국 국정 총 책임자인 문뇌인 대통령에게 그 책임이 있다는 거야."

"검경 수사에 대통령이 개입하는 것은 안 되지. 검찰총장의 임기를 보장해 주는 것도 그런 취지잖아."

"그렇지 않아. 전 국민적 관심사로 떠오른 대장동 사건이 대선판을 뒤흔드는데 수사 당국은 손을 놓고 있다? 이런 식의 법치국가를 본 적 있나? 국정 총 책임자는 대통령이야. 검찰과 경찰의 직무수행에 대해서도 대통령이 책임을 지는 거야."

"…."

"대장동 사건 수사는 간단히 끝날 수 있었던 거야. 복잡할 게 없다고. 성남 시장이 주관한 것인데 이자명 당시 시장은 옛날 지방자치 전의 직급으로 보면 행정 공무원 4급에 해당하지. 그러니 대장동 사업을 추진할 경우 층층시하, 감독하시는 기관이 수도 없이 많아. 성남 시의회가 당시 야당이 주도하고 있어서 강력 견제하고 있었고 박근혜 정권의 경기도청, 건교부, 청와대가 다 개입할 수 있는 위치에 있었다는 것이지. 그뿐인가. 만약 엄청난 부정부패가 시도되고 있다 할 경우 전문가들은 척 보면 다 알아. 그러면 수사기관과 정보기관이 가만히 지켜보지는 않지."

"…."

"검경이 맘만 먹으면 단시일 내에 진상 규명이 가능했다는 말씀이야. 그런데 전혀 그러지 않았어. 대장동 '50억 클럽' 의혹에 대한 수사는 지지부진했잖아. 이건 엄청 구린내가 나는 부분인데도 말이야."

"…."

더욱 쇼킹했던 것은 대장동 사건을 폭로한 첫 보도를 한 기자가 대선 이후 한 말이 그 폭로 자료는 당시 여권에서 나왔다고 하더군. 이건 말이야. 야당 입장에서 볼 때 대선 승리를 낙관할 수 있는 최대의 선물이었다고. 생각해 봐. 야당 지휘부가 볼 때 대장동 폭로 기사의 자료를 여당이 주었다면 여권 내 자중지란이 일어났다고 할 수 있지. 이건 손 안 대고 코 푸는 상황이 된 것을 의미하는 것이고."

"그 폭로 기사의 제목이 '화천대유는 누구 것입니까'였지."

"그렇지. 정말 최고의 공작 정치 전문가가 뽑아낸 희대의 걸작이야. 이게 대선판을 흔들고 결국 결정적 역할을 한 거야. 당시 국민의힘이 대장동 사건을 최대한 활용한 것은 바로 여권에서 자해행위를 하고 있다는 것을 확인했기 때문이라고 봐."

"왜 여권에서 자당 대선후보에게 결정타가 되는 짓을 했을까? 바보가 아닌 바에야 말이지."

"그 이유를 몰랐어? 그건 이자명이 당선되는 것이 싫었던 거야. 이자명이 대장동 때문에 낙마하면 다른 인물이 대타가 되어야 한다는 점을 노린 자충수였다고 봐."

"예끼, 이 사람아. 그걸 말이라 해?"

"그래? 그건 세월이 지나면 다 밝혀지게 되어 있어. 기다려 보라고. 이른바 신좌파 진영이 물밑에서 하는 짓이 수구꼴통하고 다른 점이 무엇인지 말이야."

"그런 억측은 하지 않는 게 좋아. 그럼 내 한 가지 물어볼 게 있는데, 여권의 대선 후보 이자명은 왜 대장동에 대해 스스로 전모를 밝히거나 검경 수사 등을 촉구하지 않았을까? 상황 파악을 했으면 자구책을 강구해서 돌파했어야 하는데. 청와대가 왜 검경이 손을 놓고 있는데 방치하느냐고 들이받았어야 하는 거 아냐?"

"글쎄. 그건 당사자에게 물어봐야 할 일이지. 짐작건대 그렇게 하면 결국 자신의 발등을 찍는다고 보았을지 몰라. 당시 문빠 노빠가 건재했고 특히 문뇌인 대통령의 지지도가 상당해서 문뇌인 대통령을 공격했을 때의 후폭풍을 감당할 수 없다고 보았을 수도 있지."

그때 옆에서 부스럭거리는 소리가 들려왔다. 신좌파와 우파는 벤치에서 벌떡 일어나 동시에 "도사님 오십니까?"라고 말하며 주변을 살핀다. 그러나 살랑살랑하는 것보다 좀 센 바람이 불면서 가느다란 나뭇가지가 서로 부딪히는 소리만이 들릴 뿐이었다. 신좌파와 우파는 "안 오시는 것 같은데"라면서 자리에 앉으려 했다. 그 순간 벤치 옆 나무줄기 위로 시커먼 물체가 후다닥 소리를 내면서 치달아 오른다. 큼직한 청설모였다. 다람쥐보다 몸체가 크고 사납게 생긴 동물은 나뭇가지로 건너뛰면서 옆 나무로 옮겨가더니 동작을 멈추고 두 존재를 빤히 바라본다. 신좌파는 청설모를 살피다가 시선을 우파에게 돌리며 입을 열었다.

"공서결이 이자명보다 24만 7천 표 더 받고 당선되었는데 유권자들이 왜 그런 선택을 했을까?"

"그것도 문뇌인 대통령이 기여한 바가 크지. 집권 5년 동안 한 일이 없잖아. 박근혜 대통령 탄핵 덕분에 청와대로 가게 됐지만 촛불이 요구한 개혁도 외면했고 부동산 정책이 죽을 쓰듯 다른 분야에서도 문제가 심각했어. 문뇌인 대통령 본인이 무기력, 무책임했지만 참모들도 문제가 심각했지. 그들이 민심을 확 돌려놓은 거야. 박근혜 탄핵 사태로 바닥을 기던 야당의 기를 살려주고 신좌파세력을 공격하면서 민심을 얻을 수 있는 기회를 청와대가 중심이 되어서 열심히 한 셈이지."

"무슨 소리. 문뇌인 대통령이 잘한 일도 많잖아."

"정치가 가장 신경 써야 할 것은 경제야. 경제가 어려우면 유권자는 등을 돌리게 되어 있어. 부동산 정책 실패로 서울 일부 지역의 집값은 하늘 높은 줄 모르고 뛰어오르면서 양극화가 엄청 심화되고 청년들은 도저히 극복할 수 없는 빈부격차에 절망했지. 거기다 정치가 공정하고 정의롭지도 못했고."

"…."

"주국 사태의 심각성을 전혀 인식치 못한 청와대와 여권은 주국 지키기에 사력을 다하면서 도덕적 윤리적 정당성을 상실했고 울산시장 선거, 원전 관련 공문서 폐기 의혹, 위안부 할머니 단체의 기이한 처신, 서울과 부산 시장의 성범죄 등에 대한 진실 규명을 외면하거나 심지어 저지하는 짓을 하면서 민심을 분노케 한 거야."

"…."

"문뇌인 정권이 실패한 것 중에 가장 심각한 것이 인사정책이었다고 봐. 정치에서 인사가 만사라 했는데 청와대가 직접 낙점했던 검찰, 감사원과 같은 국가 최고 권력기관의 수장들이 정권이 끝나기도 전에 신발 거꾸로 신고 정권교체를 부르짖었잖아. 역대 정권에서 이런 일은 없었어. 기이한 일이야. 인사가 잘못된 것이 어찌 그뿐이었나? 선관위 위원장, 그리고 선거 국면에서 공정보도를 외면한 공영방송의 수뇌부 등도 다 정권교체에 한몫을 한 셈이지. 문뇌인 정권의 청와대 인사는 마치 정적을 돕기 위한 인사 같았다고나 할까. 박근혜 탄핵으로 지리멸렬하던 우파 정당이 기사회생하는 결정적 역할을 한 것이 바로 청와대 인사라 할 수 있겠지."

"…."

"문뇌인 정부의 공과는 시간이 지나면서 드러나겠지만 정권 연장 실패의 원인은 외부에 있었던 것이 아니라 내부에 있었던 거야. 민심이 무엇을 원하고 있는지 전혀 낌새도 채지 못했고 어떤 여권 고위 인사는 '신좌파세력이 50년은 더 집권해야 한다'는 식의 헛소리를 늘어놓기나 하고 말이야."

우파가 득의만만한 표정으로 말을 하는데 신좌파는 화를 내는 것인지, 곤혹스러워하는 것인지 모를 묘한 표정을 짓고 있다. 한동안 정면을 응시하다 입을 열었다.

"신좌파정권이 잘못한 점을 줄줄이 말씀하셨는데, 야당이 승리한 것은 순전히 집권세력 덕분이라는 것입니까? 새 당선인이나 그 주변 인물들이 무엇을 잘해서 정권교체를 해냈다고 생각해?"

"그야, 잘한 것 많지."

"예를 든다면?"

우파가 더듬거리는 기색을 보이자 신좌파가 다그치듯 묻는다. 우파는 눈을 몇 번 깜박이다가 어색한 표정을 지으면서 말했다.

"우리가 너무 속된 것만 이야기하는 것 아냐. 좀 진지하고 의미 있는 화제가 없을까? 예를 들면 이 벚꽃과 목련꽃이 때만 되면 피는 게 자연이 시킨 것일까? 아니면 꽃들이 제각각 알아서 챙기는 결과일까?"

"그게 궁금하셔? 우리가 땅에 발을 딛지 않고 걷기 시작한 지가 언제인데, 지금 그런 한가한 소리를 하고 계신가. 꽃과 자연이 다 제각각 원칙에 따라 움직이는 거고 그것이 전체적으로 큰 조화를 이루는 거야. 인간도 마찬가지지. 인간도 제 원칙에 따라 제 몫을 해야 한다니까. 그러니 다시 우리가 말하던 주제로 돌아가자고. 대선에서 우파가 승리했는데 무얼 잘해서 그렇게 되었는지를 말해 보슈."

"고집도 세시네. 화제를 좀 더 궁극적인 것으로 돌려볼까 했는데, 반대하시니 할 수 없지. 내가 그 질문에 답해 드리겠네. 승리의 원인은 여러 가지가 있지만 무엇보다 폭넓게 인재를 영입했다는 점이야. 민주당 사람들이 제 발로 공서결 당으로 걸어 들어왔잖아. 영입한다는 소식을 듣고 그렇게 한 거라고. 민주당에서 일했던 인사 다수가 합류하면서 힘을 보탠 것이 무엇을 의미하겠어요? 새로운 대통령 밑에서 싹 바꾸는 정권교체 정치를 하자는 취지에 동감한 거지. 그들이 집권세력에 대해 누구보다 더 잘 알고 있었으니까 정권 연장이 불가능하다는 것을 일찌감치 파악하고 우파 쪽으로 방향 전환을 한 것이지. 이는 우파당이 확실한 승리 전략을 영입이라는 방식을 통해 수행했다는 가장 확실한 반증일 거야."

"자기가 같이 타고 왔던 배가 침몰할 것 같으니까 맨 먼저 도망쳐 일신의 영달을 꾀하려는 졸장부들이 뭐 대단한 일을 했다고 그리 호들갑이야? 한 배를 탔다면 자기도 무한책임이 있다고 자책하고 국민 앞에 석고대죄해야 하는데 진영을 바꾸는 것은 배신자란 손가락질을 피하기 어려워. 그런 인물들은 언제나 나오기 마련이고 그런 자들이 대세를 결정짓지는 않아. 정권교체 이유가 그것 말고 다른 것은 없었나?"

"그런 식으로 말하면 곤란하지. 현실을 정확하게 설명해야 하는데 그렇게 감정만 앞세우면 대화가 안 되는 거야. 공서결은 공약으로 청와대 직제를 개편하고, 여가부를 없애고, 한미동맹을 강화하고, 선제타격 전략을 강화해 북한의 버르장머리를 고쳐놓거나 원전 활용을 강화하겠다고 했잖아. 이런 게 다 국민들의 호감을 산 거라고 봐야지."

"말 같잖은 소리 하고 있네. 청와대 직제 바꾸고 일부 행정부를 개폐한다는 것은 행정을 모르는 무식한 소리에 불과해. 정부 수립 이후 수십 년이 지나면서 행정부 내의 전체 조직의 틀이 만들어진 것이라서 부처의 간판을 뗀다고 관련 행정 기능이 백지화될 수 없는 노릇이야. 간판만 달리해서 그 기능은 정부 조직 어딘가에 들어가게 되는 셈이니까 청와대나 행정부 조직의 간판을 바꾼다는 것은 아무 의미가 없어. 그건 눈 감고 아웅하고 사기 치는 것과 같아."

"어찌 그리 심하게 말할 수 있나? 그건 막말 아닌가?"

"아닐쎄. 내 말 더 들어보게. 공은 한미동맹을 강화하고 대북 선제타격 능력을 높이겠다고 했는데 이 또한 알맹이 없는 말이야. 한미동맹은 21세기 세계에서 가장 불평등한 한미상호방위조약이야. 미국이 한국군에 대한 전시작전지휘권을 행사할 수 있다는 것이지. 한미동맹을 더 강화하는 것은 미국에 자청해서 종속을 심화시키겠다는 노예의 교태에 불과하고 대북 선제타격은 미국이 반대하면 할 수 없는 것이니 국민을 상대로 사기 치는 것과 같아. 주한미군은 이승만이 외친 북진통일에 놀라 한국군의 대북 군사행동을 저지하는 것이 주요 임무의 하나로 삼아왔다는 사실은 널리 알려져 있지."

"…."

"한미동맹은 그 순기능보다 역기능이 더 커지고 있는데 예를 들면 남북한이 2018년 3차례 정상회담을 하면서 군사, 경제적 다방면에 걸쳐 남북교류협력을 하기로 합의했는데 미국 트럼프가 뒤늦게 그것을 중단시킨 거야. 한반도 문제는 여러 방향에서 그 해결을 시도할 수 있고 그중 하나가 남북 간의 교류협력을 통해 전쟁을 원천 차단하는 것도 포함되는데 미국이 이것을 반대하는 거야. 미국은 북한에 대한 선제타격 전략을 항상 가동시키고 있기 때문에 남북 간에 군사적 긴장 상태가 완전히 해소되는 것에 반대하고 있지. 이런 상황에서 한미동맹을 강화해? 이게 맨정신으로 할 소리야?"

"그렇게 말하면 안 되지. 신좌파가 북한과의 관계에서 지나치게 말조심하거나 저자세를 취한 것도 공이 내세운 대북정책에 대해 유권자가 지지한 원인 중의 하나가 된 거라고. 문뇌인 정부가 의연하게 대북정책을 추진했다면 아마 사정은 달라졌을 거야. 미국이 2018년 남북정상회담 합의사항 이행을 반대했다면 문뇌인 정부가 주권국가 정부답게 그에 대해 항의하고 바로잡는 정치를 했어야지. 그렇지 않아?"

"…."

신좌파가 우파의 질문에 허를 찔린 듯 입을 열지 못하고 시선을 땅으로 떨군다. 신좌파의 발 주변에 하얀 목련 꽃잎이 여기저기 떨어져 있다. 신좌파는 손을 뻗어 목련 꽃잎 하나를 들어 눈 가까이 바라본다. 그 모습을 보면서 우파가 장난기 섞인 목소리로 말했다.

"그 목련 꽃잎에게 하소연이라도 하려나? 신좌파정권이 왜 그리 엉터리였는지를 말이야?"

"그러고 싶기도 하네. 하지만 이 꽃잎이 활짝 피어 자태를 뽐냈다가 이제 땅으로 돌아가는 것처럼 다 때가 있는 법이야. 권력도 마찬가지지. 권불십년이라고 하지 않았나. 영원히 권력의 자리에 있을 수는 없어. 그러니 겸허한 자세로 국민에게 봉사하는 머슴의 자세를 지켜야 하지."

"그 말 잘했네. 공도 당선자 시절, 대통령은 국민이 주인이고 공직자는 머슴이라고 말하지 않았던가. 신좌파정권도 그렇게 정치를 했더라면 정권 연장을 할 수도 있었겠지."

"그걸 말이라고 해? 공은 청와대는 죽어도 못 들어가겠다고 고집을 피우며 국방부에서 근무할 수 있게 청와대가 협조하라고 압박하는 정치를 했잖아. 대통령 당선자는 대통령 취임 때까지 국정에 대한 아무런 권한과 책임이 없으니 자신이 대통령이 된 다음에 집무실 이전을 추진하는 것이 법치인 것이지. 그런데 검찰총장까지 한 사람이 정치 상식에도 어긋나는 요구를 하고 있으니 이게 국민의 정치 머슴이 할 짓인가?"

"…."

"대통령 당선인이 할 일도 많은데 만사 제쳐놓고 청와대에서 집무는 절대 하지 않겠다고 야단 법석을 떤 것을 국민이 어떻게 생각했겠어? 청와대가 풍수지리적으로 보아 흉지라는 주장이 있었기 때문에 그렇게 한사코 못 들어간다고 안달을 한 것 아니겠나? 한때 소를 잡아 제사를 지내던 무슨 법사를 가까이 한다는데 그 영향을 받아서 그런 건 아닌지 몰라."

"…."

"대통령 당선자가 생뚱맞은 소리를 하는데도 그 주변이나 소속 정당에서 바른 소리 하는 것을 못 보았네. 한심스럽기 짝이 없는 일이야."

"그랬나? 공의 주장에 문제가 있었다면 문뇌인 대통령이 당선자 집무실 이전을 위한 예비비 정부 지출을 막았어야지. 문뇌인 대통령이 그의 대통령 취임 이전에 대통령 집무실 이전으로 발생하는 문제에 대한 모든 책임을 지겠다고 한 것이니 사실 청와대의 대통령 집무실 폐쇄는 문뇌인 대통령이 결정한 셈이야. 정치적으로나 법적으로 말씀이야."

"…."

"할 말 있으면 해보서. 국민 다수가 집무실 이전에 반대하는 여론이 높았는데도 문뇌인 대통령이 앞장서서 그의 요구에 오케이한 것이지."

"용산으로 대통령 집무실을 옮기는데 여러 문제가 따른다고 했지만 공이 죽기 살기로 고집을 피우는 모습을 보면 걱정돼. 대통령이 국가 중대사에 주술가의 말을 듣고 어떤 결정을 하는 일이 생기지 말아야 할 텐데."

신좌파가 비아냥거리는 말투로 말을 마치자 우파가 화난 얼굴로 자리에서 벌떡 일어나 뭐라고 외치려고 입을 크게 벌렸다. 그런데 그의 입에서 아무 소리도 나오지 않는다. 우파는 놀라 제 두 손으로 목을 잡고 비비면서 목소리를 짜내려고 애를 쓴다. 신좌파는 우파가 장난을 치는 줄 알고 바라보다 우파가 컥컥거리자 자리에서 일어나 우파의 몸을 두 손으로 잡으며 외쳤다.

"왜 그래? 왜 그러는 거야?"

신좌파가 다그치듯 물었지만 우파는 두 눈이 왕방울만 해지면서 입을 벌리고 캑캑 소리를 내고 있다. 그때였다. 두 존재의 머리 위에 있던 벚꽃 나뭇가지가 스윽 하고 움직였다. 꽃들이 만발한 벚꽃 가지가 커지더니 두 존재 앞에서 우뚝 멈춰 선다. 그리고 하얀 물체가 꽃들 사이에서 뿜어져 나왔다. 두 존재는 그 물체를 보고 동시에 외쳤다.

"도사님."

"그래 잘 지냈지? 자네들이 보고 싶어 왔네."

벚꽃 나뭇가지에서 형체를 드러낸 건 다름 아닌 두 존재가 존경해 마지않는 도사였다. 도사의 갑작스러운 출현에 신좌파가 먼저 입을 열었다.

"도사님, 언제부터 거기 계셨어요?"

"응, 자네들하고 처음부터 같이 있었지."

"그래요? 그럼 진즉 저희에게 알려주셨어야죠."

"난 자네들이 먼저 알아챌 줄 알고 기다리고 있었다네."

"그랬어요? 그런데 왜 갑자기 나타나셨어요?"

"자네들 하는 말이 천지가 기밀을 드러내는 위험수위를 넘나들고 있어서 더 이상 안 되겠다 싶어 자네들 앞에 나타나게 된 거야."

"도사님, 근데 우파가 갑자기 말을 못 하게 되었는데 왜 그렇지요?"

"멀쩡할 걸세. 이봐 우파 자네 말할 수 있지?"

도사가 우파의 어깨를 툭 치면서 말을 건다. 그러자 우파가 즉시 대답했다.

"예, 도사님."

"거봐, 내 말이 맞잖아."

도사가 놀라는 두 존재를 바라보다가 웃음을 터뜨리자 두 존재도 따라서 웃기 시작했다. 도사가 장난친 것을 알아챈 것이다

도사와 두 존재가 한참 동안 웃다가 멈췄다. 도사가 먼저 벤치에 앉으면서 두 존재에게 손가락으로 앉으라는 신호를 보냈다. 도사와 두 존재는 벤치에 나란히 앉아 벚꽃이 만개한 주변을 바라보면서 아름다움에 감탄사를 연발했다. 도사가 그 모습을 바라보다 신좌파를 향해 입을 열었다.

"이봐 신좌파, 자네 대선 결과에 불만 있나?"

"예, 예?"

"솔직히 말해봐. 자네 기분 나쁜 거지?"

"사실 그렇습니다. 어처구니없다는 생각에 밤잠이 잘 안 옵니다."

"그래? 그러나 결과에 승복해야지. 그래야 선거 제도가 유지되는 거 아닌가. 부정선거가 아니었다면 선거결과에 손뼉을 쳐야 하는 거야."

"도사님, 말씀엔 백 번 동의합니다, 하지만 대선 당선자도 당선된 뒤에는 모든 유권자의 대통령 아닙니까? 자기를 반대한 유권자나 찬성한 유권자 모두를 주권자로 섬기는 자세를 가져야겠죠."

"그렇겠지. 법을 다룬 사람인데 그렇게 안 하겠어? 더 지켜보라고. 미리 이러쿵저러쿵 예단하지 말고."

"…."

"신좌파 그럼 내가 하나 물어보겠네. 대선 당선이 개인의 능력 때문인가 아니면 그럴 운명이라서 그런가?"

"…."

신좌파가 대답을 하지 않자 도사는 우파에게 물었다.

"우파 자네는 어떤 생각인가?"

"글쎄요. 잘 모르겠습니다."

"그래, 그게 정답이야. 자네 말이 맞아. 세상에 판단할 수 없는 것들이 너무 많아. 아리송해서 딱 잘라 말할 수 없는 경우가 흔하다는 거지. 그러니 그때는 어떻게 해야 하겠나? 우파 대답해 봐."

"글쎄요."

"그땐 말이야, 생각을 멈추는 거야. 바둑을 두다가 멈추는 것을 봉수라고 하는데 그렇게 하는 거야. 어렵고 헷갈릴 때는 선불리 생각하고 결론 내리려 하지 말게, 그러면서 차분히 기다리는 거야. 상황이 진행되면 뭔가 그 정체가 드러나기도 하거든."

"도사님도 모르시는 게 있어요?"

우파가 도사에게 정색을 하고 묻는다. 도사는 그 말에 껄껄 웃고 나서 입을 열었다.

"당연하지. 우선 자네나 나나 우주 속에 갇혀 있잖아. 그런데 이 우주 밖에 다른 우주가 있는지 없는지 알지 못하지. 그리고 이 우주가 왜 생겼는지 궁극적인 의미는 모르는 거야."

"하긴 그렇습니다만."

"그렇다니까. 얼마 전 백합꽃이 천지를 다 뒤덮었을 때를 기억하지? 그때 뭔가 엄청난 일이 벌어지려는 조짐이라는 것은 모두 알았단 말이야. 세상이 바뀌어야 하고 특히 신좌파, 우파 모두 그 체질을 바꿔야 할 때가 되었다는 것을 백합꽃이 경고하는 것으로 알았잖아."

"그렇지."

"그래서 어떻게 됐지? 공서결, 이자명 모두 자기당의 주류가 아냐. 공은 검찰만 하다가 굴러들어간 돌이었지만 당내 대선 경선에서 내로라하는 우파 거물들을 다 물리쳤잖아. 이자명도 자기당에서는 주변부에 속했잖아. 그 당 핵심세력은 반대했지만 결국 대선 후보가 되었잖아. 이게 무슨 의미이겠어? 신좌파 자네가 말해 봐."

신좌파는 도사의 지목을 받자 잠시 뜸을 들이다가 입을 열었다.

"예, 인적 구조조정이 이뤄진 것이지요. 과거 세력들이 밀리고 새 세력들이 우파, 신좌파의 기수가 된 셈이네요."

"그런 거야. 백합꽃의 경고가 현실 일부를 변화시킨 거지. 우파, 신좌파 정당의 물갈이, 구조조정이 이뤄진 거야."

"도사님, 대선의 승패를 좌우한 요인은 무엇일까요?"

"글쎄, 어려운 질문이구나. 공과 이자명으로 압축되어 전국 유권자를 상대로 게임을 한 것인데. 전국 단위 게임은 여러 요인이 뒤섞이니까 설명하기가 쉽지 않구나. 우선 중요한 것은 상식에서 벗어난 잘못을 누가 더 많이 한 것처럼 보이느냐가 중요하고 미래에 누가 더 정치를 잘할 것으로 비춰지느냐가 중요한 거야."

"누가 더 잘못을 많이 한 것일까를 보면 둘이 막상막하잖아요. 공서결은 도사가 등장하는 무속신앙 문제와 부인 김거니의 갖가지 의혹, 장모 문제가 심각했고 이자명은 대장동 사건에 형수 욕설, 부인의 카드 사용 문제 등에 시달렸지요? 누가 더 대통령 자질과 거리가 먼 것입니까?"

"도토리 키 재기라고 보기는 어렵지. 그러나 대선에 영향을 미친 것은 두 후보에 국한하지 않고 문뇌인 정부의 5년 정치에 대한 심판이라는 큰 변수가 있지 않았느냐? 문뇌인 정부는 부동산 폭등, 개혁 외면, 주국 사태로 인한 아빠 엄마 찬스 문제, 서울과 부산 시장의 성범죄, 울산 부정선거 의혹, 경남지사 드루킹사건 등으로 엄청난 국민적 분노의 대상이 되었잖아. 결국 근소한 차이로 승패가 갈린 것은 이자명이 개인적으로 선전한 것이라고 해야겠지."

"공서결이 과거 우파, 수구 세력에 둘러싸여 구태를 반복하는 것처럼 걱정되는데 정치가 좋아질 수 있겠습니까? 박근혜를 찾아가 죄송하다고 머리를 조아리며 취임식 행사 참가를 요청해 촛불 세력의 분노를 사고 첫 내각 인선은 이명박, 박근혜 시절 구악들이 컴백한 인상을 줬어요. 더욱이 안철수가 대선 막바지에 후보 단일화를 선언해 주자 공동정부 구성 약속을 했던 공이 장관 인선에선 안철수를 배제했지. 먹고 차는 정치 세계의 구태가 반복된 감을 줬어요. 그자가 세상을 공정, 정의롭게 만든다고 했는데 과연 그렇게 될까요?"

"세상일이란 변화무쌍한 거야. 똑같이 반복되는 일은 거의 없다. 언제나 변화하고 새로운 모습으로 나타나지. 그러니 미래 예측이 어려운 거야. 도사들이 많지만 함부로 미래를 얘기하지 않으려 하는 이유가 그런 것 때문이야."

도사가 말끝을 흐리며 입을 다문다. 신좌파가 그 모습을 보더니 심술궂은 표정으로 말했다.

"도사님은 그래도 미래를 훤히 내다보시잖아요?"

"나도 항상 조심하고 있단다. 그러나 네가 궁금해하니까 한 가지만 말하겠다. 정부 수립 이래 4·19혁명, 광주항쟁, 87년 6월 항쟁, 97년 평화적 정권 교체, 2017년 촛불혁명 등이 발생해 시민사회가 엄청 의식화되었지만 불행하게도 개혁 무풍지대였던 곳이 검찰과 사법부, 경찰, 학계, 언론계였고 지금도 여전히 악취를 풍기고 있다. 앞으로 어떤 일이 벌어질 것인가 하는 것은 세계 최고 수준으로 의식화된 시민사회에 달려 있다. 만약 공이 시민사회의 역린을 건드린다면 또 활화산이 폭발할 것이다. 내가 하는 말의 뜻을 이해하겠느냐?"

"예, 잘 알겠습니다. 그런데요. 청와대가 아닌 용산으로 집무실을 정하면 만사형통하고 시민사회의 분노로부터 안전할까요?"

"그건 어려운 질문이다. 집무실이 어디이든 항상 모두를 위해 봉사하겠다는 마음을 먹으면 시민사회가 박수갈채를 보낼 것이고 만사형통이 되지 않을까?"

"그런데 막무가내로 청와대를 기피하는 것을 어떻게 봐야 하나요?"

"그것은 말이다. 누구나 집착하면 거기서부터 탈이 생기는 법이야. 집착하는 것은 과욕을 부리는 것과 같은 말이고 과욕은 결국 주변을 괴롭게 하면서 화를 부르지. 몸이 어디에 있든지 항상 겸손한 자세로 주위를 살피고 내가 혹시 무슨 잘못한 일이 없는 것인가 하는 자성의 자세를 갖는 것이 중요한 법이다."

도사가 두루뭉술하게 말하자 신좌파가 볼멘소리로 항의하듯 말했다.

"도사님. 좀 더 확실하고 직설적으로 말씀해 주세요. 너무 에둘러 말씀하시는 것 아닙니까?"

"신좌파 너는 머리가 잘 안 돌아가느냐? 내 말을 이해하기 힘들어? 집무실 이전을 서두른 것은 그 이유가 짐작이 가는데 문뇌인은 왜 국방부 이전 예산을 허락해 줬는지 이해가 안 돼. 이전과 관련해 안보상의 문제 등이 생기면 그 법적 책임은 문뇌인이 지게 되는데 말이야."

도사는 신좌파가 계속 입을 놀리려 하자 손을 들어 그것을 막으며 우파에게 말했다.

"우파야, 너는 공의 부인 김거니가 쇠고랑 찰 것인지를 궁금하게 생각하면서도 입 밖에 꺼내지 않고 속으로만 끙끙 앓는구나. 누구나 잘못하면 털어내는 작업을 생략할 수 없다. 주국의 딸이 대학 졸업과 의사면허를 취소당해 안타깝게 생각하는 사람들이 적지 않으니 그 불똥이 김거니에게 튀지 않겠느냐? 이건 피하기 어려울 것이다. 공이 법치를 한다는 원칙으로 탈탈 털어야 할 터인데 말이다. 그게 잘 될까? 자네 대답을 듣고 싶구나."

"제가 뭘 아는 게 있나요? 도사님이 말씀해 주셔야지요."

"그래? 네가 네 입으로 말하기가 거북한 모양이구나. 그러나 항상 솔직해야 한다. 솔직한 것이 주변을 맑게 하고 평화롭게 하는 법이다. 솔직하지 못하는 데서 병고가 생기기 마련이다. 그래서 복속에 화가 들어 있고 화속에 복이 숨어 있다는 옛 말씀이 있는 거야. 잘 나갈 때 조심해야 하고 일이 잘못되어 우당탕 한바탕 소동이 벌어지면 그 과정에서 감춰진 것, 썩은 것들이 드러나는 법이거든. 내가 하는 말뜻을 알겠지?"

도사가 말을 마치더니 자리에서 일어나 두 손을 번쩍 치켜들었다. 그러자 땅 위에 떨어졌던 벚꽃이 허공으로 날아오르면서 하얀 보석처럼 영롱한 빛을 뿜기 시작했다. 새들이 날아와 꽃잎 사이를 날아다니며 노래하고 향기로운 기운이 천지를 가득 메웠다. 도사가 껄껄 웃음을 터뜨리며 두 존재에게 뭐라고 말하는데 그 소리는 새들의 합창에 가려 들리지 않았다.

두 존재는 도사의 말에 크게 웃으며 손뼉을 두드리다가 허리를 굽혀 도사에게 정중한 예를 표한다. 도사는 두 존재의 어깨를 두드리며 귓속말을 한 뒤 꽃잎이 춤추는 허공으로 사뿐 뛰어올랐고 이어 두 존재도 그 뒤를 따라간다. 꽃잎은 더욱 현란하게 공중에서 춤을 추고 새들의 노래는 더욱 커다란 합창으로 울려 퍼졌다. 훗날 새들의 노랫소리가 다음과 같다고 기록했다.

"내로남불. 아빠 찬스, 엄마 찬스 나무라는 자는 인간이 아니다. 최상의 결과를 얻으려면 최선의 노력을 하는 거야. 거기에 공식은 없어. 상황에 맞게 동원할 것은 다 동원해서 관철하는 거야. 물불 안 가리는 거지. 입장이 다르면 생각이 다른 거라네. 검사할 때 죄인을 더 많이 만들어내는 것이 지상과제이고 죄인을 만들 때는 안되면 되게 만드는 것이 검사의 직분이라네. 죄인을 만드는 방법은 여러 가지지. 그건 다 알고 있네. 고함지르고, 눈알 부라리고, 거짓말로 상대를 겁박하는 거야. 그래서 없는 죄도 만드는 게 검사야. 그게 검사의 직분이지. 정치도 그렇게 할 거야. 체질은 못 바꾸니까. 안 되면 되게 하는 것으로 말이야."

새들의 노랫소리에 대한 기록은 하나만 있는 것이 아니고 여러 개인데 그 가운데 하나는 다음과 같다고 전해진다.

"그곳은 민초들이 심판관이네. 민초들이 정치를 두 눈 부릅뜨고 지켜보네. 모두가 의식화되어 있어 흑백을 가린다네. 썩은 곳이 어딘지 잘 알고 있다네. 정치, 검찰, 사법부, 교육, 언론에서 썩은 고름이 흐르고 악취가 난다네. 민초들은 외쳤네. 개혁, 개혁, 개혁. 그러나 썩은 곳에서는 그 소리에 귀를 막고 있지.

자신이 저지른 짓이 자기를 향한 비수가 되어 자기를 난자질하지. 악취가 오랏줄이 되어 전신을 꽁꽁 묶어 발가벗긴다네. 그러면 민초들이 참지 못하고 들고 일어난다네. 민초는 불기둥이 되고 성난 파도가 되어 썩고 악취 나는 것들을 태우고 쓸어버리네. 박가가 그렇게 됐고 그 뒤를 이어 줄줄이 그렇게 되고 있네. 그런데도 썩고 악취 나는 자들은 스스로 무덤을 파는 일에 열을 올리지. 심판이 당도하는 시간이 짧아지네. 그러면서 사회 전체가 맑아지네. 민초들은 영원한 심판관이네."

03

두 남녀가 창밖을 내다보며 무거운 표정으로 서 있다. 공서결과 부인 김거니다. 8월의 태양이 하얀빛으로 이글거린다. 평소 엷은 노란색이었던 태양빛이 40도 가까이 되는 고온 속에 달궈져 투명한 독기를 뿜어낸다.

정오의 서울 용산구 미군기지 터는 열기가 아지랑이처럼 하늘거리며 지상에서 피어올라 허공으로 치솟는다. 저만치 도심에 솟은 울창한 산 중턱에는 집들이 엎드려 있다. 남자가 창밖을 살피더니 혼잣말처럼 말했다.

"저 산 중턱부터 이곳 평지까지 공동묘지였다는데."

남자가 말을 마치기도 전에 여자가 싸늘한 표정으로 입을 열었다.

"산 사람 사는 곳이나 죽은 사람 사는 곳이 무슨 차이가 있겠어요? 우린 이미 그런 걸 구분하는 경지는 벗어났잖아요?"

"글쎄, 난 아직 그런 경지까지 미치지 못했나 봐."

"법사님 말씀을 믿으세요. 청와대로 안 간 것만 해도 얼마나 다행인데. 당신 만약에 그곳에 갔더라면…."

"알아. 내가 왜 그걸 모르겠어? 생판 억지를 부려 집무실을 이곳으로 밀어붙였잖아. 맘 약한 사람 같았으면 나처럼 못했을 거야. 반대하는 목소리가 얼마나 컸었는데."

"큰일을 하려면 사소한 일은 감수해야 해요."

"청와대 안 간 것은 간단한 것은 아니었다고. 우선 경호문제인데, 일본 아베 전 수상이 대낮에 총 맞아 죽는 거 봐. 청와대라면 그런 면에서 안전했을 터인데 여기 집무실, 숙소는 문제가 심각해. 더욱이 매일 자동차로 출퇴근을 해야 하니 이건 언제 어떤 일이 '팡' 하고 터질지 모르는 거야."

"법사님이 그런 위험한 일은 없다고 하셨잖아요."

"그것만이 아냐. 내가 집무실로 접수하고 보니까 전에 근무하던 군인들이 불평이 많다 하더라고. 왜 멀쩡한 청와대 놔두고 억지를 부리면서 남을 불편하게 하느냐고 말이야. 그 사람들한테 미안하기는 해."

"큰일을 하려면 맘을 독하게 먹어야 해요. 법사님이 항상 이 점을 강조하잖아요."

"근데 내가 요즘 꿈자리가 사나운 게 혹시 내 집무실 부근에 묻혔던 사람들이 불편해서 그런가? 고사라도 지내 위로해야 하는 것 아냐?"

공의 얼굴에 공포의 빛이 스치면서 말소리가 조금 떨리는 듯했다. 그는 말을 마치고 한 손을 들어 제 목을 쓰다듬으며 주위를 휘둘러본다. 그 눈빛은 겁에 질려 초점이 흔들리고 있다. 거실 구석구석을 쓱 훑어보더니 아무것도 눈에 띄지 않자 가볍게 한숨을 쉰다. 그러나 그가 보지 못해서 그렇지 그의 거실 안에는 두 남녀 외에도 다른 존재들이 모여 있었다. 두 남녀의 눈에는 보이지 않는다. 그들이 내는 소리도 마찬가지였다. 두 남녀에게는 기척이 느껴지지 않았다. 그러나 공은 왠지 그 방에서 익숙하지 않은 기운이 느껴진다는 것을 알고 있었고 지금도 마찬가지였다. 그녀는 어떤가 싶어 여자의 얼굴을 살피는데 그녀는 조금 전과 같은 쌀쌀맞은 표정으로 입을 열었다.

"죽은 사람을 위한 고사는 법사님이 다 알아서 챙겨주시니까 신경 끄세요. 그건 그렇고 당신 바지 거꾸로 입는 건 이제 사람들이 신경 안 쓰죠? 새로운 바지 패션으로 유행시켜야 해요. 법사님 말씀이 바지를 원래대로 입으면 큰일 난다니까."

"알고 있지. 요새 다행인 것은 티브이 카메라가 나를 찍을 때 상체를 주로 클로즈업시키더군."

"알아서 기는 거죠. 눈 밖에 나는 짓을 하면 자기 손해라는 것을 알아서 그런 거겠죠."

"그런가?"

"우리 집권당 대표, 그 젊은 아이가 당신을 공개적으로 칼질하던데, 얘를 다룰 때는 과자, 떡을 주면서 일단 품에 안아야 해요. 걔가 없는 자리에서 이 새끼, 저 새끼는 하지 마세요. 그 말을 듣고 고해바치는 자가 반드시 있다니까요. 그걸 몰랐어요?"

"나도 참을 만큼 참았잖아. 당신도 알다시피. 걔는 같이 갈 수 없어. 나하고는 너무 달라. 정리할 거면 일찍 하는 게 나아. 어차피 울고불고 난리치겠지만 그건 시간 지나면 기억하는 사람 없어. 세상은 힘을 중심으로 돌아가는 거야. 내가 5년 임기를 보장받았잖아. 앞으로 남은 긴 세월 제대로 국정을 수행하려면 암덩어리는 조기에 떼놔야 해."

"당신, 배은망덕하다는 말을 들으면 안 돼요. 낚시터에서 떡밥 던지는 이유 잘 아시잖아요. 주변에 사람을 끌어들이려면 베풀어야 해요. 그리고 완벽한 사람이 어디 흔하나요? 한두 가지 잘하는 게 있으면 그걸 봐서 다른 허물은 덮어주도록 하세요."

"그것도 일리는 있네. 앞으로 신경 좀 쓰지 뭐."

"당신, 남의 말에 귀 좀 기울이세요. 본인 말만 하지 말고. 정치는 귀로 하는 거지 입으로 하는 게 아녜요."

"그건 곤란해. 내가 검사 짓만 해봐서 상대방 말을 경청하는 건 안되잖아. 검사는 피고를 윽박질러서 유죄로 몰고 가는 것이 본업이야. 난 평생 검사만 했지 다른 것은 안 해봐서 남의 말 듣는 것은 못하겠어."

"그러면 안 돼요. 노력하세요. 열심히 노력하면 익숙해진다니까요. 그리고 행사 시 경축사에서 자유라는 말을 너무 내세워요. 소통, 관용이란 단어도 써 봐요."

"그게 말처럼 쉽지 않아. 난 검사하면서 피고인을 감방에 처넣는 주문만 해온 체질이라 상대를 배려하고 화합하는 그런 논리는 몰라."

"이제 그딴 것 바꿔야 해요. 지지율이 바닥세라서 인사를 해야 하는데. 당신, 주로 검사들을 중용했지만 그 사람들 정치에 안 맞는 거 같아요."

"그게 무슨 말이야. 내가 신임할 수 있는 건 검사들뿐인데. 배반하는 것은 안 돼. 내가 해봐서 아는데 그건 미리 막아야 해. 정치에 무능해도 배반 안 하면 그게 결국 남는 장사야."

"정치는 그렇게 간단치 않아요. 대통령 자리 백 일 넘게 앉아봤으면 이제 터득할 때도 됐잖아요. 사람이 혼자서 검사도 하고 변호사도 하고 그렇게는 못하잖아요. 검사는 범인을 때려잡는 선수니까 과거에 벌어진 일을 뒤지면서 죄를 찾아내는 전문가잖아요. 정치는 달라요. 과거도 중요하지만 미래, 즉 반 발자국이나 한 발자국 앞서가는 그런 재주가 있어야 해요. 그것 없으면 정치 못해요. 당신 지지율이 바닥인 것은 대통령이 돼서도 검사하듯 과거 정권 먼지 터는 작업만 주로 해서 그래요. 미래에 뭘 할 것인지 청사진이 없어요. 당신 그걸 알아야 해요."

여자가 열을 올리지만 남자는 그게 무슨 말인지 이해가 안 되는지 천연덕스러운 표정으로 여자를 바라본다. 여자가 한심하다는 표정을 짓자 남자의 눈빛이 사나워지는가 싶더니 여자를 향해 퉁명스러운 어조로 말을 던진다.

"내 이야기는 이 정도면 됐고 당신 논문 어떻게 할 거야? 돈 주고 대필할 거였으면 능력 있는 선수를 불렀어야지."

"대학 총장님은 저를 이쁘게 봐주셨는데 교수들이 들고 일어나니 골치 아프네요. 당신이 어떻게 좀 해봐요."

"내가? 그런 것은 옛날에나 가능했지 요샌 어림없어. 잘못하다가는 더 큰일이 생겨. 신중하게 하자고. 그러나 너무 염려할 것 없어. 학자라는 자들은 속이 노래서 권력 쪽만 바라보며 한자리 안 주나 하고 사는 자들이거든. 떠드는 것은 '나 여기 있소'라고 외치는 소리와 같아. 장관들 시켜서 떡고물 떨어지는 자리 몇 개 던져주면 조용해질 거야."

남자의 말을 들은 여자가 자리에서 일어나더니 "그 말씀 들으니 안심이 되네요. 저 잠깐 볼일 좀 보고 올게요"라면서 자리에서 일어나 화장실 쪽으로 발걸음을 옮긴다. 남녀의 대화가 멈추자 창밖에서 들리던 매미소리가 커지며 거실을 가득 채운다. 남자는 늦여름 태양빛이 가득한 창밖 풍경을 내다보았는데 그의 귀에는 매미소리가 들리지 않았다. 순간 섬뜩한 기운이 목덜미에서 느껴지자 그가 어깨를 으쓱하면서 중얼거렸다.

'웬 찬바람이냐?'

그는 주위를 살펴본 뒤 화장실 문을 열고 들어가는 그녀를 바라보았다. 여자는 그에게 찡긋 윙크를 보낸 뒤 문 안으로 사라졌다.

'역시 멋져.'

남자는 새삼 여자가 아름답다는 생각이 들었다. 그녀의 늘씬한 몸매에 썩 어울리는 의상이 돋보이면서 거실이 훤해졌다는 느낌을 받았다. 남자는 최근에 맞춘 그녀의 의상이 비싼 값을 한다고 생각하면서 '역시 돈이 좋긴 좋아'라고 중얼거렸다.

맴맴맴.

여자가 매미소리를 들으며 우아한 걸음걸이로 거실 구석진 곳의 화장실로 걸어가 문을 열려다 멈칫했다. 평소 느끼지 못했던 기운이 강하게 피부를 자극했기 때문이다. 뭐지? 그녀는 눈을 껌벅이면서 주의력을 집중했지만 아무것도 느껴지지 않았다. 그녀는 매미소리가 시끄러워 그런가 보다 하고 화장실 문을 연다. 그때 여자의 눈에 보이지 않는 존재들이 문 앞에 서 있다가 자리를 비켜준다. 도사와 신좌파, 우파 세 존재였다.

그들은 두 남녀가 거실에 들어오기 전부터 창가에 서서 시끄럽게 잡담을 하고 있었다. 두 남녀는 세 존재를 의식하거나 전혀 느끼지 못했다. 세 존재가 큰 소리로 떠들면서 방 구석진 곳으로 자리를 옮겼다. 두 남녀는 그런 움직임을 느끼지 못한 채 이야기를 주고받다 여자가 화장실에 가면서 대화가 중단됐다.

세 존재는 거실에 침묵이 흐르자 자기들이 하던 말을 멈추고 남자를 지켜보았다. 남자는 창밖을 내다보며 생각에 잠긴 표정이었다. 화장실에서 물 흐르는 소리가 나자 도사와 신좌파, 우파가 장난스러운 표정을 짓고 킥킥댔다. 여자가 화장실에서 무엇을 하는지 부스럭대는 소리가 났다.

조금 뒤 여자가 화장실 문을 열고 나와 남자 쪽으로 걸어갔다. 도사가 그녀의 뒷모습을 바라보며 혼자서 뭐라고 중얼거리는데 우파가 신좌파를 보고 질문을 한다.

"어이, 신좌파 저 남녀가 구름 위로 승천한 지 몇 달 지났네. 그동안 어떻게 평가해야 할까? 대체로 잘하고 있는 거지?"

"웃기고 있네. 눈 뜨고 볼 수 없는 일들이 속출하고 있는 걸 몰라서 그딴 질문을 해?"

"내가 보기엔 대충 무난한 것 같은데. 전임 대통령 하던 것과 비교하면 월등하잖아."

"그건 나중에 유권자가 판단할 일이지. 근데 저 친구 두어 달하는 것 보니까. 좋게 말해 체질이 너무 독특해. 직업이 그래서 그런가."

"무슨 말을 하려는 거야?"

"저 친구는 평생 범죄인만 다뤄서 그럴까? 상대방을 대할 때 보면 우선 배려가 없어. 특히 자기편이 아니면 윽박지르려 하고 강압적이야. 자기가 원하는 방향으로 몰고 가려 할 때 보면 물불 안 가리고 퍼붓는 거야. 범죄 혐의자를 유죄로 몰고 가려고 취조실에서 해왔던 언행이 정치판에서 그대로 재연되고 있는 것 같아."

"정치는 거짓말을 거짓말이 아닌 것처럼 하는 곳이잖아? 상대를 제압하기 위해서는 강하게 나가야 하는 것이 기본 공식이라고. 차분하고 점잖게, 직설적이기보다 중립적인 단어를 골라 사용하는 곳은 아니야. 가능하면 단어 하나 또는 몇 개, 문장도 단문 한두 개로 상대를 평가해서 요절을 내는 곳이 정치야. 저 친구가 범죄 혐의자를 앞에 놓고 사건을 빨리 처리하려다 보니 어떻게 했겠어? 그 버릇이 나오는 것은 어쩔 수 없어. 다 정의사회, 범죄인 없는 사회 만들려다 보니까 몸에 익숙해진 거라고."

"과하면 부족한 것만 못 하다잖아. 저 친구는 항상 편 가르기, 쪼개기를 일삼고 자기가 무슨 새로운 일을 내세우기보다 전 정권 때려잡는 일에 주력하는데 이것도 검사 직업의식에서 온 것인가? 일단 내편이 아니다 싶으면 그때부터 검사가 범죄인 다루듯 하는 언행이 나오는 거야. 이건 아니라고 봐. 자기를 대통령으로 당선시킨 젊은 당 대표 내치는 걸 봐. 토사구팽도 그건 너무 심했다고."

"그런 식으로 내칠 일은 아니고, 큰 정치는 처음 하는 거니까, 약간 미숙하거나 무리한 측면은 불가피한 거야. 공정, 상식, 정의를 중시하니까 머잖아 시행착오의 훈련 기간이 끝나면 두고 봐 잘할 거라고."

"그래? 그렇게 되길 바랄게. 선거에서 당선되었으면 임기를 채우는 것이 당연한 것이지. 중간에 낙마는 곤란하지. 그건 국가적 비극이고 낭비야. 선거가 민주주의의 첫 출발이라면 선거 결과는 존중되어야 하고 선거 뒤에 당선된 사람은 전체 유권자의 대표, 대리인이라는 시각으로 정치를 해야지."

"옳은 소리 하는군. 선거가 지속되려면 선거는 공정하게, 선거 이후에는 찬반 유권자 모두를 다 같이 모시고 챙겨드리는 정치가 되어야 하는데 일부 유권자들은 그렇지 않은 것 같아. 당선을 인정하지 못하고 비판, 공격하잖아."

"그 말 잘했다. 저 친구가 편 가르기 정치를 하는 태도부터 고쳐야 해. 당선 이후는 모두의 대표라는 생각을 해야 하는데 그렇지 않잖아. 자기편만 챙기고 다른 쪽은 죽이려 드는 거야. 이건 정치가 아니지. 저런 식이면 선거가 지속될 수 없지. 민주주의를 파괴하는 거야."

"…."

"그리고 저 친구는 왜 자기 부인 앞에서는 작아지는 그런 사람처럼 보이는 거지? 이것 참 희한한 일이야. 볼썽사납기도 하고."

"부인이 똑똑하면 남편을 리드할 수도 있지 뭘 그러나?"

"저 친구 하는 짓 중에 전 정권이 임용한 고위 공직자 임기가 한참 남았는데 몰아내려 안달을 하던데, 이건 문제 아냐?"

"무슨 소리야. 정권이 바뀌었으면 자리를 내놓아야지. 새 대통령과 국정철학이 다르면 알아서 결단을 내려야지."

"그런 식이면 곤란하지. 그렇게 되면 쿠데타 비슷한 것으로 악용되는 거야. 선거는 평화적인 정권 교체를 보장하는 제도이고 공직자들의 임기 보장은 법에 나와 있으니 이 또한 존중되어야지. 근거도 애매한 국정철학 운운하면서 '책상 빼'라고 강제하는 것은 조폭이나 할 짓 아닌가?"

"…."

"저 친구가 전임 공직자들에게 국무회의에 안 와도 된다는 공개 발언을 한 건 정말 심각해. 자기도 검찰총장 때 당해봤잖아. 그때는 원칙을 강조하면서 잘 버티더니 대통령이 되고는 완전히 내로남불이야. 이런 억지가 어디 있나?"

"새로운 정치를 하려다 보니 불가피해서 그런 것 아니겠어? 과거 정권도 비슷한 짓을 많이 한 것 같은데. 저 친구만 문제 삼는 것은 너무 심하지 않나."

우파와 신좌파가 열을 올리면서 논쟁하는 것을 도사가 손짓으로 만류한다. 도사의 눈빛은 우파와 신좌파에게 헛소리 그만하라는 신호를 보내는 듯했다. 우파와 신좌파는 눈치를 채고 입을 다물었다. 그러자 도사는 "매미소리 한번 대단하다. 그치?"라고 혼잣말처럼 말했다.

"그렇네요. 도사님."

둘이 합창하듯 대답하자 도사가 입을 열었다.

"매미가 지금 뭘 말하고 있는지 잘 들어봐. 자네들 매미 앞에서 속된 대화로 열을 올리는 것이 부끄럽지 않나?"

우파와 신좌파가 멋쩍은 표정을 짓자 도사가 작은 목소리로 말했다.

"매미소리를 더 들어봐. 뭐라고 외치고 있는지 들릴 거야."

우파와 신좌파가 가만히 서서 매미소리에 귀를 기울이고 있는데 도사가 입을 열었다.

"매미는 지금 여름이 가고 있다고 애타게 울부짖고 있는 거야. 여름이 너무 좋은데 여름이 너무 한창이라서 여름이 갈까 봐 안타깝다는 거야. 자네들도 그렇게 들려?"

"…."

우파와 신좌파가 아무 말 않고 있자 도사가 말했다.

"내 말이 옳은지 틀린지 나도 몰라. 그렇게 생각했을 뿐이야. 매미가 우는 것은 제 맘이지만 그것을 해석하는 것은 우리 맘이다 그치?"

"…."

우파와 신좌파가 여전히 침묵하자 도사가 두 남녀를 손가락으로 가리키며 말했다.

"저 두 남녀는 운이 좋아도 저렇게 좋을 수가 있나? 재수 없으면 뒤로 넘어져도 코가 깨진다는데 저들은 앞으로 넘어지니 황금 덩어리가 눈앞에 즐비하더라, 하는 식이잖아. 1년 전만 해도 꿈도 못 꿨을 자리를 꿰찼으니 대단한 사람들이야. 이건 상상하기도 힘든 일이지. 전혀 깜이 안 되는 사람들인데 전 국민이 지켜보는 한판 승부에서 승리한 셈이야."

도사의 말에 신좌파와 우파가 동시에 같은 말로 물었다.

"어떻게 이런 일이 가능했죠?"

"그건 말이야. 공이 능력이 있어 당선된 것이 아니고 문뇌인이 시켜준 거야. 공은 정치를 모르는 사람이었는데 문뇌인이 그렇게 만들어준 거라고. 공이 정치를 잘못한다고 말해서는 안 돼. 그 책임은 문뇌인에게 있는 거야. 자네들이 저 남자를 놓고 이런저런 이야기하는 것을 내가 중단시킨 것은 이런 이유 때문이라네."

"에이, 도사님도 어떻게 그런 말씀을 하십니까?"

"내 말이 이해가 안 되는 모양이군. 공이 당선된 것은 흔히 하는 말로 집단지성의 작품이야. 문뇌인에 대한 사람들의 기대가 너무 컸고 배신당한 것 같은 실망과 분노가 공을 대통령으로 만든 거라고. 공이 정치적 자질이 있어서가 아니라 문뇌인이 미워서 찍은 거야. 그럴 수밖에 없는 것이 한국에서 큰 정당이라야 두 개밖에 더 있나? 이 당 아니면, 저 당일 수밖에 없어. 공의 당선은 본인의 노력과는 관계가 없다고 해야겠지."

"그렇습니까?"

"그럴 리가 있나요?"

"둘은 여전히 머리가 안 돌아가는군. 천천히 더 생각해 보면 이해가 될 거야. 내 한마디만 더 해주겠는데, 저자가 당선된 이유 때문에 위험해질 수 있는 거야. 불만과 분노의 감정이 뽑아놓은 지도자가 만약 실수하고 엉터리 짓을 한다? 그건 대중적 분노를 촉발하는 자살행위지. 과거의 분노보다 부풀려진 분노가 폭발할 거야."

도사가 말을 마치면서 우파를 바라본다. 우파는 도사의 시선을 피하다가 어색한 미소를 지으며 말했다.

"도사님. 너무 비관적으로 말씀하시는 것 아닙니까? 정치는 종합예술이라고 하잖아요. 여러 요인이 뒤섞여 있는 것이 정치니까 누가 압니까? 저자가 운이 좋아서 뭔가 대박을 칠지."

"나도 그러길 바라. 하지만 간단치 않아. 저자가 좋다는 근무 장소라며 청와대를 떠나 용산으로 옮겼는데 백수십 년 만에 폭우가 서울에 쏟아지자 저자가 잠을 자는 집 밖이 물난리가 나서 출근도 못 했다지 않아. 이건 그 법사가 물귀신을 어쩌지는 못해서 그랬나 봐. 이러니 세상은 넓고 귀신도 많다는 이야기가 나오는 게지."

"저 여자 논문도 그래요. 해당 대학에서는 표절이 아니라고 하는데 여기저기서 들고 일어나 지식 강도질이라고 고함을 치니 보통 일이 아닙니다. 귀신에 대한 논문인 것 같은데 복이 오지 않고 화를 부른 논문이 되어서 그런가요?"

"다 알려고 하면 안 돼. 귀신 이야기는 그만하고 정치를 보자고. 정치란 고난도의 줄타기 같은 거야. 절묘한 기술을 보여주면 대중은 열광하지. 그러다가 대중을 실망시킨다? 그러면 대중은 칼과 화살이 되어 정치를 공격하는 거라고."

도사가 말을 마치고 두 남녀를 바라본다. 두 남녀는 비서가 날라다 준 차를 마시면서 창문 밖을 내다보며 침묵하고 있다. 뭔가 편치 않는 정적이 흐른다. 여자가 침묵을 깨는데 얼굴 표정이 일그러져 있다.

"문자를 보낼 때는 조심해야지. 그게 뭐예요?"

"문자? 그게 왜 내 잘못이야? 그 친구가 부주의해서 사진기자에게 딱 걸린 거지."

"아랫것들에게 속마음은 이야기하지 말라고 법사가 그러셨잖아요? 간이라도 빼줄 것같이 하다가 언제 배신할지 모르는 게 세상사 아녜요? 흔적을 남기면 안 되다는 걸 명심하세요."

"…."

"주변 관리를 잘하셔야 해요. 그 젊은 당 대표가 대선 때 당신 많이 도운 것은 사실이잖아요. 건방 떨면서 어른 공대를 안 한 것은 문제였지만."

"그자 이야기는 하고 싶지도 않아. 대선 때를 생각하면 지금도 소름이 돋을 지경이야. 내가 정치를 모른다 해도 그렇지 어떻게 젊은 아이가 티브이 카메라 앞에서 지혜주머니를 준다는 말을 하고 그래. 국회의원 한번 못 해본 친구가 이건 뭐 정치 박사인 것처럼 날뛴 꼴이라니. 내 참 기가 막혀서."

"그래도 그 아이가 미국 대통령 선거전에서 후보들이 써먹던 수법을 도입한 것은 효과가 있었다구요. 선거에 임해서는 우리 편이 누구인지를 확실히 파악해서 작전을 달리하는 갈라치기 수법은 기막혔어요. 그리고 매사를 간단명료하게, 즉 촌철살인으로 표현하라. 피아를 확실히 구분해서 적은 최대한 가혹한 단어로 모욕하고 뭉개버려라. 이런 식으로 선거운동을 한 것은 당신 당선에 큰 도움을 줬다고 봐요."

"그건 인정해. 하지만 재승박덕이란 말처럼, 그 아이는 위아래를 분간하고 챙기는 부분은 빵점이야. 물론 정치판이라는 게 그런 식이 아니면 살아남기 힘들지만 말씀이야."

"당신도 이제 정치가 뭔지 알게 됐나 봐요. 정치는 끊임없이 자가발전을 하며 자기가 아니면 안 된다고 주변에 각인시킨다, 이것이 가장 중요하잖아요. 더 중요한 것은 주변을 튼튼하게 거느려야 해요. 그러려면 떡고물을 끊임없이 뿌려서 주변이 배부르도록 해야 한다구요. 주변에서 먹을 것이 없다고 확인하는 순간 당신은 벌판에 혼자 서야 하고 자칫하면 근혜 언니 꼴 되는 거예요."

"박근혜 언니?"

"그래요. 박 언니도 집권 초에는 레이저 눈빛으로 주변을 잘 통솔했는데 주변을 두루 챙기지 않고 최순실만 챙기다가 그 꼴 당한 거예요. 박 언니 국회 탄핵 표결할 때 박 언니가 믿었던 국회의원 다수가 탄핵에 찬성표를 던졌어요. 이걸 경험 삼아 주변 관리를 철저히 해야 살아남아요."

"그럼 그 아이를 챙겨줬어야 하나?"

"중요한 것은 동지가 원수되는 일을 당신이 하면 안 돼요. 당신도 그래야 살아남아 임기 채운 괜찮은 정치인으로 기억될 거예요."

"그게 말이 쉽지 그렇게 쉬운 건 아냐."

"세상에 쉬운 일이 어디 있어요. 끊임없이 주변을 살피고 챙기면서 노력해야 해요. 우선 자가발전에 최선을 다해야 해요. 주변에 다 맡기면 안 돼요. 내가 번쩍거리지 않으면 남들은 시선을 돌리고 멀어지거든요. 제가 이력서, 경력을 부풀린 것도 내가 반짝거리게 보여야 하고 경쟁에서 이기기 위해 어쩔 수 없는 일이었다구요. 하물며 대통령은 정말 잘해야 된다고 봐야죠. 물론 수단과 방법을 가리지 말라는 것은 아니지만."

"요즘 언론 돌아가는 것을 보니까, 내가 우군으로 생각했던 쪽에서 슬슬 나를 물어뜯고 할퀴는 것 같아. 기분 나빠."

"그건 당신 잘하라는 충고예요. 달게 받아들이세요. 그리고 근혜 언니 경우를 거울삼아야 해요. 평생 우군일 것 같던 언론이 아니다 싶으니까 앞다퉈 칼질을 했잖아요. 이런 일이 생기면 절대 안 돼요. 잘 살펴서 개들이 만족하고 안심하게 만들어주는 정치를 해야 해요."

"그런가?"

"그럼요. 그리고 아침 출근 때마다 하던 도어스테핑인가 뭔가는 안 하길 잘했어요. 원래 하지 말았어야 했는데."

"법사가 그건 괜찮다고 했잖아?"

"법사를 100퍼센트 믿으면 안 된다고 생각해요. 사소한 일에는 법사의 점괘가 맞았겠지만 지금은 다르잖아요. 한 나라의 국사를 법사가 다 챙겨주길 바라는 건 무리예요. 당신 취임 후 겪어봤지만 몇 개는 법사 말이 맞지 않았잖아요."

"그랬지. 하지만 대선 때 정말 난 아무것도 모르고 하루하루가 고역이었는데 법사가 도와줘서 큰 힘이 됐던 건 사실이야. 그런데 이제 와서 법사 말을 듣지 않는다는 걸 법사가 알게 되면 곤란하잖아."

"그건 감수해야 해요. 운이라는 게 크게 되기 전하고 크게 된 뒤에는 달라지게 되는 거니까, 법사 역할은 대선으로 대충 끝났다고 봐야 해요. 당신이 하는 정치는 큰 정치잖아요. 이 점을 중시해야 해요. 당신이 당선된 것은 대중이 코로나에 시달리고 부동산 폭등과 같은 상대적 박탈감이 컸던 상황에서 문뇌인 무능에 대한 분노와 증오를 심판하는 과정이 있었기 때문이에요. 당신도 이제 확인했겠지만 정치는 대중의 흐름에 편승하는 것이 가장 중요해요. 그런데 법사는 개인의 길흉화복을 예견하는 점괘에 주로 의존하잖아요. 이러니 당신이 꾸려가야 할 큰 정치에 더 이상 법사가 끼어들게 해서는 안 돼요. 내 말 이해하시겠어요?"

"으응, 그럼 이해하지. 귀에 쏙쏙 들어오는걸."

"제 말씀을 더 들어보세요. 대통령 선거 같은 큰 판에서 승리하려면 후보자 당사자의 능력이 아니라 상대 후보가 얼마나 잘못하는가에 달려 있어요. 실수를 적게 하는 쪽이 이기는 거예요. 이런 점은 법사가 챙길 수 있는 영역이 아니에요. 초등학교 입학 연령을 만 5세로 1년 낮추는 학제 개편을 추진해 보라는 법사 말대로 했다가 발표 나흘 뒤에 백지화 방침을 발표해야 했잖아요. 그 일을 겪으면서 법사의 역할이 끝난 것 같다고 확신했어요."

"그랬어? 하긴 그때 학제 개편에 반대하는 쪽에서 '애도 없고, 뇌도 없는 것 아닌가'라고 일갈하는 소리를 듣고 참 기가 막혔지."

"앞으로 그런 일이 반복되면 절대 안 돼요. 정치는 전쟁보다 더 격렬하고 심오해요. 수단과 방법을 가리지 않아야 이길 수 있어요. 그리고 정치는 올바르게, 공정, 정의를 실천하는 것이 아니라 갈라치기 정치를 어떻게 하느냐가 가장 중요해요. 정치적 과실은 항상 부족하기 때문에 모두가 같이 먹고 배부를 수는 없는 노릇이니까요. 이러니 이제 법사가 우리를 더 돕기는 어려워요."

"…."

"당신이 승리한 것은 촛불의 분노가 문뇌인을 심판했기 때문이에요. 그러니 앞으로 촛불이 계속 문뇌인 잔당을 불태우도록 몰아가야 해요. 북한에 대해서도 마찬가지예요. 일본과 팔짱을 끼고, 미국의 품에 안겨 북은 증오와 격멸의 대상일 뿐이라고 강조해야 돼요. 남북관계가 악화돼도 설마 전쟁이 나겠나 하는 전제 속에 북한에 대해 최고의 전투적인 공세를 펴는 거예요."

"그래?"

"대북 정책은 이승만처럼 하면 돼요. 이승만은 무력으로 북진통일만 외쳤잖아요. 북에 대해 대화하자는 소리는 한 번도 하지 않았어요. 이념이 다르면 동족이라 해도 마구 죽이라 명령했죠. 왜 그렇게 했겠어요? 당신 알아요? 모르죠? 북한에 대한 공포 때문이었어요. 공포를 이기기 위해 공세를 편 거예요. 그러니까 6·25 전쟁이 나자마자 서울 사수를 공언해 놓고 맨 먼저 수원 쪽으로 도망가면서 한강 다리 폭파했잖아요. 이승만은 겁쟁이었어요. 그러나 아무도 그가 겁쟁이라고 하지 않잖아요. 당신도 알고 보면 겁이 많잖아요. 대북 정책은 이승만처럼 하세요."

"…."

"당신은 앞으로 눈을 크게 뜨고 귀를 크게 열어서 제 말씀을 잘 듣고 따라 하시면 돼요. 제가 과거에도 어떤 면에서는 법사보다 앞일을 잘 맞출 때가 있었잖아요. 앞으로 당신이 하실 큰 정치는 법사가 챙길 수 있는 분야가 아니에요. 그리고 당신이 더 크게, 유명하게 된 것도 나를 만나서부터 그랬으니까 나를 믿으셔야 해요."

"그래야지. 내가 항상 당신을 믿고 당신 말대로 하고 있잖아."

"그렇게 하셔야 해요. 법사는 이제 서서히 멀리하는 게 좋겠어요. 제가 알아서 할게요."

"고마워, 정말 고마워, 난 당신뿐이야."

남자는 여자의 두 손을 맞잡으며 순진한 표정으로 진지하게 말했다. 여자는 자못 거만한 낯빛으로 남자를 바라보면서 예쁜 입을 달싹였다.

"저만 믿으세요. 다 잘될 거예요."

"그래, 그렇게 합시다. 난 당신만 믿으니까."

남녀의 이야기를 듣고 있던 도사가 나직이 입을 열었다.

"배신해 본 놈은 또 배신하고 말아. 그게 세상 진리야."

도사의 말을 들은 우파가 도사에게 물었다.

"그게 무슨 말씀이세요?"

"그건 말이야. 저자는 배신을 가장 두려워하는 사람이야. 자신이 문뇌인을 배신했기 때문이지. 대통령이 된 게 문뇌인 덕분이라는 것을 알고 있는데 그것을 한 번도 내색하지 않았거든. 문뇌인이 자기를 검찰총장으로 발탁할 때 청와대 비서실에서 신상 파악을 건의하자 화를 내며 하지 말라고 했고 저자의 직급이 낮은데도 임용을 강행했지. 정치는 인사가 만사라는데 문뇌인은 정말 사람 보는 눈이 없었어. 저자뿐 아니라 감사원장도 배신때렸지. 자신을 발탁해준 대통령인데 그 임기가 끝나기 전에 배신때린다는 것은 임용권자 잘못이라고 해야겠지. 발탁해서는 안 될 인물을 발탁한 거니까."

"그렇습니까?"

"그렇다니까. 저자는 정부 고위직에 검사 출신만을 기용했잖아. 배신 가능성이 가장 적다고 본 거야. 그러나 과신은 금물이지. 배신은 항상 그렇듯 가장 가까운 측근에게서 나오니까."

도사의 말에 우파가 입을 열려고 할 때 거실 문이 거칠게 열리며 비서가 뛰어 들어오면서 황급히 말했다.

"각하, 큰일났습니다."

남녀가 놀라 벌떡 자리에서 일어나 비서를 바라보며 동시에 같은 말을 했다.

"무슨 일인데?"

"예, 각하의 여론조사에서 지지율이 30퍼센트 이하로 떨어졌다고 합니다. 이건 중차대한 일입니다. 취임 몇 달 만에 임기 말에나 닥치는 변고가 생긴 것입니다. 대책을 강구하셔야 합니다. 이를 방치하면 레임덕이 불가피해질 것입니다."

"그래?"

남자가 무슨 호들갑이냐는 표정으로 대답하자 여자가 비서에게 "알았으니, 나가 보세요"라고 말했다. 비서가 더 할 말이 있는 표정이었으나 여자가 단호한 낯빛으로 턱을 위로 올렸다 내리자 황급히 거실 밖으로 나간다. 그 모습을 바라보던 여자가 남자에게 말했다.

"비서실 혁신이 급선무예요. 대선 때 수고했다고 한 자리씩 주었더니 이거 너무 수준 이하예요. 당신이 능력 있는 기술자를 빨리 찾아보세요."

"기술자?"

"그래요. 기술자, 국면 전환 기술자 말이에요. 상황대처 능력자를 비서실에 데려다 놓아야겠어요. 정치란 큰일이 벌어지면 다른 큰일로 그것을 덮는 능력이기도 하잖아요. 정치를 하다 보면 돌발적인 불상사는 항상 일어나게 되어 있는 것이고 그런 사태에 대비해서 더 큰일을 미리미리 챙겨 놓았다가 적시에 팡 터뜨려서 국면 전환을 해야 해요. 그런 일을 할 수 있는 기술자를 급히 구해야겠어요."

"그런가? 어디서 그런 능력자를 구하지?"

"검찰과 경찰, 정보부에 그런 사람이 있을 거예요. 국면 전환을 가능케 하는 것은 대형 부정부패, 비리, 깜짝 놀랄 연애인 스캔들 뭐 그런 거잖아요. 사회 구석구석을 살펴서 그런 일들을 파악해 놓았다가 당신이 정치적인 곤경에 처했을 때 그것을 덮는 작업을 할 수 있는 기술자를 빨리 구하세요."

"그래야겠군."

남자는 인터폰으로 비서를 부르더니 낮은 목소리로 그러나 강하게 지시한 뒤 여자를 보고 말했다.

"북한에서 말이야 내 이름을 들먹이면서 확 쓸어버리겠다고 협박하는데 어떻게 하지? 혹시 무슨 일 생기는 거 아냐?"

"당신도 참 겁이 많아요. 그런 일은 없을 테니까 안심하세요. 전쟁이란 자기가 살기 위해 동원하는 마지막 수단이에요. 전쟁을 해도 승산이 없다든지, 심할 경우 패배할 가능성이 적지 않다면 전쟁을 먼저 시작하는 바보는 없어요. 전쟁하겠다고 큰소리치는 것은 상대를 겁주려는 심리전에 불과하다구요."

"그럴까? 그렇다 해도 내가 표적이 되는 것 같아 불안해."

"당신 맘을 독하게 먹으세요. 그리고 저를 믿으세요. 제가 말씀드렸던 방식으로 계속하세요. 새로운 무기를 들여오거나 개발하고 미국과 군사동맹을 강화하면서 일본과도 손을 잡는 거예요. 그러면 반드시 상황이 호전될 거예요."

"어떻게 호전돼?"

"상대가 대화를 하자는 식으로 나오게 되어 있어요. 그러면 협상하는 거예요. 과거 대통령들이 했던 7·4공동선언, 6·15나 7·4선언과 같은 남북합의를 내놓게 될 수도 있고 잘하면 당신이 역사에 남는 통일 대통령으로 기록될지 몰라요. 확실해요."

"그럴까?"

남자가 감탄하는 표정을 지으며 여자에게 말했다. 여자는 당연하다는 듯 만족한 미소를 지으며 남자를 바라본다. 그러다가 놀란 표정으로 호들갑을 떨며 말했다.

"엄마야, 우리 애들이 아직도 밖에서 식사하고 있나요?"

여자의 말에 남자가 "아이고, 나도 깜박 잊고 있었네"라고 말하면서 인터폰으로 비서를 불러 큰 소리로 지시했다.

"우리 애들 빨리 데리고 들어와."

조금 후 거실 문이 열리면서 비서 두 명이 애완견들을 두 팔에 안고 들어온다. 남녀는 "아이고, 우리 새끼들"하고 큰 소리로 말하면서 애완견을 품에 안고 좋아 어쩔 줄 모르는 표정과 몸짓을 한다. 비서가 흘낏 곁눈질을 하면서 입가에 묘한 미소를 짓다가 남녀의 눈치를 보면서 황급히 무표정한 표정으로 바꾼다. 비서가 거실 밖으로 나가자 남녀는 애완견에게 더욱 짙은 애정 표시를 하면서 깔깔거린다.

그 모습을 세 존재가 바라보다가 혀를 끌끌 차면서 벽 속으로 사라졌다. 거실 창밖의 태양빛은 뜨거운 열기를 뿜어대고 있었다. 햇빛은 조금 전보다 더욱 하얀색을 띠고 있고 그 속에서 보이지도 들리지도 느껴지지도 않는 존재들이 춤을 추고 있다. 먼 과거로부터 땅에 묻혀 흙이 되고 풀과 나무로 재생하면서 세월을 보낸 존재들이었다. 그들 사이로 세 존재가 느릿느릿 걸어가다 발걸음을 멈추고 고개를 돌려 거실 쪽을 바라본다.

남녀와 애완견이 한데 어울려 뜨거운 정을 주고받고 있다. 세 존재가 허허 웃으며 발길을 재촉하는데 매미소리는 여전히 우렁차게 한낮의 더위 속을 휘젓고 있었다.

04

흰 눈이 내린다. 강추위 속 폭설이 쏟아지고 있다. 서울 용산구 녹사평역 이태원 광장에 마련된 '10·29 이태원 참사 희생자 합동분향소'가 눈을 맞고 있다. 눈처럼 하얀 천막이 눈을 막아준다. 공간에는 영정사진과 위패가 놓여있다. 해맑은 얼굴의 젊은이들이 사진 속에서 웃고 있다. 영정사진 놓을 자리가 160개 가까이 되는데 70여 개만 놓여있다. 90여 개의 주인공들은 보이지 않는다. 유족들의 의견에 따른 것이다.

"진실규명과 정부의 진정한 사과를 요구합니다."

유족 한 분이 절규하면서 말을 잇지 못하자 도열해 있던 유족들이 오열한다. 분향소를 찾은 일반인들도 흐느낀다. 슬픔과 분노가 너무 뜨거워서 그런지 함박눈이 잠시 멈춘다. 분향소가 저만치 보이는 건물 밑 그늘 속에 세 존재가 서 있다. 도사가 입속말로 희생자들의 명복을 비는 모습을 보고 우파가 물었다.

"대선 이전부터 6개월 못 넘긴다는 말이 돌아다녔는데, 혹시 도사께서 그 말 만드신 것 아네요?"

"예끼, 못하는 소리가 없구먼."

"아니라구요? 한데 뭔가 기이하다는 거예요. 자연스럽지가 않아요. 뭔가에 의해 기획되거나 연출된다고 할까?"

"이자가 무슨 말을 하고 있는 거야?"

"그게, 그러니까."

"진정하고 내 말 들어. 모든 것은 자업자득이야. 자기가 씨를 뿌린 대로 거두는 거라니까."

"그래도 어쩐지."

"여전히 날 의심하는군. 공과 김거니가 오늘의 사태를 만든 거야. 그들이 기획한 방향으로 전개되는 거라고. 이태원 참사 직후 그들이 나눴던 대화 장면을 내 신통력으로 되살려 보여줄 테니, 잘 보라고."

도사가 말을 마치더니 뭐라고 주문을 외우자 남녀가 대화를 나누는 모습이 홀로그램처럼 나타났다. 새로 옮긴 관저의 거실에서 진지하게 대화를 하고 있다. 주로 여자가 지시를 하는 식으로 대화가 이뤄지고 있었다. 남자는 다소곳이 앉아 경청하거나 메모를 하고 있다. 여자가 티브이에서 이태원 참사 현장 모습이 나오자 사나운 눈초리로 바라보면서 말했다.

"우선 세월호를 연상케 건 모두 배제하세요. 명칭이나 현장, 원인 설명이나 규명 작업 과정에서 그렇게 해야 해요. 그리고 책임 문제를 한 곳으로 집중시키지 말고 분산시키세요. 그래야 사람들이 헷갈려서 당신에게 손가락질을 못할 거예요. 처음부터 덜렁 '제 탓이요'라고 해버리다간 근혜언니 신세가 될 거예요. 알았죠?"

"으응, 그렇지. 그게 정답이지. 명심할게. 당신은 나의 영원한 가이드, 멘토잖아."

"같은 말 자꾸 반복하지 말아요. 그러다 정신 헷갈리면 안 된다니까."

"알았어. 내가 메모할게."

"그럼 조금 전 제가 한 말대로 행안부장관이 기자들에게 말하도록 전하세요. 첫 단추가 중요하니까. 꼭 그렇게 해야 해요. 뜻은 정확히 간단명료하게 말이죠."

"응 알았어."

남자는 즉각 핸드폰을 꺼내 누군가에게 전화를 건다. 그런데 그때 화면이 흐려지면서 남자의 목소리가 잘 들리지 않는다. 도사가 투덜거리며 다시 주문을 외자 홀로그램이 뚜렷하게 허공에 등장했다. 여자와 남자가 티브이를 보고 있는데 행안부장관이 기자들에게 브리핑하는 장면이 방영되고 있었다. 남자보다 나이가 한참 아래지만 얼굴 모습은 훨씬 연상으로 보이는 행안부장관이 입을 놀린다.

"이태원 사고는 예방 불가능한 사고였습니다. 어느 누구도 예측할 수 없었던 불가항력적인 사고입니다."

여자는 그 모습을 보면서 만족한 표정으로 남자에게 말했다.

"이제부터 당신 지지자들이 나설 차례예요. 피해자들이 왜 하필 그곳에 몰려가서 사고를 일으켰느냐는 메시지를 날리면 되는 거예요. 남들은 2차 가해라고 말할지 모르지만 어쩔 수 없어요. 당신이 무사하기 위해서는 피해자 책임론으로 여론을 몰아가야 해요."

"세월호와 다르게 하란 말이지?"

"그래요. 우선 분향소를 전국 각지에 만들어야 해요. 그래야 조문객이 분산됩니다. 분향소에 영정과 위패는 안 돼요. 그렇게 해야 대중이 동정하지 않게 돼요. 이태원 참사를 상징하면서 대중이 집중할 수 있는 것들은 철저히 배제하세요. 공무원들이 가슴에 다는 추모 리본에는 아무 글자도 넣지 마세요. 그리고 당신은 국가 애도 기간을 선포하고 그 기간 동안 매일 장소를 바꿔 분향소에 조문을 가는 거예요. 국민이 보기에 가장 슬퍼하는 모습으로 각인돼야 해요. 참사 희생자의 모습 대신 슬퍼하는 당신의 모습이 모두에게 기억되도록 말이에요."

"…."

"그리고 인터넷에서 참사 희생자나 유가족을 비난하는 댓글이 홍수처럼 쏟아지게 하세요. 그렇게 하는 방법 알죠? 경찰 사이버 수사대 등이 모르쇠 하도록 해야 하고, 표현의 자유라 어쩔 수 없다고 얼버무리도록 하세요."

"알았어."

"가장 중요한 것은 당신이 청와대를 떠나 용산으로 집무실을 옮긴 것이 참사 원인의 하나가 되었다는 주장은 처음부터 박살 내버려야 해요. 대통령 경호 때문에 경찰력이 이태원 참사 예방에 동원되지 못했다는 점도 거론되는 것을 방치하면 안되는 거 알죠?"

"그럼 내가 왜 그걸 모르겠어."

"그뿐 아니에요. 이태원 참사에 정부가 총체적 책임을 진다는 모습을 보여서는 절대 안 돼요. 그러니 행안부장관이나 경찰 책임자 등도 사표를 내거나 사과하면 안 돼요. 당신이 보호받으려면 그들이 방패 역할을 해야 해요."

"…."

"총리도 이태원 참사와 관련해서는 항상 피해자들 책임이 크다는 식의 언행을 하도록 조치하세요. 물론 그분은 눈치가 백단이라 자기가 뭘 해야 할지 알고 있을 거예요."

"…."

"결국 당신이 제일 중요해요. 이태원 진상조사가 끝날 때까지 절대 공개 사과하면 안 돼요. 그것은 공격의 빌미가 되니까. 그리고 염장 지르는 최선의 방법이 엇박자로 행동하는 것이란 상식쯤은 아시죠?"

"그게 뭔데?"

"예를 들면 이런 거예요. 이태원 참사 49재가 진행되는 날에 우리 내외는 이태원 참사 현장과는 전혀 분위기가 다른 행사에 참석하는 거예요. 참사 현장이 눈물로 뒤덮이고 유가족과 시민들의 절절한 절규가 터져 나오는 순간 우리 부부는 딴전을 피워야 해요. 크리스마스를 앞둔 대기업 판촉 행사에 참석해서 다 같이 웃고 즐기는 모습이 티브이 등에 크게 소개되도록 해야 해요. 정부 기관 공직자들이 이태원 참사와 관련해 어떻게 대처해야 할지 알려주는 가이드라인을 제시하는 메시지가 되는 거예요."

여자의 말에 남자가 뭐라고 말을 하려는데 홀로그램이 꺼진다. 우파는 "더 보고 싶은데"라고 말하다가 도사의 안색을 살피더니 입을 다문다. 지그시 눈을 감고 있는 도사의 표정이 평상시와 달랐다. 분노의 표시인지 비웃는 모습인지 얼핏 분간이 되지 않는다. 신좌파가 도사를 보면서 입을 열었다.

"도사님, 이태원 참사가 일어난 것은 필연입니까, 아니면 우연입니까?"

"좋은 질문이다. 세상사 모든 일은 필연이면서 우연일 수 있는 요인을 지니고 있기 때문이다. 하지만 둘 중 어느 쪽인가 하는 것을 결정하는 분은 따로 계시다. 저 먼 곳에. 나도 감히 상상할 수 없는 높은 곳에 계시는 분이다."

"그렇습니까? 그렇다면 저와 같은 미물이 필연인지 우연인지를 알려면 많은 세월이 흐른 후에야 가능하겠군요."

"그렇다고 봐야지."

도사가 말을 마치고 엄숙한 표정을 짓자 우파가 나섰다.

"도사님에게 여쭙겠습니다. 이태원 참사가 앞으로 남자와 여자에게 어떤 영향을 미치게 됩니까? 혹시 박근혜처럼 될 가능성도 있나요?"

"그거야 알 수 없다. 세상이란 계속 변하기 때문이다. 박근혜가 탄핵당했던 상황은 이제 역사가 되었고 오늘날의 상황은 그때와 다르게 흘러가는 거다."

"세상사가 변한다고 하지만 큰 틀에서 유사하게 반복되는 일도 많잖습니까?"

"난 아직 그 질문에 대답을 할 만한 경지에 이르지 못했다. 더 이상 묻지 마라."

"…."

우파가 할 말을 찾지 못하고 침묵하자 도사가 훌쩍 허공으로 떠오르면서 말했다.

"공이 중요한 회의를 주제하고 있으니 그곳으로 가보자."

"그러시죠."

우파와 신좌파도 화급히 몸을 움직여 도사를 따라간다.

남자가 용산 집무실에서 외교안보 참모를 모아놓고 회의를 주제하는데 분위기가 심상치 않다. 북한군의 동태 보고서를 보다가 잔뜩 겁을 집어먹은 표정으로 말했다.

"난 군대를 안 갔다 와서 그런지 북한 군인들을 보면 겁이 나. 미국과 일본이 없으면 우리 힘만으론 안 될 것 같아."

그의 말에 국방담당 참모가 입을 열었다.

"미국에 기대야 합니다. 옛날 병법에 이르기를 약한 쪽은 가장 강한 편에 붙어야 후환이 없다고 했습니다. 약한 쪽에 붙었다간 같이 망하게 될 확률이 높다고 합니다."

"그런가?"

"예, 그렇습니다. 이승만 대통령이 그렇게 하지 않았습니까. 최강자인 미국이 하자는 대로 하고 한국에서 철수하지 말아달라고 미국 바짓가랑이 잡고 매달린 겁니다."

"그러나 나라 체면이 말이 아니잖아. 외국군에게 군 지휘권을 넘겨준 것은 좀 그렇지 않은가. 세계에서 우리나라만 그런 꼴이잖아."

"그래도 안전이 최고입니다. 나라 체면 좀 구긴다고 뭐 어떻습니까? 국민의 입장에서는 이승만 대통령 결단에 박수를 보내고 있습니다."

"그래? 그래도 지금 우리나라는 군사력이 세계 6위나 되는데 좀 그렇지 않나?"

"그렇지 않다니까요. 중국, 러시아도 고려해야 합니다. 우리 같은 입장에서는 세계 최강인 미국과 동맹을 맺어야 안전합니다."

"그럼 평화통일은 어렵지 않을까. 북이 우릴 어떻게 보겠어?"

"북이요? 남북이 평화통일한다는 것은 불가능합니다. 국회에서 여야가 싸우는 모습을 보세요. 이건 총만 안 들었지, 전쟁하는 것과 흡사합니다. 남북 간에는 몇십 배, 몇백 배 더 한다고 봐야죠."

"그럴까? 그러면 어떻게 하나?"

"미국, 일본과 군사적 관계를 계속 강화해서 최대한 북을 압박하는 겁니다. 겁이 나서 두 손 번쩍 들고나오도록 말이죠."

"그럴까?"

"여러 가능성 가운데 그것이 가장 높습니다. 북한이 핵무장을 하거나 핵 보유국이 되는 것은 중국이나 러시아도 싫어합니다. 유엔에서 대북제재에 찬성하잖아요. 그러면서 북한에 우호적인 것은 북한이 핵만 포기하면 적극 지원하겠다는 의사표시라고 보시면 됩니다. 그러니 북한이 핵을 포기하도록 저희도 압박을 가해야 합니다."

"미국에 더 사정해야 하나? 그러려면 뭔가를 퍼줘야 하는데. 지금도 미군이 한국에서 누리는 기득권이 너무 커서 말이야. 일제가 패망한 뒤 미군이 점령군으로 그 자리를 차지했다는 비판이 있잖아. 그런 것을 덮어버릴 다른 묘수가 없을까?"

“다른 방법을 찾는 것은 위험 부담이 너무 큽니다. 미국이 가만히 있지 않을 것입니다. 그러다가 국내에서 집권 기반을 상실할 수도 있습니다. 국민은 안보 불안을 제일 싫어하니까요.”

“그런 면이 있군. 집권하지 못하면 소용없잖아. 내 국정철학을 실천할 기회도 없어질 테니까. 좋아. 최선은 역시 미국, 일본하고 군사적 연대를 강화하고 북에 대해서는 최대한 압박하는 거야. 지금까지 해오던 대로 GO 하는 거다.”

“각하 현명하십니다. 그러면서 주사파나 종북 세력이 기를 펴지 못하도록 경계하는 발언을 계속하셔야 합니다. 그래야 야당을 왜소화시키고 우파적 유권자들의 지지를 받을 수 있습니다.”

“그렇군. 그럼 다음 주제로 넘어갈까?”

“예. 최근 야당 당 대표와 몇몇 의원에 대해 검찰 수사가 이뤄지고 있는데 이건 효과가 큰 것 같습니다.”

“어떤 면에서 효과?”

“각하 지지도가 바닥세였지만 상승 기조를 보이는 것은 야당에 대한 실망의 반작용이라는 측면도 있다고 볼 수 있습니다.”

“예끼, 이 사람아.”

“각하, 정치는 그런 것입니다. 저희가 잘해서 인기가 올라가는 방법이 최선이지만 차선책으로 상대가 못하도록 보이게 하는 것도 주목해야 합니다.”

“하긴 그렇기는 해. 그리고 말이 나와서 하는 말인데. 내 주특기가 검사하는 것이었잖아. 나는 정치를 검찰 때 익힌 방식대로 하는 게 편해. 미운 놈은 우선 수사대상에 올려놓고 털어보는 거야. 털어서 먼지 안 나는 놈은 못 봤거든. 정치도 마찬가지야. 상대 코를 납작하게 해놓고 협상을 하면 편하잖아.”

"각하, 바로 그것입니다. 각하는 역시 현명하십니다. 사람은 제 주특기대로 사는 게 가장 생산성이 높습니다. 섣부르게 남의 흉내를 내는 것은 바보짓이죠. 각하는 각하께 익숙한 방식으로 정치를 하는 게 어떤 면에선 정치에서 신기원을 이루는 것이랄까, 창조적 정치의 실천이랄까, 이런 평가가 가능할 것입니다."

"자유민주주의를 지키려면 법치가 우선되어야 하지. 법대로 하면 만사 오케이야. 노동개혁도 노조의 투명한 예산 집행이 실천되도록 하는 데서 출발해야지."

"그렇습니다. 노조활동은 사용자나 노동법과 직결되어 있습니다만 노동자가 사용자를 착취하는 걸 방치해서는 안 될 것입니다."

"나도 그런 생각이야. 주사파들은 내 장모와 안방마님에 대해 이러쿵저러쿵 말도 되지 않는 억지소리를 하고 있지만 법대로 하니까 문제된 게 없잖아."

"그, 그렇습니다."

"안방마님 논문 문제도 잘 해결됐고 무슨 주가조작 문제? 그것은 검찰이 잘 대처하고 있지?"

"그렇습니다."

"법치란 역시 좋아. 지금처럼 검찰과 경찰이 알아서 착착 손발을 맞춰주는 것은 참 절묘한 법치라고 생각해. 유사 이래 만인이 동의하는 법치는 없었지. 칼자루 쥔 입장에서 하는 법치는 지금 우리의 경우처럼 선택의 여지가 없을 때 최선책이라고 봐."

"그렇습니다. 각하의 국정철학을 실천하기 위해서는 법치를 앞세워 기강을 세우고 정치권은 물론 일반 사회가 긴장하도록 만드는 것이 1차적인 정지작업이라는 점에서 더욱 그러합니다."

"그래, 그럼 지금처럼 하는 거야. 법무장관도 선택적인 정의실천 작업에는 아주 능난하더구먼. 인상만 깨끗한 게 아니라 일 처리 솜씨도 아주 깔끔해. 지금처럼 계속하는 거야. 특히 국회에서 다수당의 횡포를 벌이는 야당을 길들이기 위해 계속 털어보는 거야. 위아래 가릴 것 없이 검찰로 소환장 발부하는 식으로 해보자고. 허허허."

공이 웃자 다른 참모들도 일제히 너털웃음을 터뜨린다. 실내 분위기가 한결 부드러워진다. 그때 그가 구두를 벗더니 옆의 빈 의자 위로 발을 올린다. 대선 후보 시절 기차나 사무실에서 했던 모습이었다. 그의 발에서 냄새가 나는지 옆자리 참모가 보일 듯 말 듯 미간을 찌푸린다. 그러면서 입으로는 웃음소리를 크게 내고 있다.

"쯧쯧쯧쯧."

사무실 구석진 곳에 서 있던 도사가 안타깝다는 듯 혀차는 소리를 낸다. 신좌파가 그 모습을 보고 입을 열었다.

"누구나 제 주특기를 못 버리는 모양입니다. 전에 MB가 그랬지요. 청계천을 도심의 개천으로 만들어 세계적으로 찬사를 받더니 대통령이 된 뒤 전국의 강을 청계천처럼 개발하려고 시도했잖아요. 그 결과 미래에 대한 투자하고는 거리가 먼 결과가 되고 말았지만."

"그래. 그랬었지. 인간이란 그런 면을 벗어나기는 어렵다고 봐. 보고 배운 것이 그것이니까."

"저 남자도 그런 면이 있어요. 과거 검찰 시절 미운 놈은 샅샅이 털어서 감옥에 가두던 버릇을 정치권에 와서도 못 버린 것 같아요."

"그렇다니까. 지금 하는 짓을 보면 저자 검찰 시절, 억울하게 당한 경우가 적지 않았겠어. 내로남불이 심한 것을 보니까 더욱 그래."

둘의 이야기를 듣던 우파가 끼어들었다.

"저는 저자에 대해 이러쿵저러쿵 말하고 싶지 않습니다. 저자를 발탁한 문뇌인이 문제라고 생각합니다. 남자의 단점이 지적될수록 저는 문뇌인이 책임을 져야 한다고 생각합니다. 검찰총장을 시키려고 참모들의 인사 검증 건의도 무시하고 파격적으로 기용하면서 결국 전국적인 인물로 만들어 정치권 최고의 자리까지 올렸잖아요."

"그렇기는 하네. 문뇌인이 사람 보는 눈은 없었던가 봐. 정치는 인사가 만사라는데 그렇게 눈이 어두웠다니 안타까운 일이야."

"그렇다니까요. 문뇌인이 발탁했던 인물이 대통령 임기가 끝나기도 전에 등 돌린 고위층이 한둘이 아니었잖아요. 등 돌린 인사들도 은혜를 모르는 파렴치한이라는 손가락질을 받아야 마땅하지만 그런 인물을 중용한 인사권자도 비판을 면치 못한다고 생각합니다."

"그래, 그것도 그렇군. 문뇌인은 촛불혁명으로 얼떨결에 청와대 주인이 되었다지만 5년 동안 한 일이 없다잖아. 더욱이 여당 국회의원이 과반이 넘게 당선되었는데도 개혁입법조차 제대로 만든 것이 없다는군. 정말 한심해. 그렇게 무능할 수가 있었나 싶어."

"그 덕분에 저자가 덜컥 대권 자리에 올랐잖아요. 대선 당시 공개토론만 보아도 수준 미달인 것이 확실했는데 표가 몰렸잖아요. 그건 문뇌인에 대한 실망과 분노가 만든 결과라고 봅니다."

"민심은 무서운 거야. 자네가 말한 것처럼 민심이 화풀이하는 식으로 투표를 했다고만 보기는 어려워. 더 깊은 뜻이 있을 거야."

"그것이 무엇일까요?"

"그건 말이야. 문뇌인 지지 정당이 무능하고 부패해서 더 이상 집권해서는 안 된다고 심판한 것이 첫째라고 봐. 그다음은 우파에 대한 청소를 더 철저히 하라고 촉구하는 저의가 있었다고 생각해. 우파는 박근혜 탄핵을 거치면서 반성하는 척했지만 본질은 전혀 변치 않았다가 저자가 대권 자리에 오르면서 그 본색이 적나라하게 드러나게 된 거야. 반성의 시간은 끝났다며 활개를 치기 시작한 거지. 유권자가 그것을 꿰뚫어 보고 우파를 다음에 심판하려고 한 포석이 아닌가 해."

"도사님, 너무 주관적으로 판단하시는 거 아닙니까?"

"그럴지도 모르지. 하지만 냉정하게 거대 여야 정당을 살피면 간판만 차이가 있지 대동소이한 것도 사실이지. 두 거대 정당은 인권 신장을 위해 필수적인 차별금지법이나 국가보안법 등에 의견 일치를 보였잖아. 그것을 손대지 않는 것으로 말이야."

"…."

"두 거대 정당은 다 우파적 성격의 당헌, 당규를 채택해 큰 차이가 없어. 국회의 민주화에 대해서도 관심이 없다는 공통점이 있지. 다른 국가에서 찾아보기 힘든 정당 대표 제도를 통해 국회의원들을 군대식으로 통솔하려는 제도를 유지한 거야. 참 한심한 일이지. 국회의원은 개개인이 다 헌법기관인데 당 대표의 부하처럼 의정활동을 하고 있잖아."

"…."

"왜 입 다물고 있어? 내가 더 말해줄까. 민주주의는 누구나 정당을 만들 수 있는 권리가 보장되어야 하는데 두 거대 정당은 자신들의 기득권을 유지하려고 정당 창당을 어렵게 하는 법을 유지하고 있잖아. 창당하려면 몇 개 시도에서 당원의 일정 수를 미리 확보해야 하는 것으로 법이 되어 있어. 이것은 악법이야. 외국에서는 국민 한 사람이 정당을 설립하도록 하고 있어. 이게 옳은 거야. 민주주의는 정치참여의 문턱이 높아서는 안 되는 거야. 국민이 자유롭게 정당을 만들 수 있어야 정치에 참여할 수 있는데 한국은 그것을 원천 봉쇄하고 있는 셈이지."

도사는 여의도 민주주의가 이름만 그럴싸하고 내용을 보면 박정희가 만들었던 독재정치의 유산을 계승하고 있다는 점을 지적했다.

"여의도의 두 거대 정당은 물론 군소정당도 진정한 의미에서 신좌파적 정당이라고 할 수 없어. 한미 군사동맹이 주종의 관계이고 기울어진 운동

장인데도 지적을 하지 않아. 미국이 한반도에서 언제든 전쟁을 할 수 있는 특권을 누리고 있는 것은 과거 일제의 지배 시절을 연상시키는데도 입을 다물고 있잖아."

도사가 한참 열을 올리고 있는데 갑자기 남자가 주제하는 회의석상에서 고성이 터져 나왔다.

"두 마리 새우가 뭐 어쩌고 어째?"

"…."

"그자의 입을 틀어막을 수 없나? 왜 이렇게 방치하는 거야!"

남자의 화난 목소리만 들릴 뿐 실내의 어느 누구도 입을 열지 않는다. 집권 여당이 전당대회를 앞두고 당 대표 선출에 당원만 투표를 하도록 당헌당규를 바꾸는 과정에서 나온 전 당 대표 이주섭의 발언을 놓고 그가 분노를 터뜨리고 있다. 남자의 구미에 맞는 인사를 당 대표로 앉히기 위해 동원한 비상한 방식인데 이주섭이 "새우는 고래가 될 수 없다"는 논리로 짓밟아 버린 것이다. 촌철살인이라더니 이자가 한마디로 세간의 관심을 한 몸에 집중시키면서 남자의 노림수에 찬물을 끼얹는 발언을 한 것은 그를 무척 화나게 만들었다. 남자는 자신의 눈 밖에 난 인사는 결코 가까이 하거나 같은 공간에서 숨을 쉬는 것도 참지 못하는 성격이었다. 밥은 당연히 같이 먹지 않았다.

이주섭이 자신의 대권 승리에 기여했다고 해서 내버려 두지 않았다. 비상한 방식으로 이주섭을 당 대표에서 몰아내는데 성공한 것이다. 그런데 상황이 종료된 것이 아니었다. 남자가 자신의 정치적 소신을 실천하기 위한 당 체제 정비를 하는 과정에서 이주섭이 다시 고개를 들이밀고 나타나 그의 신경을 거슬리게 하고 있는 것이다.

"전당대회 투표 방식이란 정하기 나름이야. 오야 맘 대로라는 거지. 그것을 놓고 반대하는 목소리가 너무 많이 나오는 게 문제야."

"…."

"왜 이따위 불상사가 사전에 통제되지 않는 거지?"

"그게, 그러니까 언론이 무책임하게 써 갈기는 바람에…."

"그걸 말이라고 해? 언론에서 받아쓰기 전에 예방을 해야지. 그 주둥아리에서 헛소리가 나오지 못하게 만들어야 한다니까."

"그건 좀 그렇습니다. 왜냐하면 전직 당 대표이기도 해서 언론이 주목하고 있단 말입니다."

"한가한 소리 하고 있네. 우리가 존경하는 이승만, 박정희 대통령의 통치방식을 배워야 한다고."

"…."

"입을 다물게 해야 해. 그 방법은 여러 가지가 있잖아. 검찰이나 경찰, 정보부는 뭘 하고 자빠졌나? 그자의 뒷조사를 해서 약점을 잡아내야지. 이렇게 손쉬운 것을 왜 못해!"

"그자의 자기 관리가 철저하다 보니 약점 파악이 안 됩니다."

"파악이 안 돼? 그럼 만들어야지. 우리 일선 검찰 시절에 많이 해봤잖아. 요새 한동판 장관 지휘를 받는 검찰 아이들이 곧잘 하는 것 같던데."

"그건 성격이 다릅니다. 이른바 구악들은 사방팔방 뒤지면서 털면 물건이 나오지만 이자는 젊은 데다 그런 구악들과는 질이 달라서 말입니다."

"으이구. 저 사고방식하고는. 지금은 인공지능 시대야. AI 시대에 걸맞은 수사 기법을 개발하란 말이다. 60년대, 70~80년대 방식으론 안 돼. 머릿속을 현대화해서 대처해야지. 과거의 프레임에 갇혀 있어서는 아무것도 하지 못해. 내 말 이해하겠나?"

"예, 옛."

남자는 이주섭을 생각할수록 화가 치밀었다. 대선 과정에서 자신을 괴롭혔던 야당 대표는 검찰이 손을 보면서 부동산 문제를 걸어 구석으로 몰자 맨붕 상태에 빠져 제 역할을 못하고 있다. 남자는 그것을 보고 속으로 쾌재를 부르고 있었다. 기소 유지가 될지 여부도 확실치 않은 혐의로 구속영장을 신청할 방침까지 세워놓은 터여서 앞으로 야당 관리는 문제가 없을 것으로 낙관하고 있었다. 내친김에 여당 지도체제를 자신의 말을 잘 들을 인물로 세우려 노력을 하고 있는데 이주섭 그자가 다시 입방아를 찧고 나선 것이 영 맘에 걸렸다. 남자가 쩌렁쩌렁 울리는 목소리로 참모들을 호통쳤지만 아무도 해법을 내놓지 못한 채 쩔쩔매고 있다. 그때 남자의 핸드폰에서 전화벨이 울린다. 핸드폰을 살피다가 안색이 환해지면서 전화를 받는다.

"자기야? 나 회의 중인데. 뭐라고요? 회의 진행 방식을 바꾸라고?"

남자는 전화를 받다가 자리에서 벌떡 일어나 사무실 구석으로 걸어가며 대꾸하는데 목소리가 자꾸 작아지고 있었다. 참모들은 남자의 첫 응대 목소리에서 여자의 전화인 것을 알아챘지만 남자가 자리를 옮기며 목소리를 낮추는 바람에 대화 뒷부분은 듣지 못했다. 남자는 사무실 구석에서 최대한 작은 목소리로 변명하듯 통화를 하는데 참모들이 보기에 선생님에게 혼나는 초등학생 같은 분위기였다.

도사가 그 모습을 지켜보다가 혀 차는 소리를 낸다. 우파와 신좌파도 한심하다는 표정이다.

"저자가 그래도 프로선수 한 명은 모시고 있는 것이 확실하군."

도사가 혼잣말처럼 중얼거리자 우파가 물었다.

"도사님 무슨 말씀입니까?'

"남자의 뒤에는 확실한 전문가가 있는 것 같단 말이네."

"어떤 전문가요?"

"뭐랄까, 박정희, 전두환 때 맹활약했던 인물이 활약하고 있는 것 같아."

"왜 그렇습니까?"

"일사불란하다는 점에서 칭찬을 들을 만하지."

"어떤 경우에 그렇습니까?"

"통치의 큰 줄기가 반공, 반노조 노선에 맞춰져 있고 거기에 맞춘 대통령실 인사가 착착 이뤄지고 있다는 점에서 그렇네."

"그렇습니까?"

"몇 가지 사례를 들어볼까? 첫째 남자가 임명한 진실·화해를위한과거사정리위원회(진실화해위)의 김광동 신임 위원장이지. 김 위원장은 내로라하던 우파 지식인으로 '뉴라이트의 이념적 대부' 구실을 한 인물이야. '태극기부대'나 극우 성향 인물들이 줄곧 내세우는 선동적 주장을 양산했었지. 김 위원장의 관련 발언에 대해 한 신문이 정리한 기사 내용을 한번 보게."

도사가 핸드폰을 꺼내 검색한 자료를 우파와 신좌파에게 보여준다.

"과거사위원회나 각종 시민단체 활동은 위원회 정치이고, 그것이 바로 소비에트 정부다"(2009년, 유튜브 <참깨방송>).

"제주 4·3은 남조선로동당을 중심으로 한 공산주의 세력에 의한 폭동이다"(2011년 6월, 4·3사건 교과서 수록 방안 공청회).

"10월 유신은 우리 근현대사의 위대한 전환이자 성공의 기반이다"(2019년 10월, 박정희대통령기념재단 토론회).

"광주 사건에 북한이 개입됐다는 가능성 있는 의혹… (계엄군의) 헬리콥터로 기관총 사격을 했다는 것은 명백한 허위사실이다"(2020년 10월, 한국하이에크소사이어티 심포지엄).

"대단한 인물입니다."

"우와."

우파와 신좌파가 놀라 한마디씩 하자 도사가 입을 열었다.

"5·18 단체 등에선 김 위원장이 과거 논문이나 저작, 토론회 등에서 독재정권을 미화하고 민주화운동을 폄훼했을 뿐 아니라 과거사 정리의 의미와 필요성을 부인한 전력까지 잇달아 확인되었다며 부적절한 인사라며 해임을 요구했지만 남자는 귀를 꽉 막고 있다네."

그러자 우파가 말했다.

"저 남자는 대선 공약으로 광주 5·18 정신을 헌법 전문에 수록하겠다고 했는데 이상하네."

도사는 우파가 못 믿겠다는 표정을 짓자 말을 계속했다.

"그래? 한 가지 더 말해줄 테니 들어보게. 저 남자가 초대 행정안전부 경찰국장으로 임명한 김순호 국장은 운동권 학생이었다가 동료들을 밀고해 공안경찰에 특채됐다는 이른바 '밀정 의혹'의 주인공이야. 인천부천민주노동자회(인노회) 회원들은 김순호 국장의 갑작스러운 잠적과 공안 경찰이 되기까지의 과정에 수상한 게 한두 가지가 아니라고 증언했고 당사자는 확실한 반론을 제기하지 못했다고."

"그래서요?"

"남자는 김순호 경찰국 초대 국장을 6개월 만에 경찰 서열상 경찰청장(치안총감) 다음으로 높은 치안정감으로 승진시킨 거야. 2022년 6월 경무관에서 치안감으로 승진한 김 국장은 6개월 만에 다시 치안정감으로 '초고속' 승진한 셈이지. 이건 뭘 의미하겠어?"

"…."

"남자는 자유민주주의를 입에 달고 살잖아. 그러다 보니 반북, 반노동, 반야당에 적대적 발언을 양산하고 있지. 북한 핵과 미사일에 대해서는 외국에 나가서도 응징을 외치고 미일동맹 체제를 강화해서 대처하겠다는 거고. 대북 노선은 북한 전체를 반국가단체로 규정한 국가보안법 정신에 투철한 면을 보이고 있어. 특수통 검사 출신답다고 할까.”

“….”

“노조 파업을 북한 핵과 비유하며, 노조 파업의 피해가 북한 핵으로 인한 피해와 유사하다고 했지. 남자는 민주노총 전국공공운수사회서비스노동조합 화물연대본부(화물연대) 파업이 이어지자 참모들과의 비공개회의에서 화물 운송 노동자들의 파업을 겨냥해 ‘북한의 핵 위협과 마찬가지다. 원칙을 세워야 한다’는 강경 발언을 쏟아냈다는 거야. 노동자 파업을 국가안보 위협에 견주는 방식으로 노조를 향한 적대적 인식을 드러낸 셈이지.”

“….”

“대장동 사건에 대한 검찰 수사도 야당 탄압이라는 비판을 자초하는 거야. 이자명 민주당 대표는 수년 전부터 이 사건과 관련해 수사를 받았지만 이렇다 할 혐의가 나오지 않았는데도 수사를 계속하면서 검찰 소환까지 하잖아. 더욱 기이한 것은 대장동 사건과 관련해 구속수감되었던 주범들이 전부 풀려난 상태에서 재판을 받고 있다는 거야. 이들이 이자명 대표에 대한 폭로를 하도록 입을 자유롭게 해준 모양이랄까. 하여튼 법에 의한 조치라고 하지만 검찰의 이런 행태가 정권의 개라는 비판을 자초하는 측면이 있다네.”

“….”

도사가 말을 마치고 뜨거운 한숨을 쉬면서 혼잣말로 욕설 비슷한 말을 중얼거린다. 우파는 곤혹스러운 표정을 지으면서 입맛을 쩍쩍 다신다. 신좌파는 허공을 바라보면서 씩씩거리고 있다. 사무실에서는 여전히 남자의 목소리만 쩌렁쩌렁 울리고 있었다.

"자유민주주의를 실천하는 것이 내 정치철학 아닌가. 이를 실천하기 위해서는 검찰과 경찰, 정보부가 앞장서야 하는 거야. 그래야 자유민주주의를 파괴하려는 공공의 적들을 제때 확실하게 제압할 수 있는 거라고. 자유민주주의를 실천하려면 선거에서 이겨야 하는데 그러려면 선의의 거짓말도 불가피한 거라고. 자유민주주의를 위해서라면 선거 때 내놓은 공약은 안 지켜도 되는 거야. 자유민주주의를 위해 밀고한다? 이건 표창감이야. 대의를 실천하기 위한 과감한 결단이라고 할 수 있지."

남자의 목소리가 점점 더 커지고 있었다. 도사는 그 모습을 물끄러미 바라보다 탁한 목소리로 말했다.

"나가지."

도사가 말한 뒤 앞장서 사무실 벽을 통해 밖으로 나간다. 두 존재도 뒤따라 사라졌다. 그들이 떠난 뒤에도 남자는 계속 자유민주주의를 앞세웠고 목소리는 창밖으로 삐져나가 용산 미군기지 터에서 뿜어져 나오는 공해 악취와 독가스를 뚫고 허공으로 퍼져나갔다. 남산 꼭대기까지 당도하더니 불어오는 바람에 실려 사방으로 흩어졌다. 사방천지에서 자유민주주의 소리가 울려 나오기 시작했다.

05

"우리의 사랑스러운 귀염둥이가 열한 마리로 늘어났어. 자기 기쁘지?"

"그렇다니까. 우리가 얼마나 정이 많은 커플인지 사람들이 알면 감동할 거야."

"그럼, 그 누구는 북한 방문할 때 받았던 풍산개를 못 키우겠다고 내팽겼잖아."

"그러네. 그것과 너무 비교된다. 우리는 정말 휴머니스트야."

공서결과 김거니는 2022년 12월 크리스마스 전날 한 화재보험 회사 안내견 학교에서 은퇴 안내견을 분양받는 행사에 참가했다. 사진기자들 앞에서 포즈를 취한 뒤, 대선 후보 시절 "당선되면 봉사를 마친 안내견을 분양받아 보살피겠다"고 약속했고 이날 그것을 지키게 된 것이다. 남자는 은퇴견에게 조끼를 입혀준 후 안아주었고 여자는 꽃목걸이를 걸어주면서 6년간 안내견 역할을 성실히 수행한 것을 축하했다.

그는 기자들에게 "이 안내견은 크리스마스이브에 받은 선물 중 최고의 기쁨과 행복을 준 선물이다. 안내견이 은퇴 후에 새로 분양되는 것을 '은퇴견 홈케어'라고 하는데, 오히려 우리 가족이 새롬이에게 케어받고 더 행복해질 것 같다"며 흐뭇해했다. 남자와 여자가 애완견을 사랑스럽다며 애정을 표하는 시간 그 장소에서 멀지 않은 한 성당 입구 게시판에는 "애완동물이 아니라 아이를 길러야"한다는 교황의 말씀이 적힌 2014년 6월 3일 자 방송 뉴스가 종이에 걸려있었다. 오가는 신도들이 눈여겨본 뉴스 내용은 다음과 같았다.

> 프란치스코 교황이 결혼한 부부들에게 애완동물을 키우기보다 직접 아이를 낳아 기르라는 메시지를 보냈습니다.
>
> 프란치스코 교황은 바티칸 산타 마리아 성당의 미사에서 열다섯 쌍의 부부들에게 '네 발 달린 친구'들은 아이를 낳아 기를 때 느낄 수 있는 사랑과 고귀함을 주지 못한다며 이렇게 강조했다고 이탈리아 언론들이 보도했습니다.
>
> 특히 십 년 전부터 아이를 갖지 않는 것이 편안하게 사는 것이라는 풍조가 생기고 개 한 마리와 고양이 두 마리를 기르는 가정도 많아졌다면서 과연 그렇게 사는 것이 행복한 것이냐고 물었습니다.
>
> 또 부부가 나이가 들면 결국 철저한 외로움밖에 남지 않는다면서 이런 부부생활은 전혀 생산적이지 않고 예수께서 자신의 교회를 풍성하게 했던 가르침과도 맞지 않는다고 강조했습니다.

남자와 여자가 연신 터지는 카메라 불빛 속에서 애완견들과 함께 감동어린 장면을 연출하고 있을 때 비서가 다가와 급한 일이 생겼다는 몸짓을 한다. 남자가 여자에게 귓속말을 한 뒤, 뒤켠으로 나와 비서를 구석으로 밀치더니 사나운 기세로 입을 열었다.

"왜 그러나, 이 엄숙한 순간에?"

남자가 비서를 향해 얼굴을 잔뜩 찌푸리면서 으르렁거리는데 눈동자가 험악해진다. 그 직전 안내견 분양장 카메라 앞에서 지었던 표정과는 너무 다르다. 여자와 함께 개를 얼싸안았을 때는 얼굴의 근육이 다 펴진 것처럼 활짝 웃고 눈에서 다정한 빛이 철철 흘렀다. 그러다 비서를 대하는 순간 중국의 가면극처럼 순간적으로 무서운 표정으로 변했다. 비서가 입이 얼어붙은 듯 더듬거린다.

"그, 그게."

"뭐가 어쨌다는 거야? 말을 똑바로 해봐."

"이태원 유가족들이 공관 앞에서 시위를…."

"뭐, 시위? 이 나라는 법도 없나. 시도 때도 없이 시위를 해? 지금 국정을 수행하고 있는데 시위를? 최고지도자의 국정 수행을 방해하는 것은 단순치 않아. 그건 이적행위나 반국가행위에 해당하는 거야."

"…."

"내 말 알아듣겠어? 지금 국가 존망을 위태롭게 하는 범죄행위가 유족들에 의해 벌어지고 있으니 당장 몰아내거나 다 잡아들이라고 해."

"각하, 그게."

"나가. 당장 나가서 치안책임자에게 전달해. 내 앞에서 꾸물대지 말고 즉각 내 명령을 전달하란 말이다."

"예, 옛."

비서가 황급히 사무실을 나가자 그가 그녀 곁으로 다가간다. 순간 그의 표정이 급변했다. 비서를 향했던 악마와 같은 표정은 간곳없다. 노예가 주인을 보듯, 신앙인이 신을 향해 경배하는 그런 낯빛이다. 그가 그녀에게 다시 개 이야기를 꺼내는데 또 다른 비서가 황급히 뛰어들어온다. 그가 얼굴을 비서에게로 돌리는데 예의 그 독기어린 맹수의 얼굴이다.

"뭐야? 왜 그리 급하나? 전쟁이라도 났나?"

"각하, 중동에 큰 지진이 나서 엄청난 인명 피해가 발생했답니다."

"그래? 그걸 왜 나에게 보고하지? 지진은 그쪽 일이야. 지진은 예방할 수가 없는 거라고. 인명 피해도 피할 수 없고."

"각하, 전 세계가 구조대를 급파하고 있습니다."

"그래? 그러니 나더러 어쩌라고?"

"그게…."

비서가 더듬거리며 입을 열지 못하자 그녀가 그의 허리춤을 찔끔 찔러 댄다. 그가 다시 예의 환한 얼굴로 그녀 쪽으로 얼굴을 돌리자 그녀가 남자의 귓불을 붉은 입술 쪽으로 잡아당기더니 뭐라 속삭인다.

"아이. 간지러워. 비서 앞에서 이러면 어떡해? 나 몰라."

그가 몸을 비틀면서 콧소리 짙은 목소리로 말하자 그녀가 이마를 찡그리며 다시 그의 귓불을 제 입술 쪽으로 잡아당긴 뒤 작은 목소리로 속삭였다. 그가 몸을 배배 꼬면서 귀를 기울이더니 입을 열었다.

"알았어. 그렇게 하라고?"

"그래."

그녀가 그의 귓불을 놓으며 말하자 그가 비서에게 고개를 돌리더니 큰 소리로 호통을 쳤다.

"중동에서 발생한 지진은 커다란 비극이다. 우리도 구조대를 보내도록 관계 장관에게 빨리 지시해. 역대 최대 규모로 말이야."

"각하 이태원 유족들이 시청 앞 분향소 철거는 안 된다고 농성하는데 어떡하죠?"

"야, 너 무슨 소리를 하는 거야? 장례 벌써 치렀는데 분향소를 서울 한복판에 만들겠다는 거야?"

"혹시 각하가 외국의 재난에는 엄청 신경 쓰면서 국내 참사에는 그렇지 않다는 비판이 나올까 두렵습니다."

“야, 정치는 그렇게 하는 거야. 외국 지진 구조대를 보내고 매일 구조하는 활동을 국내 언론에 대서특필하도록 해. 그럼 이태원 사고 같은 건 다 잊어버린단 말이다. 사건은 사건으로 덮으라는 준칙을 벌써 잊었나?”

“예, 각하 그렇게 하겠습니다. 그런데 유가족 분위기가 안 좋습니다. 행안부장관 국회 탄핵도 결정되고 해서 분위기가 영.”

“야, 그만해. 너 상황 파악을 정확히 하고 근무하란 말이다. 헌재에서 탄핵을 진행할 때 검사는 국회 법사위원장, 즉 여당 의원이 하게 되어 있어. 아무 걱정할 것 없다. 행안부장관이 잘못한 것을 검사가 헌재에 제기해야 하는데 그게 제대로 되겠나?”

“….”

“내 말 아직도 이해 못 하겠어?”

비서가 당황한 표정으로 멍청히 서 있자 “야, 당장 나가서 일해”라고 고함을 친다. 비서가 황급히 집무실을 나가는데 마침 티브이에서 뉴스를 전하는 아나운서의 목소리가 나오고 있었다.

“전 국민의힘 의원 아들이 50억의 퇴직금을 대장동 사건의 주역으로부터 받은 사건에 재판부가 무죄를 선고했습니다.”

“그래? 그거 아주 합리적인 판결이군, 그 판사 이름 역사에 남겠는데.”

그가 중얼거리자 그녀가 작은 목소리로 말했다.

“근데 50억을 퇴직금으로 받으려면 1200년을 일해야 한다거나 삼성전자 사장보다 퇴직금이 많다는 비판이 쏟아져요. 그리고 야당 대표 쪽 수사에서는 일이억 원이 왔다 갔다 했다고 난리 난 것처럼 온통 시끄럽던데 검찰이 욕먹는 거 아녜요?”

“그건 염려하지 마. 칼자루 잡고 있는 놈 맘대로 하는 거니까.”

“돈 액수가 결정되는 것은 서로 얼마나 챙기고 봐줬느냐 하는 대가인데 50억을 6년 퇴직금으로 주었는데 아무 문제가 없다? 이건 일반 상식에 맞지 않고 누가 봐도 검찰이 수사를 제대로 하지 않았다는 거잖아요?"

"그래? 그런 의문을 갖는 것이 합리적이네. 당신 머리 좋아. 그래도 세상이 상식으로만 돌아가는 건 아냐. 힘이 정의인 경우가 많다니까. 나 보면서 몰라?"

"그건 그렇기는 하네요. 당신 덕에 내 주가조작 사건 등은 어둠 속에 갇혀 있고 내 논문 표절 사건도 두루뭉술 지나갔지. 대장동 사건도 재탕, 삼탕 수사하면서 야당 대표를 코너로 몰고 야당의 내분을 유도하는 것도 다 당신 힘 덕분이네."

"그럼. 힘 부분에서는 나만 믿어. 힘이 세상을 결정해. 내가 최고 힘이 세잖아. 전에는 범인 잡는 검찰에서 최고였고 지금은 천상천하유아독존이잖아. 당신은 그 법사님 점괘나 잘 받아오면 돼."

"그런데 그 힘이라는 게 영원한 것은 아니잖아요. 그게 불안해."

"그래서 힘은 같은 편끼리 가져야 한다니까. 내가 여당 대표 선거에 적극 동참하는 것도 내편이 힘을 갖도록 만들려는 거잖아. 내편 아니면 못 믿어. 언제 배신할지 모르니까."

"당신이 그런 것처럼?"

"내가?"

"그렇지. 배신하면 당신이 최상급이잖아요."

"내가?"

"그렇다니까. 당신을 그 문제 많은 인사가 총장으로 발탁한 덕분에 오늘날 이 힘센 자리에 올라올 수 있었는데 그자를 원수처럼 대하잖아요."

"그야. 나를 총장 시켜놓고 제 허수아비로 만들려고 해서 문제가 생긴 것이지. 내게 은혜를 베푼 것은 아니라고. 이 점이 중요해. 그자가 나를 검찰 칼잡이로만 이용해 먹으려 한 것은 용서할 수 없어. 내가 배신때린 건 아냐."

"당신, 자기편 아니면 다 적이라고 몰아세우는데. 그건 문제 있는 거 아녜요?"

"그렇게 생각해? 인생은 원칙을 분명해 정해서 살아야 해. 동지 아니면 적으로 보아야 한다고. 원래 중간치는 눈치 보면서 살피다가 이기는 편에 아양 떨면서 한 다리 끼워 넣고 떡고물 훔쳐 먹다가 상황이 이상할 것 같으면 얼른 발을 뽑는단 말이야. 그런 자들은 도움이 안 되거든. 그래서 항상 내편이냐, 적이냐 이분법으로 구분해야 해. 그게 최상책이야."

"당신 대선 때 단일화로 밀어준 그분도 적이에요?"

"그럼, 그걸 말이라고 해? 눈치 보면서 행동을 결정하는 사람은 언제든 그렇게 하는 법이거든. 그런 자를 가까이하는 것은 위험하지."

"그러다가 혼자 남으면 어떡하려고? 근혜 언니가 그랬잖아요. 최순실이만 끼고 돌다가 자기당 국회의원들이 탄핵 때 찬성표 던졌잖아. 기회주의자들도 챙겨야 해요. 적당히 고깃덩어리나 빵조각을 던져주면서 멀리 못 가도록 해야 한다니까. 당신 이 점을 명심하셔요. 기회주의자 가운데 최소한의 의리를 지키는 자도 있거든."

"그래? 난 평생 검사만 해서 인간은 두 종류만 알아. 검사와 피고인. 세상이 두 가지 인간으로만 구성된 것 같아."

"그런 사고방식은 안 돼요. 당신 툭하면 적, 적, 적 타령이잖아. 젊은 여당 대표도 적장처럼 내몰아 버리고 전 정권의 장차관이나 임용직도 다 적으로 보고, 아랍에미리트의 적이 이란이라거나 북한은 우리의 주적이라고 하다가 노동운동세력은 국정의 적이라거나 이런 식이잖아요."

"그런가? 그래도 지금은 피아를 분명히 하는 것이 필요하다고 봐. 난 정치 초짜잖아. 기존 정치권에 내편은 없지. 내 덕을 본 정치인도 없잖아. 그러니 엉거주춤해서는 안 된다고 봐. 호불호를 분명히 해서 내편, 네 편을 갈라치다 보면 내 지지자가 많아질 거야."

"그렇게 되기를 바라겠어요. 그건 그렇고 조 자 성 가진 쪽에서 유죄판결 받고 시끄럽던데. 그 딸도 그렇고."

"그자는 역시 머리가 안 좋아. 자기 자식 입시부정을 저질러 놓고 시치미 떼는 것 보면 제 무덤을 제가 파고 있다니까. 그 딸도 아빠한테 교육은 잘 받았더군. 입시부정이라고 하니까 그렇게 안 한 사람 있으면 나와 보라는 거야. 누가 자기 가족에게 돌을 던질 자격이 있느냐면서 자기는 떳떳하다고."

"그랬어요?"

"그뿐 아니야. 강남 신좌파 쪽에서는 억울하다면서 난리가 난 것 같던데 잘하는 짓이야. 이른바 신좌파의 실체가 확인되면서 민심이 등을 돌릴 것이 확실해. 우린 가만히 앉아서 구경만 하면 되는 거야."

"문제 많은 그 인사도 거들고 나섰대요. 한번 조국은 영원한 조국이라는 식인데. 혼탁을 분간 못하는 그런 머리로 어떻게 최고 자리에 올랐는지 기이한 일이야. 이런 식이면 2024년 총선은 떼어 놓은 당상일 것 같아요. 얼치기 신좌파들이 세상이 어떻게 돌아가는지 알지 못한 채 헛소리하면서 자멸하고 있으니까."

"그러게 말이야. 세상 참 요지경 속이야."

그때 티브이에서 북한 야간 열병식에 대한 보도가 나오기 시작했다.

"북한이 인민군 창건 75주년 열병식에서 신형 고체연료 기반 대륙 간 탄도 미사일(ICBM)을 공개하는 등 미국을 겨냥한 장거리 핵타격 능력을 과시하며 무력시위 수준을 한층 높였습니다. 한국형 전술 지대지 미사일(KTSSM)과 유사한 급의 4연장 단거리 지대지 미사일, 순항 미사일을 탑재했다고 추정되는 5연장 이동식 발사대(TEL), 4연장 초대형 방사포, 240㎜급으로 평가되는 방사포, 152㎜ 자주포, 제식 명칭이 파악되지 않는 신형 전차 등도 나타났습니다."

"어마나 무서워. 어떻게 좀 해봐. 핵무기 전쟁 나서 다 죽는 거 아냐."

"자기 왜 갑자기 겁을 내고 그래. 세상이 그렇게 간단한 게 아냐. 법사님 말씀 항상 들으면서 그런 이치도 몰랐나?"

"무슨 이치?"

"전쟁 말이야. 전쟁은 정치의 수단이야. 정치적으로 이익이 있을 때 전쟁을 하는 거라고. 너 죽고 나도 죽자는 식으로 하는 게 아냐."

"자기. 지금 그런 한가한 소리가 나와?"

"불안해하지 마. 그리고 내가 한 가지 물어볼게. 대답해 봐."

"그게 뭔데?"

"북한이 전쟁을 일으키면 무슨 이익이 있겠어?"

"글쎄. 미국 핵무기가 엄청 많다 했지. 그럼 북한이 미국을 핵탄두로 몇 발 공격한다 할 때 미국 핵무기가 반격하면 북한은 쑥대밭 되잖아요. 미국이 항복할 리가 없다면 북한이 챙길 이익은 없네."

"그 점이야. 그러니 북한이 먼저 핵전쟁을 일으킬 가능성은 거의 없지. 그럼 미국이 핵공격을 먼저 하는 경우인데, 이게 가능하겠어?"

"미치지 않았다면 안 하겠지요. 핵탄두 한 발 피해만 해도 엄청나다는데. 미국 어느 대통령도 미국인 수백만 명이 죽고 다치는 전쟁을 먼저 시작할 일은 없을 거예요. 그러면 대통령 선거에서 재선되기는 어렵잖아요. 그렇다면 미국이 북한을 핵으로 먼저 공격하는 일은 없을 거야."

"그거야. 미국 대통령은 정치할 때 최우선으로 살피는 게 유권자이고 유권자는 자신의 정치 생명이야. 북한도 자체 핵무기는 전쟁용이라기보다 협상용이라고 할 수 있겠지. 그러니 한반도에서 핵전쟁이 날 가능성은 적어."

"그럴까? 당신 핵에 대해서 잘 모르잖아요. 괜히 아는 척하지 마."

"나도 전문가한테 귀동냥한 것인데 실제 그렇다는 거야. 북미 간에 핵

전쟁이 나면 3차 대전이 시작되는 것이라 하니 더더욱 전쟁 가능성은 적다고 봐."

"근데 당신 왜 자체 핵무기를 만들어야 한다느니, 미국 전술핵을 들여와야 한다고 했어요?"

"우리가 핵이 없으니 어차피 미국 핵우산 신세를 지는 수밖에 없어. 그렇다 해도 확실히 해두자는 거야. 왜 그렇겠어? 우리나라 유권자를 안심시키기 위해서 그렇게 한 거지. 내가 몇 차례 큰소리치니까 미국 정부가 반응을 보이잖아. 내 노림수가 성공한 거야."

"당신 대단하네. 어떻게 그걸 다 생각했어요?"

"참모들이 챙겨주는 대로 했을 뿐이야. 정치는 남의 머리를 빌려서 하는 거라잖아. 나도 그건 명심하고 있어."

"근데 북한 김정은 딸이 공식석상에 나와서 대접받는다는데 그건 잘하는 거예요?"

"글쎄. 그쪽이 왜 그러는지 확실히 모르지만 잘하는 것 같지는 않아. 옛날 만화영화에 나오는 장면 같잖아."

"당신도, 참 너무 쉽게 이야기하는 거 아냐."

"하긴 우린 2세가 없으니 더더욱 그쪽 속사정을 헤아리기 어렵구먼. 하하하."

"그런가요?"

그가 호탕하게 웃자 그녀와 함께 있던 강아지 떼들이 놀라는 몸짓을 한다. 그녀가 "너무 큰 소리로 웃지 마세요. 우리 애기들 놀라잖아"라고 말하면서 강아지들을 달랜다. 그러다 여자는 강아지들을 몰고 사무실을 나간다. 남자도 따라 나가려다가 "자기 이따 보자. 내가 퇴근하면 음식 만들어줄게"라고 말한 뒤 집무 책상으로 가 의자에 앉아서 서류를 챙겨보기 시작했다. 집무실 구석의 커튼이 바람도 없는데 조금 움직이는 것을 보고 경계태세를 취한다. 그리고 살금살금 걸어가 커튼을 급히 걷으며 살핀다.

'아무도 없는데. 바람이 불었나?'

혼자 중얼거리며 다시 책상으로 가서 서류를 챙긴다. 그때 커튼이 다시 조금 움직였다. 그러나 그는 그것을 보지 못한 채 서류를 열심히 읽고 있다. 그 모습을 커튼 뒤에서 지켜보는 세 존재가 있었다. 도사와 신좌파, 우파였다. 그들은 아지랑이처럼 흐느적거리며 궁금한 표정을 지으며 속삭인다.

"흐흠, 뭘 저리 열심히 보누?"

"글쎄요. 궁금하네요."

세 존재는 급한 걸음으로 그의 곁으로 다가가 서류를 들여다본다. 그는 그들의 존재를 전혀 감지하지 못한 채 서류를 보다가 책상을 꽝 치면서 큰 소리로 인터폰을 향해 고함을 지른다.

"홍보담당 들어오라고 해."

조금 뒤 홍보담당 비서관이 허겁지겁 뛰어 들어와 그의 책상 앞에서 허리를 90도로 굽히며 절을 한다. 비서관은 분위기가 심상치 않다는 것을 피부로 느끼면서 작은 목소리로 말했다.

"부르셨습니까?"

그는 어깨를 잔뜩 앞으로 구부리고 얼굴을 앞으로 내민 채 도끼눈으로 비서관을 바라본다. 비서관을 한 대 갈기고 싶은 듯 어깨 근육이 꿈틀거린다. 세 존재는 그와 비서관의 모습을 보면서 웃음을 터뜨린다. 그들이 큰 소리로 웃지만 그와 비서관은 그것을 전혀 느끼지 못한다. 그는 숨을 헐떡거리며 서류를 비서관 앞으로 휙 던지며 말했다.

"이거 자네가 만들어 올린 거지?"

"그렇습니다."

"읽어봐."

비서관은 서류를 들고 잠시 망설이다가 작은 목소리로 읽기 시작했다.

"언론 보도 개선방안에 대한 건의 올립니다. 최근 티브이와 신문들이 각하에 대해 부정적, 비판적으로 보도하는 경향이 심해지고 있어 기자들과 소통을 강화하면서 좀 더 많은 정보를 제공할 필요가 있습니다."

"알았어. 거기까지 해!"

그가 으르렁거리는 승냥이 같은 목소리로 말하자 비서관이 입을 다물고 부동자세를 취한다. 겁에 잔뜩 질린 표정이다. 그가 낮은 목소리로 입을 열었다.

"자네의 보고는 내가 지금까지 제대로 소통을 못하고 있다는 것이지?"

"아닙니다. 그게 아니고."

"뭐가 아니야? 내가 소통을 잘못해서 언론 보도가 문제라는 것 아냐?"

"아닙니다. 각하는 최선을 다하시는데 언론이 제대로…."

"시끄러워. 나가. 당장 눈앞에서 꺼져."

비서관이 울상이 되어 어쩔 줄 모르고 서 있다 그가 테이블을 주먹으로 꽝 치자 급히 꽁무니를 빼며 밖으로 나간다. 분을 참지 못해 씨근덕거리다가 비서실장을 불러 지시한다.

"지난번 그 언론대책 자료 가지고 올라와."

조금 뒤 비서실장이 황급히 들어와 지시한 서류를 그에게 내민다. 그는 서류의 제목만 보더니 비서실장을 바라보며 지시했다.

"실장은 이 내용 알고 있지?"

"네."

"그럼 요약해서 말해봐."

"예. 간략히 말씀드리겠습니다. 우선 언론과의 긴장 관계를 조성하는 것입니다. 언론은 비판하는 것을 주업으로 삼기 때문에 정부 관련 기사를 쓸 때 신중을 기하도록 자극을 주는 것입니다."

"그렇지. 그래. 계속해 봐."

"기사에 대한 심의를 강화하는 것입니다. 기존의 심의기구를 활용해 기사의 공정성을 문제 삼는 것입니다."

"공정성을? 그거 쉽지 않잖아."

"그렇지 않습니다. 공정성은 원래가 대단히 추상적이고 애매한 말입니다. 그 기준이 무엇이냐에 따라 최악과 최선이 뒤바뀔 수 있습니다."

"그래? 어떻게?"

"기사 심의를 사람이 하기 때문에 우선 정부에 우호적인 인사를 심의위원으로 선정하는 것입니다."

"심의위에 야당 추천 인사도 오잖아."

"그건 문제가 안 됩니다. 정부여당이 추천하는 인사의 숫자가 많기 때문에 논의하다 결론이 나지 않으면 표결로 하니까요."

"그렇겠군. 기사 심의를 해서 공정성 문제가 없는데 문제라고 했다는 비판이 나올 땐 어떻게 하지?"

"그건 문제없습니다. 기사의 공정성에 대해 미국 같은 데는 아예 심의를 하지 않습니다. 공정성이라는 것이 사람의 철학이나 가치관에 따라 다르기 때문에 심의를 한다는 것이 부적절하다는 것입니다."

"그래? 나는 몰랐는데."

"예를 들면 쉽게 이해하실 수 있을 것입니다. 우파적인 사람과 신좌파적인 사람이 생각하는 공정성은 다를 수밖에 없습니다. 미국에서는 언론이 선거철에만 공정성 기준을 도입해서 후보들이 출연하면 발언 시간을 동일하게 주는데 그것은 정당이 유권자에게 호소할 수 있는 기회를 공정하게 주자는 취지입니다."

"그렇구나."

"그리고 언론의 자율성이라는 점을 고려할 때 보도한 기사가 해당 언론사의 자율적 기준에 의한 것이라고 주장하면 공정성을 문제 삼기가 어렵다는 점입니다. 그것을 문제 삼으면 언론자유를 침해한다는 비판을 자초하는 것이니까요."

"그래? 그럼 우리도 공정성에 대한 심의를 없애야 하겠군."

"아닙니다. 각하. 미국이 그렇게 한다고 해서 우리가 따라 할 필요는 없습니다."

"나는 미국 것은 다 좋은 줄 아는데. 미국이 하고 있으면 우리도 따라 해야 하는 것 아닌가?"

"아닙니다. 각하는 미국의 제도는 모르는 것처럼 가만히 계시면 됩니다. 그러면 저희가 다 알아서 처리하겠습니다."

"믿어도 되겠어?"

"각하, 한 가지 건의 사항이 있습니다."

"뭔데?"

"언론의 체질을 근본적으로 바꾸는 작업이 필요합니다."

"그런 게 있어?"

비서실장의 말에 그가 눈을 동그랗게 뜨고 반색을 하며 되묻는다. 그의 반응에 힘을 얻은 듯 실장이 목에 힘을 주고 말한다.

"공영언론을 개인회사에 팔아넘기는 겁니다."

"그런다고 언론의 체질이 바뀌나?"

"물론입니다. 공영언론은 정부나 공기업이 대주주이면서도 경영에 직접 개입을 하지 않는 언론이라 흔히 주인 없는 언론이라고 일컫습니다."

"그렇지. 그래서?"

"기자들의 속성상 주인이 없으면 눈치 보지 않고 기사를 쓰는 일이 많습니다. 그러나 언론사 주인이 두 눈 뜨고 지켜보고 있다고 하면 달라집니다. 기자들의 기회주의적 속성이 발동되는 것이지요. 각하께서는 언론사 사주와 이심전심으로 교감하시면 됩니다. 그러면 언론사 사주들이 알아서 기게 되어 있습니다. 사주들이 사업을 하는데 각하가 임명하신 장차관들의 인허가 권한이나 영향력이 절대적이죠. 언론사를 경영하는 자본가와 장차관들도 이 점을 잘 알고 있습니다. 각하께서 큰 소리 내실 필요 없이 표정 관리나 기침 소리의 강약으로 언론사 보도를 마음에 드시는 방향으로 유도할 수 있습니다."

실장의 말에 그가 자리에서 벌떡 일어나 창가로 가서 밖을 내다보며 만족한 미소를 짓는다. 그는 실장이 자신의 표정을 보는 것이 싫어서 일부러 딴전을 피우고 있다. 실장은 그것도 모르고 그의 뒤통수를 바라보며 불안한 표정을 짓는다. 그가 맘에 안 들어서 보고를 듣다가 창가로 가버린 것 같아 두 손을 깍지 껴 비벼댄다. 실장은 불안감에 호흡을 멈추고 안절부절못하며 서 있다. 조금 뒤 그가 묵직한 목소리로 지시한다.

"보고 다 했나?"

"예, 그게, 그러니까."

실장이 버벅대자 그가 말했다.

"할 말 있으며 빨리해. 요점만 말이야."

"예. 두어 가지 더 말씀드리겠습니다. 첫째 공영티브이가 시청자에게 받아가는 수신료를 대폭 삭감할 조치를 취하는 겁니다. 현재 수신료는 전기료에 합산해서 반강제로 징수하는 방식인데 이를 각각 분리해 납부토록 방식을 바꾸면 수신료 징수가 절반 정도는 줄어들 것입니다. 그렇게 해서 재정적으로 쪼들리게 되면 그때부터는 각하의 말씀에 고분고분해질 것입니다."

"그것 괜찮군. 다른 아이디어는 뭐야?"

"비판적인 기사를 많이 쓰는 기자나 언론사를 상대로 소송을 제기하는 것입니다. 명예훼손으로 거는 겁니다."

"공직자 명예훼손은 법원에서 받아들이지 않잖아. 그런데도 그걸 해?"

"그렇습니다. 고통스럽게 만드는 것입니다. 소송이 제기되면 대법까지 최소 수년은 걸리기 때문에 해당 기자나 언론사는 주눅이 들게 되고 동료 기자들도 비슷한 봉변을 피하려고 자기 검열을 하게 되니 그것이 큰 효과가 있을 겁니다."

"더 있나?"

"없습니다."

"알았어. 그만 됐으니까 나가봐."

비서실장이 황급히 방 밖으로 나가자 그는 싱글벙글 웃는 얼굴로 자리로 돌아와 앉자마자 핸드폰으로 누군가에게 전화를 건다.

"야. 공영언론사 하나 개인업자에게 넘기고 싶은데, 공영언론사가 뭐냐고? 야이 무식아. 정부가 소유주인 언론사 말이지. 정부가 소유주니 내가 주인이나 마찬가지잖아. 그래. 이해하겠어? 언론사 욕심내는 적당한 놈 찾아봐. 큰손 말이야. 그래 약점이 많고 욕심이 큰 그런 놈이 좋아. 물론 공짜는 안 되지. 일단 인수하면 그건 돈방석이거든. 거래가 성사되면 사례금이 있기 마련이지. 물론 오른손이 하는 것을 왼손이 모르게 하는 방식으로. 그건 나중에 술 한잔하면서 이야기하자. 그래 끊는다."

남자가 전화를 끊고 허공을 바라보며 싱글거린다. 순간 도사, 우파와 함께 서서 지켜보던 신좌파가 고함과 함께 몸을 날려 그의 면상을 후려갈긴다.

"야이, 나쁜 놈아. 한 대 먹어라."

그러나 신좌파는 허공을 쳤을 뿐, 남자는 아무것도 느끼지 못한 채 앉아있다. 단지 모깃소리 같은 것이 들리는 것 같아 고개를 좌우로 돌려 살핀다. 아무것도 없자 그는 다시 사무실 천정의 샹들리에를 바라보며 만족한 미소를 지으며 중얼거린다.

'잘하면 비자금 통장이 두둑해지겠어.'

남자가 머릿속으로 돈 계산을 하면서 즐거워하는 동안 도사와 우파도 신좌파와 함께 그에게 주먹질과 발길질을 해댄다. 하지만 그자는 전혀 그것을 느끼지 못한 채 의자에 편히 앉아 비자금 총액에 0이 최소한 하나는 더 붙을 것 같아 기분이 좋았다. 그를 향해 한동안 폭력을 행사하던 세 존재는 제풀에 지쳐 동작을 멈추고 소파에 주저앉는다. 한동안 숨을 헐떡이던 신좌파가 진정이 되는지 입을 열었다.

"21세기에 공영언론을 민간업자에게 넘기는 것은 민주주의의 시계를 거꾸로 돌리는 거야."

도사가 그의 말을 거든다.

"가짜뉴스가 선거에도 큰 영향을 미치는 것으로 드러나 가짜뉴스가 민주주의의 적이라는 말이 있더군. 공영언론 육성이 가짜뉴스 근절책의 하나라는데 큰일이군."

"도사님, 근데 저자는 평소에 민주주의 수호를 입에 달고 다녔는데 공영언론을 민간업자가 인수하도록 하는 것은 정말 분통 터지는 일입니다. 말 따로 행동 따로 하는 자는 퇴출시켜야 하는데 말입니다. 생각해 보니 저자는 과거 우파 정권이 언론을 장악하려고 한 못된 짓을 보고 배운 모양입니다."

"과거에도 그랬나?"

"그럼요. 이승만, 박정희는 불법으로 언론사를 정간이나 폐간하고, 기자들도 불법으로 해직했죠. 전두환은 언론사 통폐합, 언론인 강제 해직 등이 포함된 언론학살을 내란과정에서 자행했습니다."

"그랬군."

"노태우 때부터는 방법이 교묘해집니다. 이른바 합법을 앞세워 언론통제, 장악을 시도했습니다."

"어떻게?"

"국민주주 신문 한겨레신문 창간이 임박하니까 그 충격을 물타기 하기 위해 신문시장을 과거 허가제에서 등록제로 바꾼 겁니다. 이건 언론시장의 재갈을 풀어준 것 같지만 실상은 심각한 부작용을 가져왔습니다. 수많은 일간지가 쏟아져 나오면서 신문 광고시장이 출혈경쟁, 과당경쟁으로 치닫고 결국 신문이 광고주들에게 코가 꿰는 형국이 되고 말았습니다. 정치권력의 입장에서는 광고주들인 재벌과 속닥이만 하면 신문 통제가 가능해진 것입니다."

"그래?"

"그 후 이명박은 노태우가 신문시장을 포화상태로 만든 것과 같은 방식으로 방송시장을 만들었습니다. 종편채널을 다수 허가해 줘 방송국 숫자를 확 늘려놓은 겁니다. 공영방송 노조가 공정방송 등을 주장하면서 정치권력을 불편하게 만드니까 종편채널 다수를 한꺼번에 쏟아져 나오도록 법을 제정했습니가. 그렇게 해서 방송국이 많아지니까 방송 광고시장이 출혈경쟁으로 치닫게 되고 정치권력은 광고주를 통한 통제가 가능해진 것입니다."

"머리들 좋네."

"그렇습니다. 박근혜도 인터넷신문을 자본이 통제하도록 법을 만들려다가 위헌심판이 내리는 바람에 미수에 그쳤습니다. 21세기는 인터넷, SNS 시대인데 1인 미디어 등이 생존할 수 없는 환경으로 만들려다 실패한 것입니다. 하지만 포털 사이트가 뉴스 유통시장을 장악한 상태가 심화되면서 신생 인터넷 매체를 쉽게 창업하거나 성장하지 못하게 하고 있습니다. 정보 강국이라는 나라에서 말입니다. 기존의 신문, 방송과 같은 레거시 미디어들과 자본이 그렇게 만든 거지요."

신좌파가 줄줄 쏟아놓듯 설명하자 도사가 감탄하는 시선을 보내면서 묻는다.

"자네 많이 아는군. 박근혜 이후에는 별일 없었나?"

신좌파가 그 질문에 머뭇거리자 우파가 앞으로 나서며 말했다.

"문뇌인 때도 한 건 했는데 왜 그건 말하지 못하나? 언론자유를 외치던 그 정권이 공영언론인 신문사 하나를 토건업자에게 넘겨줬잖아. 신좌파 자네 그건 잊어버렸나?"

"…."

우파의 질문에 신좌파가 입을 열지 못한다. 우파가 고소한 표정을 지으며 말을 계속했다.

"그 신문은 정부가 대주주였는데 주식을 매각한다고 나서면서 민간업자에게 넘어가 버렸습니다. 이건 말이 안 되는 짓거리였어요. 말로는 언론자유를 외치던 정권이 그에 역행하는 짓을 저지른 것이지요."

우파의 말에 도사가 묻는다.

"더 설명해 봐."

"21세기 들어서서 정보기술이 비약적으로 발전해 포털, 플랫폼 등이 쏟아지면서 가짜뉴스가 등장해 선거에 악영향을 미치는 등 그 폐해가 심각합니다. 가짜뉴스가 민주주의 자체를 위협한다는 경고의 목소리가 커지고 있습니다."

"맞아. 그거 정말 심각한 문제라더군."

도사가 칭찬하는 눈빛으로 맞장구를 치자 우파가 신좌파를 흘겨보며 목소리를 높인다.

"가짜뉴스 방지 대책의 하나가 공영언론 육성인데 문뇌인 정권은 반대로 움직인 거예요. 물론 민간업자에게 큰 떡을 넘겨준 셈이니 물밑에서 뭔가 오고 갔겠지요. 안 그래 신좌파?"

"…."

우파가 신좌파를 향해 질문 공세를 펴는데 신좌파는 묵묵부답이다. 도사가 둘을 번갈아보다가 입을 열었다.

"내가 알기로 가짜뉴스가 21세기 언론이 당면한 최대의 문제라더군. 가짜뉴스가 돈벌이가 되니까 전문적으로 하는 집단이 활개를 친다는 거야. 가짜뉴스는 대단히 정교하게 만들어 유통시키는 것이라 전문가도 쉽게 판별하기 어렵다는 것이지."

도사가 입맛을 쩍쩍 다시며 심각한 표정을 짓자 우파가 나선다.

"유럽에서는 가짜뉴스가 언론시장을 교란하면서 민주주의를 파괴한다고 보고 그 대책의 하나로 공영언론을 집중 육성하거나 언론사들이 팩트체크를 하도록 지원을 해준답니다. 국내에서는 가짜뉴스를 기자가 실수하는 오보까지 포함해서 말하는데 외국에서는 오보가 아닌 악의적으로 정치, 경제적 부당이득을 노리며 만든 기사형식의 엉터리 기사로 국한한답니다."

"그렇지. 오보는 기자가 실수나 무식의 소치로 만들어지는 것이지만 정부 권력기관 등이 정보제공을 제대로 하지 않거나 엉터리 자료를 주는 경우 오보가 불가피하다는 논리도 있지. 오보의 책임은 정부와 같은 정보소스에 의해 유발되는 경우가 적지 않아."

도사가 말하자 한동안 침묵하던 신좌파가 끼어든다.

"'바이든이 쪽팔려서 어쩌나'라는 방송뉴스는 최근 소송으로 제기된 것 중에 대표적인 것인데 사실 대통령실에서 기자가 해명을 요청한 뒤 10시간 넘게 침묵한 것이 원인이라고 봅니다. 대통령실에서 즉각 해명해야 마땅했지만 그렇지 않은 게 화근이 된 것이지요. 방송사는 대통령 발언에 대해 비서실에서 아무 말을 하지 않으니까 보도한 것이라 합니다. 뒤늦게 대통령실이 길길이 날뛰면서 가짜뉴스라고 제소했는데 이는 방구뀐 놈이 성질낸 경우라 하겠지요."

신좌파는 말을 마치면서 핸드폰 전화를 하고 있는 남자의 머리통을 주먹으로 힘껏 갈긴다. 하지만 그의 주먹은 아무런 충격을 주지 못한다. 충격은커녕 그의 머리털 하나 건드리지 못한다. 신좌파는 화가 나 두 주먹으로 계속 그를 가격하지만 허공만을 때릴 뿐이다. 그 모습을 보던 우파가 외쳤다.

"야 신좌파, 너무 그러지 마. 저자는 문뇌인이가 발탁한 인물이야. 문뇌인이 사람 식별을 하는 눈이 있었다면 저자는 지금 이 자리에 없었겠지. 저자가 저지르는 잘못의 최종 책임은 문뇌인에게 있다고."

"무슨 엉터리 같은 소리야."

"엉터리 같은 소리라니? 저자는 원래 우파 정치권 인물도 아니야. 우파 쪽에 영입이 된 문뇌인 사람이지. 그걸 잊으면 안 돼."

"말 같잖은 소리하고 있네."

신좌파가 붉으락푸르락하면서 우파의 멱살을 잡는다. 둘이 밀치고 밀며 격하게 힘 싸움을 벌인다. 그동안 쌓인 상대에 대한 감정이 폭발한 것이다. 도사는 냉소를 지으며 바라만 본다. 신좌파와 우파가 마룻바닥 위에서 뒤엉켜 나뒹구는데 공서결은 통화를 하면서 낄낄대고 있다. 집무실 창밖에서 시위대의 마이크 소리가 요란하다.

— 심판하자, 심판하자.

— 선거혁명 달성하자. 선거가 혁명이다.

총선거가 다가오면서 우파와 신좌파 진영 시민단체들의 시위가 곳곳에서 벌어지고 있었다.

06

공서결이 집권한 지 2년이 되는 시점인 2024년 4월 실시된 총선에서 여당이 참패했다. 집권 2년 만에 심판받았다는 평가가 내려졌다. 야당은 압승했지만 개헌이나 대통령을 탄핵시킬 의석수에까지는 미치지 못했다. 절묘한 민의의 표출이었다. 유권자들이 여야 정치권에게 대화, 타협하라는 주문을 한 것으로 해석됐다. 그러나 남자는 자신이 총선으로 심판받았다는 평가를 받아들일 수 없었다. 자신이 평생 갈고 닦아온 법치의 개념으로는 이해되지 않았다. 그가 흔히 쓰는 말대로 하면 가짜뉴스였다.

"여당이 참패했으니 내가 심판받았다고? 웃기는 소리 하고 있네. 나 대통령이야. 국회의원하고는 급이 달라. 여의도 선수들 뽑는 선거와 내가 무슨 관계냐고?"

그는 총선 이후 언론보도를 보면서 이를 바득바득 갈며 분노에 떨었다. 자기를 잘 챙겨주고 밀어주던 우파 언론이나 우파 논객들도 자신을 향해 비수 같은 비판을 쏟아냈다. 비서들이 매일 요약해 올리는 관련 자료를 보면서 그는 가슴을 쥐어뜯었다. 그러면서 언젠가 한번 손을 봐줘야겠다고 차곡차곡 챙겨놓았다. 그가 서류철 맨 윗장에 철해놓은 자신을 비판한 자료들은 다음과 같았다.

— 박00(ㅁ컨설팅 대표)은 우파 정당이 네 번째 위기 터널로 진입했다고 본다. "1차는 1997년 대선과 1998년 지방선거 연속 패배, 2차는 2002년 대선과 2004년 총선 연속 패배, 3차는 2016년 총선과 2017년 대선, 2018년 지방선거, 2020년 총선 연속 패배다. 이 터널은 지난 3차례 터널과 다르다. 사상 최대 패배인 데다 대통령은 통제 불능이고 영남당으로 전락했으며, 지지 기반은 65세 이상에 고립됐다. 무엇보다도 위기의식이 없다" 그러나 박수영(국민의힘 의원)이 이런 말을 했다. "참패는 했지만 의석은 5석이 늘었고 득표율 격차는 5.4%로 줄었다"며 "3%만 가져오면 대선에 이긴다" 이에 대해 박성민은 "충격적인 현실 인식"이라고 평가했다. 낙선자 대부분도 영남과 강남에서 출마했다면 당선됐을 것이다. 당선자 대부분도 수도권 험지에서 출마했다면 떨어졌을 것이다.

— 그의 참패는 기자회견을 안 해서다. 만약 기자들에게 설명을 해야 할 상황이라면 이종섭을 호주로 보낼 수 있었을까. "피의자를 이렇게 빼돌려도 되나", "호주 정부에 외교적 결례가 되지 않을까" 이런 상식적인 질문을 피하기 위해서라도 '런종섭'을 만들지 않았을 것이다. 디올백 논란도 채 상병 사건도 진작 두들겨 맞았으면 어느 정도 정리가 되었을 것이다. 책임질 일은 책임지면 된다. 피한다고 피해지는 게 아니다.

— 김00(ㅈ 도쿄 총국장) 칼럼은 그에 대해 손절을 넘어 폐기 처분 수준의 지적을 했다. 총선의 교훈으로 "다음에는 이런 대통령을 뽑아선 안 되겠다. 기왕이면 배우자 관리도 잘한 지도자면 좋겠다"는 각성을 했다며

세 가지를 꼽았다. 첫째, '갑툭튀' 후보는 뽑지 말자. 누가 봐도 그를 두고 하는 말이다. 둘째, 올바른 태도를 지닌 인물을 뽑자. "건들건들하지도 말고, 거들먹거리지도 말고, 국민을 얕잡아보지도 말아야 한다"고 한 것도 그를 두고 한 말이다. 아예 "다음에는 검찰 출신은 안 나서면 좋겠다"고 못을 박았다. 셋째, 결집을 촉구하는 지도자 말고 확장을 호소하는 지도자를 뽑자. "유튜브가 아니라 뉴욕타임스와 파이낸셜타임스를 보는 지도자를 뽑자. 그러면 대만해협이 우리와 무슨 상관이냐는 이야기도 나오지 않을 것이다" 이건 야당 대표 이00을 두고 한 말이다. 이00는 "왜 중국에 집적거리나. 그냥 '셰셰', 대만에도 '셰셰' 이러면 된다"고 공개발언 한 바 있다.

— 헤겔이 이런 말을 했다. "미네르바의 부엉이가 황혼에야 날개를 펴듯, 시대정신은 그 시대가 저물어 갈 때에 비로소 알 수 있다" 이명박은 747 공약을 걸었고 박근혜는 박정희의 향수를 불러왔다. 문재인은? 적폐청산이었다. 이00(정치학자)는 "'적폐청산'이 어떻게 시대정신이 될 수 있느냐"고 물었다. "모든 것이 무너졌고, 새로운 것은 아직 탄생하지 않았다" 이어진 그의 비판은 처절하다. "시대정신이 사라지자 선거와 정치는 '비전' 경쟁이 아니라 그저 상대를 '심판'하는 도구가 됐다. (중략) 심판은 사법절차처럼 '처벌'에만 초점을 맞추고 거기서 멈춘다. 심판에서 승리한 세력은 그 정치적 재판 결과에 만족할 뿐 시대정신을 찾으려 하지 않는다. (중략) 청산과 심판의 정치는 양극화와 포퓰리즘, 팬덤을 만나서 괴물이 됐다. 대통령은 통치에 관심이 없고, 검찰은 칼춤을 추고, 야당은 심판을 외칠 뿐이다."

공은 자기를 비판하는 기사를 읽으면서 언론자유가 지나치다 보니 못하는 소리가 없다고 생각한다. 세상이 거꾸로 돌아가는 것 같았다. 자신은 최선을 다해 2년간 국가와 민족에 봉사했다. 털끝만큼 사심도 없었다. 자식이 없으니 재산 욕심은 아예 없었다. 명예도 누릴 만큼 누리고 있으니 더 바랄 게 없었다. 개혁만이 살길이라는 신념으로 정치를 했다. 물론 문뇌인 정권이 해놓은 것을 뒤집고 원위치하는 것이 개혁이었다. 동시에 거대 야당이 입법 독재의 폭주로 말도 안 되는 법들을 만들었을 때 단호하게 거부권을 행사해 저지했다. 언론이 가짜뉴스를 양산하는 것을 막기 위해 방송통신기구에 특히 신경을 썼다. 물론 이것도 대통령 인사권을 행사하는 법치의 범위 안에서 신경 써서 주의하도록 자극을 주었다.

야당이 추천한 방송통신기구 위원을 임용치 않은 것은 당연한 인사권 발동이라는 소신은 지금도 변함이 없다. 일부 노동조합처럼 반국가세력과 같은 행동을 하는 것은 자칫 북한 동조로 연결될 수 있는 것이라서 자유와 가치를 강조하며 그런 세력들을 사회에서 격리하고 척결하는 것이 마땅해서 그걸 강조했다. 그는 자기가 수행한 국정철학이나 방향은 대단히 타당하다는 것을 추호도 의심치 않았다. 국민이 알아주지 않아 총선 참패라는 잘못된 결과로 나타난 것이 안타깝고 화나는 일이었다.

'대중은 역시 우매한가 봐.'

그는 총선 이후 일주일 넘게 두문불출했다. 일체의 공식 일정 없이 보냈다. 그러면서도 비선이 넘겨준 정치적 대응책은 내놓았다. 총리와 비서실 수석이 몽땅 사표를 내도록 했다. 할 일 다 했다고 생각하고 있는데 여당에서도 볼멘소리가 나왔다. 대통령이 소통해야 한다는 목소리가 높았다. 이것도 속 뒤집히는 일이었다. 자신은 총선 기간 내내 전국을 돌아다니며 국민과의 소통 시간을 가졌다. 뺀들거리는 기자들과 회견장에서 만나는 것하고는 질적으로 달랐다. 자신이 하고 싶은 말만 하고 다니니 정말 속 시원했다. 모두 자신의 말에 경청하면서 박수갈채를 보내주었다. 건의 사항을 제기해 달라 해도 큰 소리로 길게 말하는 사람은 거의 없었다.

정말 할 만했다. 이런 정치라면 평생을 하고 싶었다. 하지만 이건 어디까지나 그의 속마음이었다. 혼자 즐기는 자기만족이었다. 한 달 가까이 되는 기간 동안 행해야 하는 강행군 속에서 피곤한 심신을 달랠 수 있었던 자기 위안이었다. 자신은 전국을 누비면서 공적 서비스를 한 것으로만 평가받을 수 있다고 생각했다. 그러나 그게 아니었다. 야당이 특히 그의 속을 뒤집어 놓았다.

— 대통령이 선거 중립을 지켜야 하는데 여당 선전원처럼 전국을 누비면서 지역개발 청사진을 남발하는 것은 탄핵 사유에 해당한다. 대통령이 제시한 청사진은 예산이 전혀 뒷받침되지 않는 공수표에 불과하다. 대통령이 이런 점을 알고 있었을 텐데 정부 홍보활동을 했다. 이것은 심각한 위법사항이다.

야당은 소송까지 제기하며 그를 자극했다. 사사건건 트집을 잡고 욕이나 해대는 야당이 싫었다. 그런데 총선 이후 더 비위가 뒤집히는 일이 벌어졌다. 야당과의 소통을 강화하라는 소리가 정치권과 언론에서 한목소리로 주문하고 나선 것이다. 야당 대표를 만나야 한다고? 그건 말이 되지 않는 소리였다. 그는 대통령이 된 2년 가까이 한 번도 야당 대표와 영수회담을 하지 않았다. 여당이 선거에 패해 기분이 안 좋은 상황에서 야당 대표를 만나야 한다고? 그가 속이 뒤집혀 침묵하고 있는데 야권에서 연일 김건희 특검을 해야 한다는 소리를 고래고래 지르며 그를 자극했다. 귀를 막아도 그 소리가 들려왔다. 그는 어쩔 수 없이 영수회담을 하겠다는 발표를 하라고 지시했다. 그랬더니 밤에 잠이 오지 않았다. 총선에서 여당이 패한 것이 자신의 책임도 아닌데 그 설거지를 하라고 떠넘긴 형국이었다. 자신이 희생양의 제물이 되고 있는 것 같았다.

영수회담을 열어야 할 날짜가 일각일각 다가오는 것 같아 더 싫었다. 야당 대표는 영수회담을 통해 자신의 격을 높이면서 3년 뒤 대권 후보의 위상을 굳히고 싶어 안달하는 것처럼 느껴졌다. 그런 자에게 선심을 베풀고 싶은 마음은 추호도 없었다.

'웃기고 자빠졌네.'

그가 끙끙 앓고 있을 때 여자가 다가와 그에게 귓속말을 들려주었다.

"당신 너무 고민하지 마. 법사님이 계시잖아. 그분이 비단주머니를 보내오셨어."

"그래?"

그는 고마웠다. 역시 그분과 그녀밖에 없었다. 자신의 오늘날이 있게 해준 하늘이 보내준 은인이었다. 궁할 때마다, 이제 모든 것이 끝났다고 절망할 때마다 그분은 비상한 아이디어를 제공해 어려움을 돌파하게 해주었다. 법사님은 그녀를 통해 그에게 신통한 방책을 전해주었다. 대선 때도 그랬고 당선된 뒤에도 그랬다. 청와대를 떠나라고 해주신 것, 북한에 대해 어떤 대책을 강구할지 그리고 해외의 은인인 미국과 일본의 두 지도자와 친분을 쌓기 위한 비책을 주셨다.

그와 그녀가 한참 야당에게 몰릴 때 해외 순방으로 위상을 과시하라고 조언해준 분이 법사님이었다. 그녀가 관저에 갇힌 신세가 되어 겹겹이 쌓인 스트레스를 해외에서 확 풀어버리게 해주셨다. 해외에서 그녀는 영부인으로 최고의 대접을 받으면서 귀하신 몸의 기분을 만끽할 수 있었다. 야당은 그 꼴도 못 보겠다고 아우성을 쳤고 그와 그녀의 해외 순방도 여의치 않게 되어버렸다. 설상가상 총선으로 궁지에 몰린 상황이 닥쳐 그와 그녀를 괴롭혔다. 그런데 또다시 법사님이 도움의 손길을 내미신 것이다. 비단주머니를 꺼내 본 그의 얼굴이 보름달처럼 환해졌다.

"고맙습니다. 법사님."

남자는 법사가 있는 쪽으로 넙죽 큰절을 올리며 좋아한다. 여자도 만족한 미소를 지으며 어깨에 힘을 준다. 그녀의 표정에서 자신감과 자부심이 넘쳐난다. 법사님의 메신저 역할을 하면서 오늘날 공을 만들어준 당사자가 자신이라는 기색이 역력했다. 그는 벌떡 일어나 그녀를 안고 방 안을 빙빙 돈다. 두 사람의 웃음소리가 요란하게 퍼진다.

공은 한참 뒤 비서를 불러 지시를 내린다. 비서실에 새로운 비서관직을 만들어 그 자리에 여권 정치인을 데려다 앉힌다는 내용을 발표토록 했다. 다음 날 그는 새로 만든 자리의 인사를 통해 영수회담에 대한 자신의 복안이 무엇인지를 밝혔다. 야당과 앙숙인 인물을 기용하면서 야권에 맞대응하겠다는 효과적인 선전포고를 한 것이다. 그는 자신의 사전에 써놓았던 소신을 실천한 것이다. 그것은 자신이 싫어하는 인물과는 절대 맞대응하지 않는다는 것이었다.

'자식들 까불지 마.'

그가 신임 비서실장으로 데려온 인물 정00은 그의 고향 친구다. 노무현(전 대통령) 사자 명예훼손 혐의로 1심에서 징역 6개월을 선고받고 아직 항소심이 진행 중이었다. 2017년 페이스북에 "노 전 대통령 부인 권양숙 씨와 아들이 박연차 씨로부터 수백만 달러의 금품 뇌물을 받은 혐의로 검찰 조사를 받은 뒤 부부 싸움 끝에 권 씨는 가출하고, 그날 밤 혼자 남은 노 대통령이 스스로 목숨을 끊은 사건이다"라고 쓴 글로 피소됐었다

검찰이 1심에서 벌금 500만 원을 요구했는데 1심 재판부가 징역형을 선고했다. 항소심에서도 검찰은 벌금형을 구형했다. 양형을 낮춰달라는 의미라 실형까지 가지 않을 가능성도 있었다. 신임 비서실장은 야당 대표 이자명을 두고 '범죄 피의자'라고 비난했고 이태원 참사 원인은 광화문에서 열린 촛불집회 탓이라는 궤변으로 논란을 빚기도 했다. 야당 대변인은 "막말 인사다. 정치할 생각이 없는 대통령 같다"고 했다. 한 민주당 인사도 입에 거품을 물고 "악수하자고 손을 내밀면서 다른 손으로 따귀를 때렸다"라는 식으로 비판했다.

공은 비서실장 인사로 자신이 총선 패배에 대해 어떻게 생각하며 향후 어떤 방향으로 정치를 할 것인가에 대한 의사를 확실히 밝힌 것 같아 기분이 좋아졌다. 세상은 여전히 그를 두려움 섞인 시선으로 바라보고 있었고 우파 언론은 충분치 않지만 그에게 힘을 실어주었다. 자신감이 붙은 그는 야당 대표의 얼굴에 찬물을 끼얹는 조치도 취했다.

— 영수회담을 열기 위한 실무자 협상을 무기한 연기토록 하라.

대통령을 만나고 싶어 기대에 차 있던 야당 대표에게 한 방 먹이는 도발이었다. 야당 대표는 총선 압승의 기세를 몰아 그를 압박하는 펀치를 날렸지만 그가 슬쩍 피하면서 카운터 블로로 대응한 셈이었다. 그가 비선으로 관리하고 있는 공작정치 대가의 조언을 따른 것인데 역시 효과가 있었다.

— 급할수록 돌아가세요. 지피지기하면 묘책이 보입니다. 세상은 여당의 총선 참패보다 여야의 기 싸움에 더 관심을 갖습니다. 싸움은 구경꾼을 모으기 마련입니다.

역대 정권의 공작정치를 담당했던 전문가의 통찰력은 절묘했다. 야당 대표가 영수회담 전제조건을 철회하겠다는 입장을 밝혀왔다.

— 영수회담에서 다룰 안건을 사전에 합의하지 않고 만나겠습니다.

야당 대표는 자신을 총선의 승자로 내세우기 위해 그자와의 영수회담이 매우 시급하고 중요했다. 그것을 공작정치 전문가가 꿰뚫어 본 것이다. 전문가는 그에게 영수회담에는 군소정당의 당 대표까지 초청할 카드를 준비 중이라고 야당 쪽에 흘리라는 말도 전해주었다. 그가 그대로 따랐더니 즉각 약발이 드러났다. 야당 대표가 조급해하는 반응을 감추지 않았다.

대통령과 단둘이 만나야 대통령 다음으로 높은 사람이라는 것이 확인될 것 같았기 때문이다. 야당 대표는 그런 욕심이 뻗치자 남자가 쳐놓은 덫에 제 발로 걸어 들어와 갇힌 꼴이 되었다. 영수회담은 아무 조건 없이 만나는 것으로 결론이 났다. 공은 대만족이었다. 자신의 입장을 강화하는 불쏘시개로 영수회담을 활용할 수 있을 것 같았다. 야당 대표에게 하고 싶은 말을 다하라고 하고 자기는 들어준 뒤 헤어질 때 신중히 검토하겠다고 해주면 될 것이었다.

07

"여보, 이 자리 정말 좋아. 꼴리는 대로 할 수 있잖아."

"꼴리는 대로? 아냐 난 법대로 하는 거야. 법치."

"법치? 근데 왜 이렇게 시끄러워. 당신은 하는 일마다 시끄럽잖아."

"그게 내 탓은 아냐. 저자들이 잘못된 거지."

남자는 금세 얼굴에 먹구름이 끼면서 눈빛이 사나워진다. 그 모습에 여자가 기겁을 한다.

"자기 또 벌컥 하려고 그래? 나한텐 그러면 안 되지. 그렇게 하면 당신이 우리 사이의 법치를 깨는 거라고."

"아무렴. 내가 그걸 잊었겠어? 당신은 영원한 나의 우상이잖아."

"우상? 그보다 더 좋은 말은 없을까? 내가 당신한테 해준 것에 걸맞은 그런 말. 예를 들면 내가 당신을 대통령으로 만들어주었다는 말 같은 건 없어?"

"그건 연구해 봐야겠는데. 당신 나 알잖아. 머리가 금방금방 돌아가지 않는다는 거. 그래서 아홉 번 실패했지만 말이야. 하지만 내가 뒷심이 강하잖아. 나보다 앞서간 자나 나보다 잘된 놈 있나? 검찰 출신으로 대통령 된 자 있으면 나와 보라 그래."

"그건 맞는 말이야. 하지만 요즘 당신 너무 과민한 것 같아. 즐겨 먹던 술도 멀리하고 말이야. 버럭 하는 것도 전보다 박력이 떨어진 것 같아."

"그래? 그렇게 보여? 난 아무렇지도 않은데. 아직 힘이 넘치잖아. 얼마 전까지 어퍼컷 하는 거 못 봤어? 바람 소리 쌩쌩 났잖아."

"근데 요즘 어퍼컷은 안 하더라. 왜 그래?"

김거니의 질문에 공은 잠시 말을 멈추고 창밖을 내다본다. 폭염이 지글거리는 날씨가 예사롭지 않다. 햇빛이 노랗게 내리쬔다. 저 멀리 남산이 가물가물하다. 더위가 뿜어올리는 뜨거운 지열이 아지랑이처럼 피어오른 탓이다. 그 속에 한동판 그놈의 얼굴이 떠오른다. 그자가 집권당 당 대표가 되기 전부터 채 상병특검이 필요하다 어쩌다 하더니 당선된 뒤에 의료개혁에 대해 정면으로 도끼질을 해대는 발언을 하고 있다. 병원 응급실에 찾아가서 문제가 심각하다고 했다. 남자가 기자회견에서 아무 문제 없다고, 병원 응급실은 정상이라고 말한 직후 그랬다. 그랬더니 침묵을 지키던 야당 대표가 페이스북을 통해 쇳소리를 냈다.

"응급실 대란은 전공의가 복귀하지 않고 있기 때문이라는 정부 주장은 말이 되지 않는다. 의료대란이 의사 탓이라면 민생파탄은 국민 탓이고 경제위기는 기업 탓인가."

그 뒤로 여기저기서 비판하는 말들이 쏟아지기 시작했다. 공이 의료개혁의 깃발을 올린 지 6개월이 되도록 여야 정치권은 조용히 지켜보기만 했고 언론은 의사들이 잘못이라는 기사를 연일 쏟아내며 도와주었다. 그런데 여당 당 대표가 판을 엎어버렸다. 그가 남자의 의료개혁을 비판한 뒤로 의사들을 비판하던 여론도 슬그머니 방향을 틀기 시작했다. 언론은 공의 나팔수처럼 전공의 파업 등 의사들의 움직임에 대해 한목소리로 비판해 왔지만 손바닥 뒤집듯 태도가 돌변했다. 공이 잘못해서 의료대란이 난 것 같은 논조로 바뀐 것이다. 자기편을 들던 과거는 잊어버리고 기억상실증에 걸린 듯한 뻔뻔스러운 태도로 의료 현장이 붕괴 직전의 상태라고 보도했다.

'언론을 믿은 게 잘못이야.'

공서결은 신문, 방송이 공격과 비판 대상을 의사에게서 자신에게로 방향을 트는 것을 보고 화가 나서 발을 동동 굴렀다. 하지만 마땅한 방법이 없었다. 의료개혁의 깃발을 올린 지 반년 만에 처음으로 병원 응급실을 방문하는 제스처도 취했다. 그러자 그다음 날부터 집권 여당 쪽에서도 의료개혁 전반에 대해 회의적인 견해가 등장하기 시작했다. 추석이 가까워지면서 의료대란에 대한 공포심이 커진 탓일까. 공서결은 갑자기 광야에 혼자 서 있는 꼴이 되었다. 의료개혁에 찬사와 박수를 보내던 목소리는 거의 들리지 않았다. 한때 집권당 소속이었던 정치인의 기사는 특히 그를 화나게 했다. 그 기사는 다음과 같았다.

— 의료공백 장기화로 국민적 불안이 커지고 있는 가운데 유승민 전 국민의힘 의원이 "총체적 무능이 국민을 죽음으로 내몰고 있다. 국민의 분노가 폭발하기 전에 빨리 행동해야 한다"고 주장했다. 유 전 의원은 2024년 9월 4일 자신의 페이스북에 올린 글에서 "의료붕괴 사태 해법을 제시할 책임은 대통령, 총리, 장관에게 있다"며 이같이 주장했다.

유 전 의원은 "2000명 증원에 반대한다고 의사가 환자를 버리고 떠난 행동은 잘못된 게 맞다"면서도 "정부가 의료붕괴 사태를 해결하지 못하면 국민은 정부여당을 심판할 것"이라고 했다. 이어 "군사작전하듯이 진압한다고 해결될 문제가 아니"라며 "선무당이 사람 잡는다고, 2000이라는 숫자 하나에 꽂혀 이 어려운 의료개혁을 쉽게 하려 했던 단순무식한 만용부터 버려야 한다"고 지적했다.

공서결은 가슴속에서 열이 폭폭 치솟아 올라오자 두 주먹을 불끈 쥔다. 한동판 여당 대표가 물꼬를 트자 다들 우르르 뒤따라 의료대란이라며 난리를 치고 있다. 몇 달만 버티면 잘 해결될 것 같았는데 자칫 엎어진 물이 될 것 같아 아슬아슬하다. 공서결이 입을 앙다물며 이를 간다. 한동판이 앞에 있다면 면상을 한 방 먹이고 싶다. 자기도 모르게 씨근덕댄다. 거니가 그 모습을 보더니 곱게 눈을 흘긴다.

"당신이 일부 장관, 정부 산하단체 기관장에 임명한 사람들은 일제 시대를 그리워하나 봐. 야릇한 말을 골라 하더라. 왜 그래?"

"그거? 그렇게 하는 것이 잘하는 거야. 그것이 나라와 민족의 미래를 위한 길이라고 생각해."

"그래? 그런데 일제하에서 우리 조상이 다 일본 국적이었다고 한 것은 심했잖아?"

"…."

"우리 조상이 일제하에서 일본 국민이었다면 독립운동한 선열들은 어떻게 되지? 일제하에서 우리 조선 사람은 일본이 이등 국민 취급하면서 국회의원 선거나 피선거권도 안 주었다고 하잖아. 그건 정상적인 국민이 아닌 걸 그 장관은 몰랐나?"

"이등 국민? 그래도 국민이잖아."

"독립기념관장도 일제 침략에 대해 이상한 생각을 가진 것 같던데? 당신, 어떻게 그렇게 비슷한 생각을 가진 사람들만 골라서 요직에 보내는 거야? 참 그것도 우리의 위대한 스승 그분이 내린 지침대로 하는 거지?"

"아무렴. 그분의 혜안은 정말 놀라워. 일본, 미국과 친하게 지내면서 한몸이 되어야 동북아에 평화가 유지된다는 거야. 특히 북한을 꽉 누르려면 그 수밖에 없다고 하셨잖아."

"그래서 뉴라이튼가 뭔가 하는 사람들이 중용되는구나. 그런 사람들이 발탁되는 것을 일본도 좋아하겠지? 일제가 조선을 침략한 것도 일제가 한반도 근대화를 위해 기여했다고 하니까 말이야."

"당근이지. 때만 되면 신사참배를 하면서 과거 일본 제국주의 시대를 그리워하고 찬양하는 세력이 일본의 주류야. 그들을 만족시키기 위해서는 뉴라이트가 더 중용되어야 해."

"그런가?"

"그럼. 일본하고 우리가 군사적으로 꽉 뭉치려면 그들이 원하는 것을 들어줘야 한다고 생각해. 통 크게 나가자는 거지. 과거 일제 침략 시대를 물고 늘어지는 것은 쩨쩨한 거야. 거기서 탈피해 일본을 우리 편으로 끌어들여 우리가 이용하자는 원대한 목표라고."

"…."

"일본이 부담스럽게 여기는 것을 우리가 털어내는 방식으로 미래를 향해 같이 가자는 거지."

"그래서 성노예 배상도 우리나라 세금으로 일본 대신 처리하고 일제강제징용 문제도 일본 기업을 도와주는 정책을 썼구나. 근데 그게 통 큰 것인가? 무릎 밑으로 기어가는 것은 아니고?"

"천만에 통 큰 것과 함께 선제적인 거지. 일본 정부가 우리하고 손을 잡을 수 있는 여건을 우리가 앞장서서 만들어야 한미일 군사협력이 강화되거든. 미국하고 일본이 원하는 것을 미리 알아서 챙겨드리는 식이야. 북한의 핵무기에 대처하려면 그 수밖에 없어."

"자기 북한을 너무 겁내는 것 아냐? 핵무기 빼놓고 재래식 무기, 경제발전은 남쪽이 월등하잖아."

"방심하면 안 돼. 우리 내부 곳곳에 반국가세력이 암약하고 있고 그것이 공산혁명으로 비화할 수도 있다니까."

공은 여자와 대화하면서 표정이 변한다. 공포에 질린 어린아이의 눈빛이 되고 얼굴의 근육이 긴장한 탓인지 실룩거린다. 여자가 시선을 창밖으로 돌리며 툭 던지듯 질문했다.

"당신 이승만을 너무 치켜세우는 거 아냐?"

"내가? 그, 그건 그분의 투철한 반공사상 등을 생각할 때 그렇게 하는 것이 당연한 것 아냐?"

"그 양반이 살던 시대와 지금은 달라졌잖아. 국가사회주의는 실패했다는 이야기도 오래됐고."

"그렇지 않아. 자유민주주의와 시장경제를 전복하려는 세력이 국내 도처에서 암약하고 있다니까."

"당신 검사할 때 싹 잡아들이지 그랬어. 그땐 별소리 안 하더니 요즘 너무 심하더라."

"그렇게 해야 해. 이승만 대통령을 국부로 모시고 건국절 이론을 완성하는 것도 절실해."

"건국절?"

"그래. 건국절은 미국의 역사관에 걸맞은 거야. 미국은 가스라-테프트 밀약으로 일본의 조선 강점에 적극 협조했고 일제 치하의 독립운동을 철저히 외면했잖아. 글구 일본의 세가 불리해 항복한 뒤에도 미군정은 상해 임시정부 등은 인정치 않았지. 그러니 미국 입장에서는 1945년 8월 15일이 건국절인 셈이지."

"그렇구나. 그럼 역사 교과서도 다 다시 써야 하겠네."

"언젠가 그런 날이 오겠지. 이미 일부 교과서에서는 시작했잖아. 일본의 한반도 강점에 대해서도 시시비비를 가리지 않고 중립적으로 기술했다잖아."

"독도 조형물을 치운 것도 그런 것인가?"

"으음. 그것도 그렇다고 볼 수 있어요. 애매하긴 하지만 독도 영유권을 놓고 한일 간에 분쟁이 벌어진 지도 오래됐잖아. 독도에 대해서는 우리 역대 정권이 애매한 정책을 써오기도 했고."

"어떻게?"

"독도가 우리 땅이라고 하면서 민간인이 살지 못하게 하고 군인이 아닌 경찰이 수비를 하도록 한 것도 다 미국과 일본 눈치를 본 결과라 할 수 있지."

"그랬어? 과거에도 그랬다고?"

"그럼. 그건 미국이 원했고 일본이 미국에 업혀서 앙앙댔으니까."

"미국이 원했다고? 처음 듣는데."

"나도 검사 시절에는 몰랐지. 미국이 한때 독도를 폭파해서 완전히 없애버리자고 했다는 말도 있어. 한일 간에 분쟁이 되는 독도를 지구상에서 지워버리자고 한 거야. 그것 참 대단한 아이디어였는데."

"…."

"미국이 그런 아이디어를 낸 것은 아시아의 평화, 동맹을 위해 필요하다면서 그랬다는 거야. 설명하면 긴데. 간략히 말하면 미국은 1952년 체결된 샌프란시코 강화조약 협의 과정에서 일본을 대소 방어 전진기지로 만들기 위해 일본의 전쟁 범죄에 대해 솜방망이 처벌을 하는 등 선심을 베풀었다는군. 그러면서 일본의 한반도 합병으로 조선 사람이 혜택을 많이 봤다는 논리도 만들어서 공개했다는 거야. 그것이 뭐냐 하면 일본의 한반도 지배가 한민족의 근대화에 기여했다, 독도는 한국 땅이 아닐 수 있다는 것 등이래."

"그래?"

"미국이 그런 논리를 앞세운 것은 1905년 가스라-태프트 밀약으로 일본의 한반도 강점을 물밑에서 승인해준 것을 기반으로 한다는군. 일본은 조선 정부와 합법적으로 병합하는 조치를 취했다고 주장하고 있는데 미국도 암묵적으로 동조하는 것 같아. 그 비밀 조약의 원죄가 있잖아."

"…."

"내가 취임한 뒤 일제시대 일본 전쟁기업의 강제징용 배상, 사도광산 조선인 강제동원과 학대 문제에 대해 일본이 완강한 태도로 나왔고 내가 생각하는 법치에 합당한 것 같아 나도 눈감아준 거야."

"그래서 어떤 장관 후보가 일제하에서 모든 조선인은 일본 국민이라는 소리를 했구나. 어떤 기관장은 우리나라 건국이 1948년에 이뤄졌다고 말하고. 그 사람들 참 당신의 충복이네."

"그렇기는 하지. 주군의 맘을 헤아려 알아서 목소리 높이는 일이 쉽지는 않지. 하지만 거기에는 해방 정국에서 미국 때문에 살아남아 조국 발전에 기여한 친일세력들을 비호하고 미국과 일본에 잘 보이려는 속셈도 있다고 봐. 친일세력은 1945년 일본이 항복하자 큰일 났다고 공포에 질렸는데 미군정이 공직과 군경에 복귀시키거나 참여시키면서 해방정국의 신흥권력으로 등장했잖아. 이승만 대통령이 그런 상황에 편승해 집권하고 일제 잔재 청산을 저지했었지. 미국이 해놓은 것이니까 당연히 그렇게 한 거야."

"일제 잔재가 청산되지 않은 것은 미국과 이승만 합작품이었네. 우리나라 독립운동가나 그 후손들이 배척당한 것도 미국의 비위를 맞추는 거였나?"

"그런 점이 없지 않지. 하지만 일제 잔재를 청산해야 한다는 목소리가 민주화가 되면서 커지니까 친일했던 사람들의 후손 등이 불편했지. 그렇지만 뉴라이트의 깃발을 올리면서 세력을 키워오다 요즈음 빛을 보고 있는 거지."

"그렇구나. 뉴라이트가 일제의 침략을 미화하는 것은 결과적으로 친일 세력을 정당화하고 비호하자는 속셈이겠네. 그건 알겠는데 뉴라이트가 미국, 일본에 잘 보이려고 애를 쓰는 것 같던데 그 속셈은 뭐야?"

"미국이 중국 포위전략을 추진하면서 가장 공을 들이는 것이 한미일 군사협력이잖아. 그런데 미국은 한국보다 일본이 더 중요하다고 보고 일본의 한반도 합병 논리에 힘을 실어주는 것이 사실이야. 그러다 보니 유형무형의 압박이 미국 쪽에서 우리 정부에 가해지고 있다고."

"그래? 그렇게 되는구나."

"그렇다니까."

"그러니까 당신과 그 충복들이 한미일 군사동맹 실현이라는 위대한 목적을 위해 노력하고 있는 셈이네."

"그렇지. 북한과 중국, 러시아를 박살 내서 민주주의, 시장경제를 수호하고 민주적 방식으로 통일하기 위해서는 미국에 협조해야 한다니까. 나는 그것이 유일한 우리의 활로라고 생각해. 그래서 거기에 반대하는 사람은 여야 막론하고 반국가세력으로 척결해야 한다고 생각해. 이것이 내가 생각하는 한미관계에서의 법치야."

"야, 당신 짱이다. 근데 미국, 일본과 같이 가야 하는 길이 최상의 선택이라고 말해준 분이 우리의 법사님 아니야?"

"맞아. 그분의 가르침이 없었으면 정말 일이 잘못됐을 거야. 과거 일부 대통령들이 북한에 속아 화해협력한다면서 헛발질을 한 것이 얼마나 잘못된 것인지를 그분이 소상히 알려주셨잖아, 당신을 통해서 말이야."

"어디 그뿐이야? 당신 대선 때 필승 전략을 알려주신 분이 그분이잖아. 손바닥에 임금 왕 자를 한문으로 쓰라고 하신 것은 절묘했어. 티브이 방송에서 그것이 전국에 알려지니까 유권자들이 아하 저기 큰 인물이 나왔구나. 저 사람이 그 주인공이구나, 하고 알게 된 거야. 솔직히 당신 그분 아니었으면 지금 이런 자리에 올 수도 없었잖아."

"내가 왜 그것을 모르겠어. 그분을 가까이 할 수 있게 해주고 가르침을 전달해준 것도 다 당신이잖아."

"그래, 그건 옳은 말이야. 당신은 항상 그 점을 명심해야 해."

"알았어."

"폭염 때문인지 몸이 피곤해. 이럴 때 해외로 나가서 국빈대우를 받으면 기분 전환이 될 텐데. 당신 어떻게 좀 해봐. 빨리 한 번 더 나가자."

"알았어. 내가 노력 중이니까 기다려봐. 그건 그렇고 시원하게 해줄 테니까 침실로 가자."

"그래? 그거 듣던 중 반가운 소리네."

남녀가 히히덕거리며 거실에서 침실로 걸어 들어가며 문을 닫는다. 이어 남녀의 원초적 음성이 간간이 문틈으로 새어 나온다. 입주하기 전 방음장치를 철저히 했다고 업자가 큰소리쳤지만 역시 부실했다. 그런 사실이 처음 알려졌을 때 남자가 화를 내려 하자 여자가 달랬다. 면허가 없는 업체라서 어쩔 수 없었다고 말한 뒤로 남자는 두 번 다시 방음 문제를 입에 올리지 않았다.

남녀의 목소리가 잦아든 얼마 뒤 거실의 커튼이 펄럭이더니 세 존재가 모습을 드러낸다. 그들은 주인이 비운 거실 소파에 털썩 주저앉아 테이블 위의 이것저것을 살핀다. 도사가 서류 중에 '굴복하면 정상적 나라가 아니다. 지지율에 연연하지 않는다', '차별금지법이 도입되면 마르크스와 파시스트가 활개치면서 공산주의 혁명이 일어난다'라는 글이 쓰여 있는 자료를 훑어보더니 입을 열었다.

"정치판이 온통 죽기 아니면 살기식으로 극한 대립뿐이야. 왜 그래?"

그의 질문에 우파와 신좌파가 선뜻 입을 열지 않자 도사가 말했다.

"여야 모두 정치 영역이 너무 좁아서 그래. 한미동맹, 국보법이라는 가두리에 갇힌 고기처럼 정치를 하니 큰 정치는 못하고 시시콜콜한 것만 놓고 박 터져라, 너 죽고 나 살자는 정치만 하는 거야."

"…."

"국회가 만약 한미동맹, 국보법 등으로 좁혀진 정치적 공간에서 벗어나거나 차별금지법을 제정한다면 정치가 상당히 활기찰 거야. 우파와 신좌파의 차이도 확실히 드러날 거고. 그런데 지금 거대담론에 해당하는 이들 문제에 대해 여야 모두 침묵하잖아. 금기의 영역으로 삼고 오직 정권 장악, 정국 주도만을 위해 민생은 외면한 채 우물 안 개구리 싸움 같은 짓만 되풀이하고 있어. 거대 여야당의 경우 최근 반복되는 행태를 보면 당 간판만 다를 뿐 큰 차이가 없어 보인다니까. 모두 내로남불의 독기에 취해 있고 아빠 찬스, 엄마 찬스는 물론 한자리 차지했을 때 한몫 챙기고 보자는 막가파 행태는 둘 다 똑같아."

"…."

"트럼프가 김정은을 칭찬하면서 떠들어도 국내 정치권은 침묵 일색이야. 자기가 나서서 트럼프, 김정은 만나 문제를 해결하겠다고 말하는 정치인이 하나도 없는 거야. 우물 안 개구리 짓에만 열중할 뿐 큰 정치는 아예 관심도 없어. 여야가 당리당략을 위해 치열하게 다투지만 정작 민족 전체의 공멸이라는 비극을 막을 담론에 대해서 침묵하는 것은 뭐랄까 반민족, 반역사, 반인륜적 침묵의 카르텔이라는 비판을 면키 어려워. 전쟁 위협이 없는, 평화통일이 달성된 미래를 후손들에게 물려주어야 할 책무를 모두 회피하고 있는 것이지."

"…."

"국민도 주권자의 위상을 좀더 확고히 해야 해. 교육 수준이 높은데도 기존 정치권이 제시하는 정치적 상징에 휘둘리는 경우가 적지 않아. 보고 싶고 듣고 싶은 것만 기억하거나 거대 여야당이 만들어놓은 진영논리에 갇혀 있는 경향이 있어. 하지만 그나마 다행인 것은 선거철이 되면 집단지성을 발휘해 심판자 역할을 하는 경우도 적지 않다고 봐야지. 그러나 새로운 정치, 구태정치가 외면한 진정한 민주주의를 한다는 정치세력을 주목하지 않아. 그러니 선거로 심판을 해도 그 과실은, 찬밥신세였던 구악 정치인들이 따먹는다니까. 안 그래?"

도사의 질문에 우파와 신좌파는 아무 말 하지 않은 채 딴전을 피운다. 그러면서 서로 눈치를 살핀다. 도사가 국내 정치의 핵심을 날카롭게 설명하는 것에 동의하면서도 의사 표시를 자제한다. 그렇게 체질이 굳어있어서다. 둘 다 얼마 전까지 제도권 정치판에서 굴러먹었던 터라 진영논리에 비춰 이익이 되지 않는 사안에는 입을 다물고 있다. 도사가 답답한 듯 둘을 바라보다가 입을 열었다.

"여의도 정치셈법은 너무 한심해. 국회의원에게 주어지는 특권과 혜택에 취해 민생을 챙기거나 국가 자주권 회복. 평화통일 쟁취 등 거대 목표에는 관심이 없다니까. 여야는 사상의 자유가 21세기 인공지능 시대에도 제한되어 국력 성장에 심각한 장애 요인이 되는데도, 한반도에 전쟁 위기가 고조되어도 그에 대한 청문회조차 여는 법이 없지. 22대 총선 당시 한반도 전쟁 발생 가능성이 일상화된 상황이었지만 어느 정당도 이에 대해 거론치 않았다고. 한심한 일이야. 정의당이 공중 분해된 것은 국회의 이런 모습에 대한 심판이었던 것 같아."

도사가 자못 흥분된 목소리를 이어가자 신좌파가 중얼거리듯 말했다.

"정치권만 그런 게 아니라 대중매체, 학계, 통일운동 단체도 한미동맹의 실체 등에 침묵하잖아요. 모두가 공론화를 기피하는데 정치권이 들고 나서면 표만 떨어지게 되거든요. 정치는 유권자의 지지를 받는 것이 지상과제라서 어쩔 수 없습니다."

신좌파의 말에 우파도 나서며 옳은 말이라고 거든다. 한동안 듣고 있던 도사가 '제일 중요한 건 이념'이라고 쓰여 있는 자료를 들어 올리며 그들의 말을 중단시키더니 입을 열었다.

"뉴라이트의 주장들이야. 들어봐. 위안부는 자발적 매춘이고, 식민 지배와 독재로 잘 살게 됐고, 민주화운동 배후에 북한이 있고, 파업하는 노동자는 국가의 적이다. 이런 주장을 하는 뉴라이트들이 출세 가도를 달리고 있더군. 독립기념관장부터 일제의 침략에 대해 수상한 견해를 가지고 있는 자이고 비슷한 주장을 하는 다수가 장관이나 기관장 자리를 차지하고 있는 사태는 심각해."

그 말에 우파가 즉각 반발했다.

"대통령이 기자회견에서 그에 대해 다음과 같이 직접 밝혔잖아요. '솔직히 뉴라이트가 뭔지 잘 모른다. 무슨 뉴라이트냐 뭐냐, 이런 거, 저런 거 안 따지고 그렇게 인사를 하고 있다' 이렇게 말이죠."

"예끼, 이 사람아. 그걸 말이라고 해? 그건 국민을 얕잡아보고 하는 소리야. 뉴라이트가 뭔지 잘 모른다고 한 것부터 문제지. 모두의 관심사에 대해 대통령이 언급을 회피했는데 사실 무식은 미덕이 아니거든. 그리고 뉴라이트냐 뭐냐 그런 것 안 따지고 인사를 해서 문제가 되고 있으면 그걸 자신의 책임으로 여겨야 하는데 전혀 그렇지 않고, 되레 공정한 인사라는 식으로 강변하고 있잖아."

"…."

"내가 보기에 뉴라이트를 중용하는 것은 문제가 심각해. 우선 친일잔재 청산을 외치는 세력에게 찬물을 끼얹고 싶은 거야. 자기들 조상이 친일을 한 적이 있는 사람이나 일본에 대해 일본인보다 더 애정을 가지고 있는 사람은 이제 더 이상 친일잔재에 대한 비판을 하지 말라는 의사 표시를 공세적으로 하고 있는 거지."

도사의 말에 신좌파가 거든다.

"공격이 최선의 방어다, 이 말씀입니까?"

"그래. 그래서 교묘한 논리를 개발한 것도 사실이지."

"그게 뭔데요?"

"우선 일제 치하에서 먹고 살려면 친일을 할 수밖에 없었다는 논리야. 그 정도에 차이만 있지 일제 치하에서 밥 벌어먹은 사람 모두를 친일로 매도하는 것은 잘못이라는 거지."

"그건 그럴 듯하네요."

"근데 거기에도 허점이 있지. 뭐냐면 일제 치하에서 우리 민족이 선택할 수 있는 삶은 세 가지가 있다는 거야. 독립운동을 위해 적극 투쟁한 방식, 보통사람으로 먹고사는 데만 열중한 방식, 적극 친일한 방식 등이야. 여기에 비춰볼 때 독립운동에 투신한 것을 최상의 삶으로 칭송하고 배려하는 것이 맞겠지. 그러나 우리나라는 건국 이래 그것이 없었잖아. 친일세력이 권력을 계속 잡았으니까. 친일세력이 독립운동가들을 홀대하고 박해하기도 했으니까."

"그렇습니다. 독립운동을 한 사람은 삼대에 걸쳐 망한다는 말이 나올 정도였지요. 그러다가 이번에는 일제하에서 우리 조상 국적이 일본이었다고 하는 논리를 내세우고 있어요. 그런 식이면 항일에 앞장선 독립운동가들은 어떻게 되는 겁니까? 더욱이 일제가 물러나 일제 국적에서 벗어난 것을 어떻게 설명하려는 걸까요?"

신좌파가 열을 올리자 도사가 손으로 진정하라는 표시로 입을 열었다.

"뉴라이트 논리나 주장은 더 따져볼 필요조차 없는 천박한 것이니까 이만하지. 그렇지만 분명히 해둬야 할 것이 있어. 오늘날 뉴라이트가 발호하는 기현상은 우파와 함께 신좌파도 일정 부분 책임을 져야 할 것 같은데, 신좌파 당신 생각은 어때?"

"무슨 말씀입니까? 뉴라이트가 문제이지요."

"아니야. 깊이 살펴봐. 뉴라이트가 발호하는 이유를 말이야. 난 국내 지배계급 전체가 뉴라이트가 발호할 환경을 만들어주고 있다고 생각해."

"도사님도 너무 깊이 생각하시다가 혼란에 빠지신 것 아닙니까?"

"뉴라이트의 특징이 뭐야? 시위할 때 성조기 들고 나오잖아. 미국이 그들의 최고의 뒷배지. 그들은 미국이 없으면 죽음이라고 생각하고 있어. 과거 이승만이 그랬듯이. 지금 대통령도 마찬가지고. 뉴라이트에게 미국은 하나의 거대한 우상, 사이비 종교의 절대신 같은 존재야."

"그래서요?"

"신좌파는 어때? 그들도 미국에 대해서는 95퍼센트는 우호적이야. 미국은 한반도 반쪽인 북한보다 훨씬 그들에게 더 가깝고 친근한 존재지. 사회주의는 과거 서구의 진보가 등을 돌린 바 있어서 신좌파도 북한에 대해서 비슷한 태도를 취하고 있지. 남북교류협력? 그건 신좌파에게 국가보안법 테두리 속에서의 선택일 뿐이야. 그들은 국보법이 사상의 자유를 억압하는 것에 크게 불편해하지 않아. 일반적으로 진보에게 사상의 자유가 절대적인 필요조건이지만 신좌파는 달라. 사상이 문제가 되지 않는 젠더, 환경 문제 쪽을 주요 의제로 내세우는 식이지. 내 말이 틀렸나?"

"…"

신좌파가 아무 말도 못 하고 있자 도사가 말을 계속했다.

"남한의 제도권 정치의 이념적 색깔은 대체로 자유민주주의라 할 수 있지. 거대 여야당은 물론이고 이른바 진보정당이라도 그 정치적 노선은 비슷해. 평화통일을 앞세우며 교류협력의 추진을 미국이 반대하면 침묵으로 그에 순종할 뿐이지. 지렁이도 밟으면 꿈틀한다는데 우리 정치권은 그렇지 않아. 정당은 정치로 국민에게 서비스한다는 조직인데 제대로 하고 있나? 보수, 신좌파 대답해 봐."

"…."

둘이 눈을 내리깔고 침묵하자 도사가 말을 계속했다.

"여의도를 기웃거리는 사람들은 하나같이 체질이 비슷해. 선사후당이랄까? 자기 이익이 우선이고 당은 그다음이야. 유권자, 국민은 당보다 후순위고. 이러니 공천받으러 당 대표에게 충성하다가 공천 안 주면 탈당도 불사하지."

"…."

"민생을 위한다고 하지만 다들 선거에서 득표가 될 것인가를 따지는 것이 최우선이지. 그게 아니면 손을 놓아버리잖아. 거대 여야당은 정강정책이 비슷할 정도로 닮은 꼴이야. 이런 판을 뉴라이트가 비집고 들어온 거야. 그러면서 자기들의 존재감을 드러내기 위해 거대 여야당보다 더 세게 친미를 내세우고 있지. 친일도 친미를 위해서라면 필요하고, 그것이 북한을 제압해 동북아의 평화를 지켜낸다는 논리로 발전한 거야."

"…."

"뉴라이트의 등장은 거대 여야당의 친미 노선 때문에 가능했다고 봐야 해. 거대 여야당이 뉴라이트의 극단적인 친미, 친일 논리가 비집고 들어올 멍석을 깔아준 셈이 되었지. 그러니 신좌파도 뭔가 정치적 차별성을 드러내려면 친미 일색에서 탈피해야 할 거야."

"…."

"미국은 무서운 존재지. 자기 목적을 위해 미 정부 기관이 남의 나라 도감청을 합법적으로 일상화하고 쿠데타, 암살은 예로부터 해온 수법이지. 한국 정치인들이 집권하려면 미국에 미운털이 박히면 어렵다는 걸 다 잘 알고 있지. 그래서 과천에서부터 기는 거야."

"…."

"미국이 남한 정치를 중시하는 것은 주한미군과 한미동맹을 통해 북한을 핑계 삼아 중국, 러시아를 군사적으로 압박할 수 있기 때문이지. 이런 엄청난 이익을 챙기기 위해서는 미국의 말을 잘 듣는 남한 정권이 절대적으로 필요한 거야. 미국이 중국을 전방위적으로 포위, 압박하면서 세계 일등 국가가 되는 것은 막겠다고 나서자 한반도가 과거보다 더 심한 몸살을 앓고 있는 거야. 우파 자네는 그건 잘 알고 있지?"

도사가 우파에게 질문하자 기다렸다는 듯이 입을 열었다.

"지구촌은 유사 이래 약육강식의 싸움터였습니다. 국가의 존망과 직결되는 외교국방은 선택과 집중입니다. 한국 같은 약소국가는 가장 강한 나라와 손을 잡아야 합니다. 이삼 등과 동맹했다가는 낭패당하기 십상입니다. 공서결이 미국에 올인하면서 일본을 챙기는 건 잘한다고 봅니다. 그러다 보니 러시아, 중국에 진출한 우리 기업들이 어려움을 겪고 있는데 그건 불가피하다고 봅니다."

"그럼 신좌파 당신 생각은 어때?"

"현재의 한미동맹 체제에서 대를 위하다 보면 소가 희생당하는 것은 피할 수 없습니다. 100퍼센트 만족시킬 수는 없는 것입니다. 남북관계도 한미관계에 우선할 수 없습니다. 그것도 법에 따른 것입니다. 북한은 헌법, 국가보안법에 의해 남한과 적대관계입니다. 미국과는 동맹관계이니 정책 우선순위는 분명해지는 것입니다."

"그래? 그러면 헌법에 평화통일을 추진해야 한다는 건 어떻게 하지?"

"그건 평화로울 때 해당하는 것입니다. 북한이 남한을 핵과 재래식 무기로 공격하겠다고 하는 상황에서는 군사적으로 대응할 수밖에 없습니다. 즉 북한이 전쟁을 일으킬 맘을 먹지 못하게 남한의 군비를 강화하면서 한미동맹도 돈독히 해야 합니다. 그래야 국민이 안심을 합니다. 이런 원칙 아래 2018년 3차례 남북정상회담이 열렸지만 미국이 요구한 군비 강화를 위해 무기를 미국에서 사 온 것입니다."

"그것도 역대 사상 최대로?"

"당연한 것입니다. 북한과 대화 교류협력을 약속한 것과 북한에 대한 군사적 경계심을 푼다는 것은 별개의 문제입니다. 항상 만약의 군사적인 사태에 대비하는 것이 정치가 할 일입니다."

"그럼 북한에 대해 군사적 대비를 튼튼히 하는 것만큼 대화, 협력의 장치를 튼튼히 했었나?"

"그, 그게."

"남북관계에 대해 남쪽 대통령이 평양시민 앞에서 감동적 연설을 하고 돌아온 뒤 미국이 요구하니까 합의한 것을 한 건도 이행치 않았잖아?"

"그야 미국 쪽 요구가 더 중요하니까 그럴 수밖에 없었습니다."

"그래? 그런 식이면 북한도 남한을 믿을 수 없게 되는 것이지. 결국 남북이 서로 맞장뜨는 쪽으로 갈 수밖에 없겠네?"

"그야 뭐 할 수 없죠."

"미국 앞에서는 우파나 신좌파나 다 비슷한 스탠스를 취하는구먼. 하긴 군사적 주권이 미국 손에 있으니 누가 집권해도 선택할 수 있는 여지가 별로 없는 것이 현실이지. 우파와 신좌파가 무슨 차이가 있는 것인 양 떠들썩했지만 미국이 교통 정리해준 꼴이야. 불쌍한 것은 국민이고."

"…."

"우파나 신좌파나 정권 잡는 것을 지상목표로 삼고 죽기 살기로 싸움박질이나 할 뿐 진심으로 민족과 국가를 위해 하는 일은 없으니 한심하기 그지없군."

도사가 신좌파를 향해 조소하는 시선을 보내며 말을 마친다. 신좌파는 억울하다는 표정을 지으며 혼자서 구시렁거리는데 우파가 입을 열었다.

"세상을 넓게 봐야 합니다. 남북 분단은 동서 진영이 대립한 결과이고 평화통일 여부도 국제정세 속에서 결판날 것입니다. 그러니 민주주의, 자본주의를 지키기 위해서는 범세계적 차원에서 노력해야 합니다. 즉 북대

서양조약기구와 관계를 맺고 미국이 지구촌 차원에서 시도하는 중국, 러시아에 대한 견제, 압박 정책에 적극 동참해야 합니다. 그렇게 해야 남북 문제도 풀릴 것입니다."

"…."

"정부가 굴욕 외교, 퍼주기 외교라는 비판에도 불구하고 미국, 일본과 돈독한 관계를 유지하려고 하는 것은 대를 위해 소를 희생하자는 것입니다. 작은 것 때문에 큰 것을 놓치는 우를 범해서는 안됩니다. 우리 국력에 걸맞게 글로벌한 차원에서 외교국방 정책을 펴는 것이 결국 남북대결에서 승리하는 길이 될 것입니다."

우파의 말에 도사가 질문을 던진다.

"그래서 국적 불명의 뉴라이트를 정부에서 중용한다 이 말인가?"

"국적 불명이 아니고 국경을 초월해 범세계적 차원의 전략으로 대처하자는 것입니다. 잠자리처럼 세상을 살핀다고 할까요? 잠자리 눈은 겹눈이라고 불리는데, 수천 개에서 수만 개의 작은 눈들이 모인 구조라서 주변 360도의 모든 방향을 동시에 볼 수 있어요. 우리도 이렇게 해야 합니다. 잠자리의 겹눈처럼 세계의 권력 구조를 정확히 파악해서 대처하는 것이 국익에 도움이 되는 것입니다. 현미경 보듯 한 곳만을 주시하거나 과거사에만 집착해서 미래로 나아가지 않는 것은 어리석은 짓이지요."

"그래? 그러려면 아예 이 나라를 미국의 한 주로 편입시켜 달라고 매달리는 것이 낫겠군. 안 그래?"

"너무 나가지 마십시오. 저는 거기까지는 아닙니다."

"역사를 잘 살펴봐. 주체성을 지니지 못한 나라는 결국 미래가 없어. 그리고 국민들 자존심도 생각해야지. 한류다, K-팝이다, 세계가 열광하는 것을 경험한 젊은 세대가 외세에 종속적인 국가에서 살고 싶겠나?"

"…."

"우리나라가 경제, 문화적으로 선진국 대열에 올라서면서 정치에 대한 국민적 요구가 달라지고 있어. 그런데 기존 정치권은 아직 그 심각성을 모르고 헛발질만 하고 있으니 그게 문제야."

"예? 그렇습니까?"

"내 말 잘 들어보게. 자네들이 말하는 표밭이 변하고 있는데 직업정치꾼들은 안 변하거나 변화를 거부하고 있지. 우파가 박근혜 탄핵으로 대중적 심판을 받았고 문재인도 무능력, 무소신으로 역시 정권 연장에 실패했어. 윤석열이 법치는 잘할 것으로 믿었는데 구악 검사의 행태가 반복되면서 22대 총선에서 참패했고 지지율이 바닥을 기고 있어. 그러면서 탄핵 소리가 매일 나와."

"정권에 대한 국민의 심판이 즉각 즉각 내려지고 있는 꼴이죠."

"그래. 바로 그거야. 국민의 눈높이가 엄청 높아. 구태 정치에 대해서는 샅샅이 꿰뚫어 보고 있고, 가차 없이 심판을 내리고 있어."

"그럼 앞으로 어떻게 될까요?"

우파가 묻자 신좌파도 눈을 동그랗게 뜨고 도사의 입을 바라본다. 도사가 몇 번 헛기침을 하더니 입을 열었다.

"매사가 그렇듯이 뿌린 만큼 거두는 거야. 정치권이 국민 눈높이를 충족시키기 위해 스스로 체질을 개선하는 게 해법이지. 지금 정치권이 그걸 하고 있나?"

"…."

"정치권 인사들은 대부분 세상이 변한 것을 모르고 있어. 극히 일부를 빼놓고는."

"그 일부가 누굽니까?"

"여당에서는 당 대표를 했거나 하고 있는 젊은 친구들이 뭔가 눈치를 채고 몸을 움직이고 있는 거 같아. 그런데 다른 쪽에서는 그런 게 없어. 완전 고인 물 같아. 고인 물은 어떻게 돼?"

"썩지요."

"그래. 바로 그거야. 세상 변화를 읽지 못하는 정치인들은 국민에게 어떤 식으로든 버림받겠지. 도태되는 거야. 그러면서 새살이 돋아날 거고."

"…."

"한미동맹이나 이런 것도 결국 현실 정치를 제대로, 원칙대로 하는 것이 자신에게 이롭다고 여기는 쪽에서 제대로 방향을 잡아 정상화시킬 거야. 신좌파나 우파, 어느 쪽에서 그런 역할을 할지는 모르겠지만 말이야."

"…."

"남북관계도 교류협력이 정치에 도움이 된다고 여기는 정치집단이 다수가 되면 그런 식으로 움직일 테고. 하여튼 과거의 체질과 사고방식을 유지해서는 생존이 어려울 거야."

"…."

"문제는 누가 선각자가 되느냐에 따라 미래의 주인공이 결정될 거라고 봐."

"…."

도사가 말을 마치자 우파와 신좌파가 머리를 굴리는지 혼자서 뭐라 중얼거리다 서로 의견을 나누면서 목소리가 높아진다. 그 내용은 네가 엉터리이고 내가 옳다라거나 네가 헛다리 짚은 것이고 미래의 영광은 자기 것이라는 소리였다. 도사가 뭐라고 핀잔하자 둘은 알았다면서 마지못해 뒤따라 간다.

세 존재가 사라진 잠시 뒤 남녀가 거실로 나온다. 둘 다 얼굴이 상기되어 있다. 샤워복을 걸쳐 입고 머리의 물기를 닦다 서로 마주 보며 미소를 짓는다. 여자가 남자에게 엄지척을 해주자 남자도 입이 귀밑까지 올라가며 좋아한다. 남자가 소파에 털썩 앉자 여자가 옆에 다가와 몸을 밀착

해 앉는다. 둘은 타월로 서로의 얼굴을 닦아주며 장난을 친다. 웃고 까불던 분위기가 한동안 계속되다 조금 수그러든다. 여자가 창밖을 내다보며 생각에 잠긴다. 남자도 덩달아 그렇게 하는데 여자가 갑자기 정색을 하며 남자에게 묻는다.

"당신 임기를 절반도 못 채웠는데 지지율이 30퍼센트 선도 무너진다니 어떻게 할 거야? 나하고 법사님이 힘들여서 만들어준 자린데 왜 그래?"

"난 억울해. 경제도 잘 돌아가고 수출도 잘 되잖아. 전 정권이 잘못한 설거지는 내가 다 하고 있다고. 법치도 이 정도면 합격점 아닌가?"

남자는 분해 죽겠다는 표정으로 대답했다. 여자는 머리를 닦던 타월을 탁자 위에 탁 소리 나게 내려놓는다. 남자가 움찔하며 긴장하자 여자가 말했다.

"당신, 그런 낙관에 근거가 있는 거야? 우파 언론도 당신에게 착시현상을 조심해야 한다고 경고하던데."

"더 잘하라는 애정의 채찍이겠지. 법사님은 뭐라 하셔?"

"당신도 운만 너무 믿지 마. 노력도 중요하잖아. 운칠기삼이라는 말 못 들어봤어?"

"그게 뭐지?"

"운이 칠 할이고 재주나 노력이 삼 할이라는 뜻이잖아. 자기 지금까지 운이 좋아 여기까지 왔다면 노력도 해야지. 술만 먹지 말고."

"요즘 좀 줄였잖아."

"그것만으론 안돼. 당신 티브이 카메라 앞에서 잘 좀 해봐. 해외 나가서 외국 원수급 만날 때는 환하게 웃고 태도가 부드럽던데 국내에서는 왜 그렇게 못해. 인상을 험하게 쓰면서 주먹이나 휘두르니 한심해."

"나도 그러고 싶지 않아. 근데 참모들이 그렇게 하는 게 낫다는 거야. 내가 외국에서처럼 살갑고 부들부들한 제스처를 썼다가는 지지율이 더 내려간다고 그러던데."

"그래? 말도 안 되는 소리 같은데."

"그렇지 않아. 들어봐. 내가 지지율이 낮은데 웃고 부드럽게 하는 모습을 보이면 다들 더 깔본다는 거야. 그러니 분위기를 무섭게 해야 30퍼센트는 유지할 수 있다고들 해."

"그건 그렇고, 당신 22대 국회 개원식에도 안 갔는데 생각해 보니까 뭔가 께름칙해."

"국회? 그곳에는 내편이 없어. 가봐야 꽝이라니까."

"그래도 대통령이 국회 개원식에 불참한 경우는 1987년 이래 한 번도 없었다는데."

"신경 쓸 것 없어. 지금은 비상한 상황이야."

"근데 자기야, 국회 개원식 열리는 날 우리 부부 동반해서 미국 상원의원 부부와 만찬을 했잖아."

"그렇지."

"그땐 상원의원 부부가 날 예쁘다고 해줘서 기분이 좋았는데 지금 생각하니까, 분위기가 좀 이상했어."

"뭐가 이상했어?"

"그때 상원의원이 국회 개원식 어쩌구 하는데 통역이 그것을 얼버무리는 것 같았어. 당신이 그 뒤 뭐라고 하는데 그 양반 표정이 이상해지더라니까."

"그랬어?"

"글구 집권당 대표였다 당신에게 쫓겨났던 젊은 국회의원이 한 말도 맘에 걸려."

"뭐라 했는데?"

"자기가 국회 개원식에도 안 갔으면서 미상원 의원과 부부 만찬을 한

건 미국식 정치 상식으로는 이해 못 했을 거라는 거야. 미국 대통령은 어떤 일이 있어도 그런 행사에 빠지질 않는다면서 말이야."

"짜샤. 미국 유학 다녀왔다고 아는 체했구먼. 그딴 말에 신경 쓸 것 없어. 우리 부부가 그렇게 한 것은 잘한 거야. 만찬을 통해 외교를 한 것이잖아. 국회 개원식에 가는 것보다 국익에 훨씬 도움이 되었을 거라고."

"그런가? 자기 머리 좋다. 근데 국회를 등지고 정치 잘할 수 있을까? 야당에서는 비상계엄 어쩌고저쩌고 하는 말까지 하고 있던데."

"잘못 짚은 거야. 쓸데없는 멍청한 소리지. 앞으로 난 삼권분립을 철저히 지켜 나갈 거야. 법치를 최우선하는 거지. 여야 가리지 않고 상대할 거라니까. 내겐 거부권이라는 최대의 정치 방망이가 있잖아. 국회를 무력하게 만들 수 있지. 대통령이 얼마나 강한 자리인지 확인시켜 줄 거야."

"너무 강하게 나가면 부러지기 쉬워, 그걸 조심해야 해."

"당근이지. 하지만 지금은 비상한 상황인 건 사실이야. 내가 검찰에서부터 데리고 있으면서 믿었던 그자도 의료개혁, 채 상병 문제로 내게 대들고 있잖아. 세상에 믿을 놈 하나 없어. 그자 밑에 있는 집권 여당 대변인이 나에게 무슨 소리 했는지 알고 있지?"

"뭐라 했는데?"

"뭐랬더라. 의료개혁 문제가 심각하다면서 국민의 지지를 잃으면 다 잃는 것이라고 직격탄을 날렸잖아. 이건 어느 정권에서도 없었던 일이라니까. 짜샤들 말이야 병원 응급실을 직접 가서 확인하면 될 텐데 그걸 안 하는 거 같아. 의대 정원문제는 해결됐고 의료개혁을 향해 착착 나가고 있는데 엉뚱한 소리들을 하고 있는 거야."

"정말 그렇네. 6개월만 버티면 의료개혁도 정상화된다고 누가 그랬지, 아마."

"나도 그렇게 생각해. 근데 법사님은 내 검찰 후배, 집권당 대표에 대해 뭐래, 내가 어떻게 해야 한다는 거야?"

"내가 말했잖아. 당신은 광야에 홀로선 영웅처럼 뚜벅뚜벅 걸어가라고 했다고."

"그랬지. 근데 주변에 지지자들이 많아야 하는데. 난 똑똑한 검사 백 명 정도면 모든 문제를 싹 쓸어낼 것으로 생각했는데…."

"아냐, 사람 너무 믿으면 안 돼. 돌다리도 두드려야 한다고. 박정희 대통령은 아끼던 부하에게 총 맞았잖아. 박근혜 대통령도 비선 최측근 때문에 탄핵당하고. 밖에 있는 적보다 안에 있는 적을 더 조심해야 한다니까."

"옳은 말인데. 그래도 그렇지. 집권당 대표라는 자가 나에게 그러면 안 되지. 야당 대표를 봐. 첫 여야영수회담 뒤 어느 언론이 썼더구먼. 야당 대표가 여당 대표 같다고 말이야. 어떻게 된 게 여당 대표라는 자가 야당 대표보다 더 세게 나오냐고. 정치개혁하자, 국회의원 특권을 내려놓자는 발언을 할 수 있나. 정신 나갔지. 정치개혁과 국회의원 특권 내려놓는 것은 지금의 권력지형이 확 바뀔 수 있는 것을 의미해. 뭘 몰라도 한참 몰라요."

"걔는 그렇다 치고 야당 대표는 정치 체질이 당신과 비슷한 것 같아. 여러모로 말이야. 당신이 집권당 대표에서 쫓아낸 그 젊은 애도 그런 말을 하던데 정말 그래?"

"…."

남자가 여자의 말에 잠시 침묵하는데 티브이에서 검찰이 문뇌인 전 대통령의 사위 특혜 채용 의혹을 검찰이 수사하면서 문 전 대통령을 피의자로 적시하자 야권에서 제2의 '논두렁 시계' 공세가 시작될 정치보복이라고 비판했다는 보도가 나온다. 여자가 그것을 보더니 그에게 말했다.

"당신 내가 명품백 받은 사건 덮으려고 문 전 대통령 사위건 터뜨렸다고 하던데 그거 정말이야?"

"무슨 소리. 난 법대로 한다니까. 내 주특기가 법치잖아. 그리고 문 전 대통령도 전직 대통령 두 명을 구속했잖아. 자기도 할 말 없을걸."

"세상이 돌고 도는 속도가 자꾸 빨라지는 것 같아."

"무슨 소리야?"

"부메랑 효과라는 거 있잖아. 뿌린 씨를 거두는 시간이 단축되고 있어. 주먹질한 만큼 당한다고 했던가? 뭐 그런 거."

"난 아냐. 난 법치를 해왔잖아. 털어봐야 먼지 하나 나오지 않을걸."

"그래도 먼지는 털어서만 나오는 게 아니라 칼 잡은 쪽에서 만들어내기도 하잖아."

"…."

여자 말에 남자가 불안한 표정으로 침묵한다. 과거 검사 시절이 떠올라 그랬다. 전직 대통령들을 수사해서 재판에 넘겼을 때 권력의 세계가 무엇인지 실감했다. 힘이 있는 자리에 있을 때는 어느 누구도 먼지를 털거나 감히 만들어내려 시도하지 않는다. 힘이 있는 자리에서 물러나면 당하는 것을 피하지 못했다. 칼자루를 쥔 쪽에서는 어떻게든 먼지를 만들려 했다. 남자는 그때 법대로 했다. 사건과 직접 관련이 없는 것도 샅샅이 뒤지면 먼지가 발견되었다. 별건수사도 법치였다.

문뇌인의 핵심 참모였던 전직 장관에 대한 수사는 그의 가족과 관련된 여러 사건들이 별건수사로 연결되면서 유죄로 몰아가 멸문지화의 파멸을 불러왔다는 비판이 제기되기도 했다. 하지만 남자는 사람에게 충성하지는 않으면서 법치를 최고의 가치로 삼았다고 자신을 피알했다. 근데 앞으로 언젠가 용산을 물러나야 하는 날이 올 것이다. 그때 어떤 일이 벌어질까. 내 먼지를 털려고 달려드는 경우 난 어쩌지. 남자가 생각에 잠겨 인상을 쓰고 있는데 여자가 말했다.

"법사님에게 이 자리에 계속 남아 있을 수 있는 방법이 뭐냐고 물어볼까?"

08

공서결이 거실에서 혼자 티브이를 보며 끙끙 앓고 있다. 뉴스 초반부터 탄핵, 특검, 거부권, 무당정치라는 말이 난무한다. 그의 인상이 점차 험악해진다. 누가 곁에 있으면 버럭 하기 직전의 표정이다. 그때 김거니가 활기차게 들어온다. 공서결이 얼른 표정을 바꾼다. 성난 악어 같은 표정이 귀한 손님을 맞이하는 것으로 확 바뀐다. 동시에 티브이를 끄면서 벌떡 일어나 반긴다.

"마이 달링, 웰컴."

그러자 거실 한쪽에 엎드려 있던 반려견들이 우르르 그녀에게 달려간다. 그녀가 함박웃음을 웃으며 노래하듯 말한다.

"아이 귀여워. 내 귀염둥이들. 잘 있었어? 나 보고 싶었나 보다."

그녀가 자세를 낮춰 반려견들을 품에 안으며 쓰다듬어준다. 일부 반려견이 그녀의 얼굴을 혀로 핥아대면서 좋아 날뛴다. 그 모습을 보던 공서결이 질투 섞인 눈초리를 보내며 말했다.

"얘들아. 엄마 너무 귀찮게 하지 마. 너희가 그렇게 난리치면 내가 할 일이 없잖아."

그의 말에 그녀가 혀를 날름하며 씩씩한 목소리로 말했다.

"자기 나 또 한 건 했다."

"뭔데?"

"법과 규정을 새로 만들어서 처리했는데 다들 조용하네."

"그래? 그건 불법 아냐?"

"그렇기는 하지. 번갯불에 콩 볶는 식으로 후다닥 해치웠으니까."

"야당이나 시민단체도 알아?"

"그럼. 당근이지."

"앞으로 시끄럽겠네. 그렇잖아도 당신 특검하라고 난리 법석인데."

"다들 알아 그런데 문제를 제기 안 해."

"…."

"당신 걱정 붙들어 매. 아무 일 없을 테니까."

"어떻게 그런 일이?"

"내가 당신을 이 자리에 당선되도록 만든 덕이지. 내가 당신 백을 이용한 거야."

"아냐. 당신이 갑이고 내가 을이니까 당신이 해낸 거야. 나는 당신 그림자잖아."

"그렇게 말하지 마. 당신은 천상천하유아독존과 같아. 국회에서 야당이 난리치지만 당신이 거부권 행사하면 딱 거기서 멈추잖아. 당신이 최고야, 최고. 그걸 알아야 해."

"알지. 그거야. 근데 무슨 일을 그렇게 말끔하게 해치웠어?"

"영원한 재야라는 장 선생 말이야. 얼마 전 내가 병문안했던 그 양반."

"그래, 나도 알고 있지. 그래서?"

공이 꼬치꼬치 묻자 거니가 눈꼬리를 올려세우며 말했다.

"자기 비서실장이 보고 안 했나?"

"보고? 조금 전 엄청 들고 들어왔길래 내가 책상 위에 놓고 나가라 했지. 어젯밤 먹은 술 때문에 머리가 좀 멍해서 말이야."

"당신은 술 먹으나 안 먹으나 머리가 항상 멍하잖아."

"그렇긴 하지. 그건 그렇고 당신이 말한 영원한 재야 그 양반이 어떻게 됐는데?"

"돌아가셨어."

"그래?"

"당신 몰랐구나. 그럼 핸드폰으로 검색해봐. 내가 해줄게. 나무위키인데 그 양반에 대한 소개가 장황하게 나와 있네. 자 읽어봐."

김거니가 공에게 핸드폰을 건네주자 그가 읽기 시작한다. 거기에는 다음과 같이 쓰여 있었다.

장기표, 그는 '영원한 재야'였다는 평이 많다.

1970~80년대 민주화운동의 스타로 높은 평가를 받았으나 1990년대 이후로는 제도정치권 진입에 실패했다. 사실 출마한 당적만 놓고 볼 때 당선 가능성이 높은 당이 아니라 주로 3당이나 군소정당 소속으로 나왔고 새천년민주당 소속으로 출마한 시기도 노무현 후보가 고전하던 시기라서 낙선하는 것 자체에 장기표 개인의 문제는 없었다. 문제는 낙선 이후에 번번이 탈당해 버리는 것이 문제였다. 일곱 번 출마하면서 낙선 이후 비교적 오래 탈당을 하지 않은 것이 미래통합당(현 국민의힘)이긴 하지만 결국 탈당하여 2023년 말에 신당(특권폐지당) 창당을 준비하였다.

2019년 조국 사태 초반에 한 인터뷰 중 조국을 신랄하게 비판하며 입장을 밝혔다. 장기표가 후보로 출마한 21대 총선에서는 이 문제가 공론화되면서 더불어민주당 지지자들과 조국 지지층은 장기표에 대해 비난을 쏟아냈고, 진영을 옮겨 배신했다는 점을 들어 철새, 정치 낭인으로 폄하하기도 했다. 문재인 정부와 민주당을 향한 장기표의 날카로운 비판에 공감하는 지지층도 있었기에 김해에서 41퍼센트 넘는 득표를 했다고도 볼 수 있으나 결과는 뼈 아픈 낙선이었다. 죽기 전까지 그냥 재야로 남는 게 본인에게는 더 영광스러웠겠지만 국회의원 병을 이기지 못한 채 변절하는 우를 범하고 만 것이다.

자료를 다 읽은 공이 그녀에게 핸드폰을 건내주며 말했다.

"이 양반은 진보, 보수당을 섭렵하면서 바쁘게 살았구먼. 몸부림친 것 같은데 제도권 정치에 진입하지는 못했네."

"저런 분이 우리에게는 소중하다는 건 당신도 알고 있지?"

"뭐가 소중해?"

"저런 분을 우리가 챙기면 우리에게 칼질하는 쪽이 약화된다는 건, 당신도 알잖아? 정치공학의 기초지식이죠."

"그건 그렇지. 그래서 저분이 돌아가셨는데 뭘 어떻게 했다는 거야?"

"당신이 가장 영예스럽다는 국민 훈장 모란장을 수여했잖아?"

"내가?"

"그렇다니까. 당신 그거 몰랐어?"

"연말이라 내가 결재하는 훈장이 많아서 말이야."

"그래서 그렇구나. 그 훈장을 발의한 분이 노동부장관이야. 국회 장관 청문회 때 '일제 치하에서 우리 조상들은 다 일본 국민이었다'고 소신 발언했던 분."

"그렇지, 맞아. 그랬어."

"장기표 그분이 받은 국민추천포상은 국민이 추천한 사람에게 정부가 수여하는 훈장과 포상으로, 그중 모란장은 가장 최고 훈격에 해당한다고 했잖아."

"맞아 그랬지."

"당신이 그렇게 포상을 한 덕분에 그분 장례가 거창하고 의미 있게 치러진 거야."

"그랬나?"

"그렇지. 그 훈장 덕분에 그분은 절대 갈 수 없었던 경기도 이천의 민주화운동기념공원에 안장하게 되었다고."

"그게 그렇게 힘든 일이었나?"

"당근이지. 그 공원에는 '민주화운동 관련 정부포상 수훈자'로 사망한 136명만 묻힐 수 있도록 관련법에 정해져 있거든. 근데 그분은 '민주화운동 관련 정부포상 수훈자'가 아니기 때문에 거기에 안장될 자격이 없었던 거야."

"그래? 그럼 불법적으로 그곳에 안장한 거야?"

"아이 답답해. 합법적으로 그렇게 할 수 있도록 당신이 수여한 포상으로 추진되었어. 다 당신 덕분이라니까."

"그래? 비서실장이 그 부분은 잘 설명을 안 해줘서 말이야."

"그럼 내가 말해주지. 당신이 그분에게 거창한 훈장을 수여하기로 결재를 하니까 행정자치부가 관할하는 민주화운동 관련자 명예회복·보상심의위원회가 급히 소집되어 민주화운동기념공원 매장 자격으로 정부 훈장을 수여받은 사람도 해당되는 것으로 규정을 바꾼 거야."

"그건 좀 그렇네. 그분을 위해서 정부기관이 제도를 급히 바꾼 것인데 그게 법치에 부합하는 것인가?"

"아휴 답답하긴. 당신이 법치 그 자체잖아. 당신이 법이야. 법보다 더 높아. 국회 입법권을 무력화시키는 권한이 있잖아. 거부권 말이야."

"그야 그렇지만."

공이 머리를 갸우뚱하며 곤혹스러운 표정을 짓자 그녀가 책상 위에 놓여 있는 보고서 더미를 뒤지더니 하나를 꺼내 그에게 건네주며 말했다.

"이번 일은 당신이 적재적소에 능력자를 포진시킨 것이 주효한 거야. 특히 진보 쪽에서 전향한 인물들이 물불 안 가리고 성사시키는 걸 보면 감탄스러워."

"그야 그렇지. 앞으로 더 전향시켜야 하겠어."

"그러려면 열심히 떡고물을 뿌려야 하는 것 정도는 알고 있지? 맨입으로는 안 된다고."

"당근이지."

"난 들어가서 씻고 있을 테니까 당신 이 보고서를 잘 읽어봐요."

거니가 벌떡 일어나 안방 쪽으로 걸어가자 반려견들이 우르르 뒤쫓아 간다. 그 모습을 멍하니 바라보던 그가 서류를 읽기 시작한다.

보고서

1. 국민 훈장 모란장 수여 및 조문

김문수 고용노동부 장관은 9월 22일 서울 종로구 서울대학교병원 장례식장에서 고 장기표 신문명정책연구원 원장의 빈소를 방문하여, 윤석열 대통령의 재가를 받아 국민 훈장 모란장을 유족에게 전달했다. 국민 훈장 모란장은 대한민국에서 가장 높은 훈격으로, 국가와 사회에 기여한 인물에게 수여된다. 장기표 원장은 노동운동과 민주화운동에 대한 기여로 이 훈장을 받았다.

2. 윤석열 대통령 및 김건희 여사의 위로

정진석 대통령비서실장은 9월 24일, 윤석열 대통령을 대신해 장기표 원장의 빈소를 찾아, 윤 대통령과 김건희 여사의 위로의 뜻을 유족에게 전달했다. 윤 대통령은 장 원장의 별세 소식을 접한 후, "우리 시대를 지킨 진정한 귀감"이라며 고인을 기렸다. 김건희 여사는 지난 8월 30일 장 원장을 일산 국립암센터에서 문병했으며, 장 원장은 치료 후 영부인에게 맛있는 식사를 대접하겠다고 약속했다.

3. 장기표 원장 별세 및 민주화운동 기여

장기표 원장은 1960~80년대 재야 노동운동가로 활동하며 민주화운동에 기여했다. 담낭암 투병 중이던 장기표 원장은 9월 22일 오전 1시 35분 일산 국립암센터에서 별세했으며, 향년 78세였다. 장기표 원장의 장례는 민주화운동기념사업회 사회장으로 진행되었으며, 9월 26일 이천 민주화기념공원에 안장되었다.

4. 김건희 여사 개입 의혹

이광희 더불어민주당 의원은 민주화운동기념공원 묘역 안장 대상자 선정 과정에서 김건희 여사의 개입 의혹을 제기했다. 이 의원은 장기표 원장의 장례를 민주화운동기념사업회 사회장으로 치르고, 이후 그를 기념공원에 안장하는 과정에서 부적절한 개입이 있었다고 주장했다.

5. 장례위원회 구성

장기표 원장의 장례위원회는 김부겸 전 국무총리, 이부영 전 열린우리당 의장, 김정남 전 청와대 수석이 맡았으며, 장기표 원장과 함께 민주화운동을 했던 인물들이 주도했다. 위원회에는 정계, 노동계 인사들이 포함되었으며, 김문수 고용노동부 장관이 집행위원장으로 참여했다.

공이 서류를 읽고 나서 한 번 더 읽고 있는데 거니가 거실로 들어오면서 말했다.

"당신 다 읽었지?"

"근데 민주당 의원이 매장 관련 의혹을 제기했는데 앞으로 시끄럽지 않을까?"

"염려 붙들어 매셔."

"왜?"

"장례위원 면면을 보면 그분과 민주화운동을 했던 야권 거물들이 다 망라되어 있어요. 그러다 보니 민주당에서도 문제를 한번 제기했을 뿐, 입을 다물어버렸다니까요."

"그렇구나."

"이런 게 정치 9단의 솜씨 아냐? 일석오조는 될 것 같아. 정치적으로 우리의 영역을 더 확장하면서 정적들이 스스로 입을 다물고 있잖아? 당신이 큰 훈장을 내려주면서 예우를 하니까 그런 것 같아요. 어차피 돌아가신 분 생애 전반부에 민주화 투쟁을 화려하게 한 분이니 예우를 하자, 그런 게 아닐까 해. 물론 훈장 결정 이후 매장 관련 조항을 급히 바꾼 것은 매끄럽지 못했지만 어쨌든 다들 입을 다문다는 것이 중요하다구. 우리와 같은 배를 탄 것이랄까?"

"그렇구나."

"당신도 정치는 이런 식으로 좀 해봐."

김거니가 추석용 부부 기념사진 찍을 때 공이 품에 안고 웃으며 찍었던 반려견을 품에 안고 티브이를 본다. 뉴스가 진행되면서 이스라엘이 중동에서 벌이고 있는 전쟁에 대한 진행자의 멘트가 나온다.

— 이스라엘 정보기관이 삐삐와 휴대용 무전기에 심었던 폭발물이 일제히 터져 3천여 명이 죽거나 다쳤습니다. 전문가들은 이는 전쟁 범죄라

고 비판했는데 이스라엘은 침묵하고 있습니다.

김거니가 겁에 질린 표정을 지으며 공에게 말했다.

"당신, 우리나라에도 반국가세력이 있다고 연설에서 가끔 경고하던데 우리는 괜찮은 거야?"

거실에서 허공에 어퍼컷을 때리는 동작을 하고 있던 남자가 웃긴다는 표정을 지으며 말했다.

"우리? 우린 미국, 일본과 군사적으로 한 몸뚱이가 되어 있으니 별일 없을 거야. 설령 무슨 일이 벌어진다면 우린 미국과 함께 '화이트 투나잇', 그러니까 당장 오늘 밤부터 전쟁을 할 수 있다. 우리는 항상 임전 태세를 갖추고 있으니 허튼짓 말아라. 네 명을 단축하고 싶다면 불장난 해라. 이렇게 하고 있잖아. 당신 안심해. 별일 없을 거야."

"그래? 당신 말 들으니 안심된다. 근데 이스라엘이 좀 심한 것 아닐까? 가자 지구에서 하고 싶은 대로 군사작전을 하는 것 같아. 피란민하고 어린이들이 많이 죽는다는데."

"그렇기는 하지. 축제 테러 사건에서 1천5백여 명이 사망하고 1백여 명이 피랍된 뒤 이스라엘이 가자지구를 공격해서 팔레스타인 4만여 명이 죽었다지."

"이스라엘 사람들에게 유대교의 주요 경전인 탈무드가 중요하다고 들었는데. 탈무드는 적을 대할 때 정의와 공정함, 그리고 도덕적 원칙에 기반해서 하라고 했다는 것 같아."

"자기 똑똑하다. 탈무드에 따르면, 복수는 신의 몫이며, 개인이 감정적으로 행동하기보다는 정의롭게 행동해야 한다고 강조한다고 했어."

"그럼 이스라엘은 중동에서 그런 원칙대로 하고 있는 건가?"

"그건 어려운 질문이네. 나도 정치를 2년 넘게 해보니까 이스라엘을 이해할 수 있기도 해. 이스라엘 정부와 군대는 국가의 안전과 방어를 최우선으로 두고 군사작전을 수행하거든. 그러다 보니 탈무드의 가르침을 따르지는 않는 거 같아."

"그래? 당신 많이 알고 있네. 멋지다. 근데 이스라엘이 저렇게 난민 지역도 마구 공습해서 어린아이들이 죽고 다치는 것을 보면 무서워. 만약 말이야. 이스라엘이 먼 훗날 힘이 약해질 경우 지금 중동에서 자기들이 한 만큼 당할 텐데. 2차 대전 때 히틀러가 유대인을 대 학살한 것처럼 말이야."

"그건 먼 미래의 이야기야. 심각할 필요 없어. 글구 3차 대전 날 가능성이 많은데 먼 미래는 인류에게 없을지도 몰라."

"그건 안되지. 우리 아이들 불쌍해서 어떻게 해?"

"우리 아이?"

"그래, 우리 애완견 말이야."

"그렇지. 그런 일이 우리 애완견에게 발생하면 안 되지. 그건 너무 비극적이야."

공이 어퍼컷 동작을 멈추고 그녀가 안고 있는 애완견을 바라보며 애처로운 표정으로 말하자 여자도 비슷한 표정으로 입을 열었다.

"당신도 정치 좀 잘해. 전에 사시 공부할 때 9수를 했다지만, 우리 속담에 백일기도를 드리면 하늘에서 그 소원을 다 들어주신다고 하잖아. 그러니 당신 정치 2년을 했으니 좀 폼 나게 정치해 봐. 한동판 당신 후배가 자꾸 치고 올라오는 거 같아 불안해."

"나? 지금 많이 배우고 있어."

"뭘 배웠는데?"

"이스라엘 수상을 쭉 살펴보면서 깨달은 건데 말이야. 전쟁도 정권 연장을 위해 잘 써먹을 수 있다는 거야."

"그래에?"

"그럼. 전쟁이 발생하면 국가가 총동원 체제로 전환하기 때문에 선거가 연기되거나 중단될 수 있지. 내가 임기 5년이지만 만약에 말이야, 저쪽에서 생각을 잘못하면 내 임기가 더 늘어날 수도 있다는 거지."

"그것뿐이야?"

"아니지, 더 있어. 이스라엘 수상처럼 비리 혐의로 논란이 심하고 소송 중이라 해도 그것을 전쟁 수행을 앞세워 덮어버릴 수가 있거든. 정치는 참 편리한 거야."

"자기 참 똑똑하다. 나도 우크라—러시아 전쟁에서 한 수 배웠거든. 그게 말이야 우크라는 미국이나 유럽의 지원이 있어야 전쟁이 가능하다는 약점이 있는데도 러시아 본토를 공격하고 확전을 해서 미국, 유럽이 울며 겨자 먹기로 지원을 하게 만들더라."

"그렇지. 약하다고 항상 강한 쪽에 끌려다니라는 법은 없어."

"근데, 당신은 왜 미국과 일본에 퍼주기 외교, 굴욕 외교한다는 비판만 받아? 좀 폼 나게 할 수 없어?"

"그게 쉽지 않아."

"항상 살피면서 공부 좀 해요. 술만 먹지 말고."

"요즘 술 줄였다니까."

"더 줄여야 해. 근데 후쿠시마 오염수 있잖아, 당신은 일본 정부를 대신해서 우리나라 야당, 시민단체를 윽박질렀지만 일본은 별로 고마운 줄도 모르는 것 같더라. 근데 중국은 후쿠시마 오염수 시료를 현장에서 채취하잖아. 중국이 오염 여부에 직접 관여할 수 있게 된 거지. 일본이 우리 정부에게는 안 된다고 한 방식인데."

"그랬어? 난 몰랐는데. 비서실 이 자식들 뭐 하는 거야. 그런 것 즉각 보고하지 않고 말이야."

"얼마 전, 기시다 총리가 곧 그 자리에서 물러난다 해서 우리가 그 부부를 서울로 불러 쫑파티 거하게 해줬잖아. 근데 우리한테 그자가 해준 게 뭐가 있어?"

"한일관계는 말이야 우리가 뭘 해달라고 요구만 할 게 아니야. 일본을 위해서 우리가 뭘 할 수 있느냐를 고민해야 한다고."

"내 말은 그 쫑파티를 우리가 동경으로 가서 해줬어야 했어. 그래야 내가 외국 바람 쐬면서 국내에서 받은 스트레스를 풀어낼 수 있었는데."

"그래서 내가 체코 원전을 빌미로 당신 모시고 나갔잖아. 그때 얼마나 폼 났어. 국빈 대접을 받고. 당신 국내에서 추석 때 공식 활동을 너무 세게 한다고 비판이 많았지만 해외에서는 퍼스트레이디로 최상의 대우를 받았잖아. 내가 다 생각이 있어서 그렇게 한 거라고."

"어마. 당신 정말 속이 깊다. 난 그것까지는 몰랐어. 이리 와봐. 내가 뽀뽀해 줄게."

여자가 남자의 급경사진 이마에 살포시 입술을 가져다 댄다. 남자는 황홀한 표정이 되어 그녀를 두 손으로 번쩍 들어 올린다. 여자가 애완견을 품 안에 더 깊이 껴안는다. 그 바람에 남자는 애완견의 코에 입을 맞추는 꼴이 되었다. 두 사람은 웃음을 터뜨린다.

그때 티브이에서 야당 대변인이 검찰에 대해 "정권이 위기에 처할 때마다 정치적 상황을 전환하기 위해 반복적으로 정치보복 수사를 하고 있으며 최근 문재인 전 대통령을 뇌물 수수 피의자로 지목하고 그의 딸인 문다혜 씨의 주거지를 압수 수색한 것은 정치보복 수사다. 검찰은 언제부터 법을 멋대로 가져다 붙이는 엿장수 정치검찰이 되었는가?"라고 비판했다는 보도를 하고 있다. 거니가 그것을 본 뒤 화난 목소리로 말했다.

"문 전 대통령은 전직 대통령 두 사람을 감옥에 집어넣었잖아? 그때 당신이 검찰에서 수고 많았지. 안 그래?"

"하긴 그래. 세상이 돌고 도나 봐. 내가 두 전직 대통령을 찾아가 검찰 입장에서는 어쩔 수 없었다고 말씀드렸지. 그랬더니 다 이해하고 있다며 더 이야기하지 않더라고."

"당신에게 서운하다거나 분하다는 말은 안 했어?"

"그럼. 그분들도 우리 검찰의 입장은 다 이해하고 계신 것 같더라고."

"그래? 정치검찰이라는 것을 잘 알고 계셔서 그런가?"

"아무래도 그런 것 같아. 검찰이 그 체질을 하루아침에 못 바꾸잖아. 나도 그걸 항상 느껴."

"근데 말이 나와서 하는 말인데, 정치검찰하려면 언론이 중요하잖아. 검찰이 불러주는 대로 보도하는 언론 말이야. 뭐 기레기 언론이라던데, 언론이 수사 중인 사건의 내용을 검찰이나 경찰이 불러주는 대로 받아 쓰는 것은 문제가 없어?"

"그걸 피의사실 공표라고 하는데 수사 중인 사건의 내용을 밝히지 않는 것이 원칙이기는 해. 하지만 사회적으로 큰 관심을 모은 사건, 사고의 경우엔 국민의 알 권리가 중요하니까 검찰이 혐의 사실 등을 공개하기도 하는 거야."

"그런데 그게 생사람 잡기도 하잖아."

"그건 어쩔 수 없어."

"배우 이선균 씨 말이야. 장래가 촉망되는 큰 배우였는데 너무 안타깝게 됐어. 그게 피의사실 공표 때문에 그렇게 됐다고 봐. 그건 간접 살인 그런 것 아닌가? 안 그래?"

"…."

"내가 좋아하는 배우라서 관심 있게 보았는데, 그때 경찰이 공개적으로 소환하면서 본인이 그 중압감을 견디지 못해 그런 것 같아."

"원인이 무엇인지는 확실히 모르지. 죽은 사람은 말이 없으니까."

"글구, 사소한 연예인들 사건, 사고가 나면 언론에서는 왜 그렇게 야단 법석을 떠는 거야? 그냥 지나갈 만한데 시시콜콜한 것도 계속 크게 떠드는 거야. 경찰이나 검찰도 그래, 경미한 문제인 것 같은데 소환 일자를 검토한다, 지켜보고 있다, 더 조사할 것이 있다는 식으로 엿가락 늘이듯 하잖아. 이거 좀 어떻게 안 될까?"

"그건, 그건 어쩔 수 없어. 여권의 정치가 공격을 많이 받을 때는 연예인 사건, 스캔들로 시선을 돌리게 하면 효과가 있다고 하거든. 그래서 검찰, 경찰이 그 메뉴는 항상 준비하고 있다고 봐야지."

"그래? 그건 좀 그렇다. 연예인들은 평소에도 춤과 노래, 재담으로 국민을 즐겁게 하잖아. 그러다가 무슨 혐의가 있다더라. 뭘 피우거나 먹었다더라, 하면 난리를 쳐요. 엿가락 늘이듯 최대한 끌면서 애를 먹이니 이선균 배우 같은 비극이 생기잖아. 이건 타살이야. 공권력에 의한 타살. 수사기록을 언론에 흘린 경찰관이 잡혔던데 흐지부지되는 것 같아."

"법대로 해야 하는데. 살의가 없었다면 경미한 처벌로 끝날 거야."

"그런 법도 문제가 있어. 당사자는 죽을 맛이라면 그런 점이 가해자에게 적용되어야 하는 것 아냐? 그게 법치 아닌가? 당신 입만 열면 법치, 법대로 주장하잖아."

"…."

여자의 말에 남자는 거북스러운 표정으로 입을 다문다. 남녀가 잠시 침묵하는 동안 거실 커튼이 움직인다. 바람도 불지 않는데 움쭉움쭉하더니 멈추고 또 반복된다. 남녀는 그것을 눈치채지 못한다. 다른 곳을 바라보고 있어서다. 그때 애완견들이 우르르 거실로 들어와 남녀를 에워싼다. 남녀는 아이구 내 새끼라고 동시에 외치면서 몸을 낮춰 강아지들을 쓰다듬고 안아주느라 바쁘다. 커튼이 이번에는 벌렁벌렁 움직이더니 세 존재가 모습을 드러낸다. 도사와 보수, 신좌파다. 그들 중 하나가 애완견의 볼에 얼굴을 비비는 남자의 머리통을 주먹으로 갈기며 외친다.

"내 주먹맛 좀 봐라."

세 존재가 모두 나서서 남자를 주먹과 발로 때리고 차는데 그는 전혀 의식하거나 알아채지 못한다. 한동안 소동을 피우던 세 존재는 제풀에 지쳤는지 행동을 멈추고 거실 테이블 위에 엉덩이를 걸치고 남녀가 애완견과 노는 모습을 바라본다.

남녀는 애완견들의 재롱에 깔깔거리며 손뼉을 치고 좋아한다. 그러면서 실내를 깡충깡충 뛰어다니자 애완견들이 줄줄이 따라가며 실내에 활기가 넘친다. 그 모습을 바라보던 도사가 쯧쯧 혀를 차더니 입을 열었다.

"어이, 신좌파. 계엄령이 나올 것 같다고?"

"예, 그런 기미가 농후합니다."

"왜 그렇게 생각하는데?"

"저 남자가 법치를 좋아하잖아요. 계엄령 발동은 저 남자의 집권 청사진이나 정국 구상 항목 가운데 하나로 포함되어 있다고 봐야 해요."

"그게 무슨 소리야?"

"저 남자의 법치에 따르면 대통령 선거에서 승리했으면 내란, 외환에 해당하는 범죄를 저지르지 않을 경우 임기가 보장되어야 한다는 것을 철석같이 믿고 있는 거 같습니다. 한데 야당이 갖가지 특별법으로 정국을 소란하게 하고 시민사회가 들썩이면서 나라가 혼란스럽다고 보고 있는 거 같아요."

"…."

"그러다 보니 주요 행사에서 반국가세력이 준동한다고 목청을 높이잖아요. 광복절 경축사와 국무회의 머리발언 등에서 사회 내부에 암약하는 자유민주주의 체제를 위협하는 반국가세력들과의 투쟁을 강조하거나 북한이 국민적 혼란을 가중하고 국론분열을 꾀할 것이라며 혼란과 분열을 차단하고 전 국민의 항전 의지를 높일 수 있는 방안을 적극 강구해야 한다며 구체적인 대응방안 마련을 주문하기도 했잖아요."

"그런 발언하고 계엄령이 무슨 관계가 있나?"

"저 남자는 자신은 정치를 잘하고 있는데 야당, 언론 등이 뒤틀어 자신의 지지율이 낮다고 확신하고 있어서 20퍼센트대로 떨어져도 무반응이죠. 저 여자도 나 봐라 하는 식으로 공공기관을 찾는 식의 대외 활동 수위를 부쩍 높이고 있어요."

"…."

"저 남자는 집권 2년이 지난 시점에서 야당이 단독으로 여사와 채 상병특검법을 자꾸 올려 거부권 행사를 해야 하는 궁지에 몰린 상황이지만 크게 개의치 않는 것 같아요. 국회가 여소야대 된 것은 대통령 책임이 아니라 정당의 문제라고 보고 대통령 역할을 충실히 해서 약한 여당의 부족한 점을 커버하겠다. 이것이 검사 출신 대통령인 자신의 역사적 책무다. 이렇게 확신하고 나머지 임기 3년도 국회 단독 입법 후 자신의 거부권으로 차단하는 정치를 할 작정인 것 같아요."

"왜 그렇지?"

"보세요. 4월 총선 직후 국무총리가 책임을 지고 사의를 표했어요. 하지만 반년이 다 되도록 그 자리에서 큰소리치며 정치를 하고 있습니다. 저 남자가 그렇게 하도록 만든 것이죠. 국회에서 야당 의원들에게 호통을 치면서 그의 호위무사 역할을 톡톡히 하고 있잖아요."

"총리 문제는 심각하네. 국민에게 약속해 놓고도 경질하지 않으니 말이야."

도사의 말에 보수가 불쑥 나서며 끼어들었다.

"야당에게 총리 후보를 추천해 달라고 했는데 야당이 거부했잖아요. 이건 총리를 갈아치울 필요가 없다는 의사 표시라 할 수 있고 그래서 총리가 계속 그 자리에 있게 된 것 아닙니까?"

"그건 정치적 신의랄까, 그런 면에서 문제가 심각한 것 아닌가? 정치는 말이라 하는데 그것을 짓밟아 버리면 정치의 영역이 매우 좁아지잖아."

"법치가 우선 아닙니까? 정치도 법의 테두리 안에서 이뤄져야 하니까요. 제가 보기에 대통령의 법치는 확고하다고 봅니다."

"그럼 여사의 명품백이나 주가조작 혐의 문제는?"

"그야, 법 절차에 따라 검찰이 기소 여부를 결정하고 법원에서 재판이 이뤄지고 있지 않습니까? 특검을 말하는 것은 정상적인 법 집행을 저해하는 반헌법적 발상 아닌가요?"

"잠깐 말은 바로 해야 해. 국민의힘도 민주당의 일방적 입법에 대해 '헌법무시, 입법폭거'라고 비판하잖아. 불법은 아니라는 거지."

"그게 다 그거 아닙니까? 여야가 협치를 제대로 하는 것이 국민에게 입법 서비스를 하는 최선의 방식이라는 점에서 넓게 보아 헌법에 위배된다고 할 수 있지요."

"예끼, 이 사람아. 그런 식으로 둘러치지 말라고. 현실은 그렇게 간단치 않아."

도사의 호통에 보수가 입을 다문다. 신좌파가 그 틈을 비집고 들어와 입을 열었다.

"계엄 이야기하다 옆길로 왔는데요, 그 이야기를 더 해보겠습니다. 계엄령은 국가의 비상사태가 일어났을 때, 안녕과 질서 유지를 위해 그 지역은 사법권 및 행정권의 일부 혹은 전부를 계엄 사령관이 행사할 것을 국가 원수가 선포하는 명령이라고 되어 있습니다."

"그렇지."

"대통령이 계엄을 선포하고자 할 때에는 국무회의의 심의를 거쳐야 하고 국방부장관 또는 행정안전부장관은 계엄 상황이 발생한 경우엔 국무총리를 거쳐 대통령에게 계엄의 선포를 건의할 수 있게 되어 있습니다."

"법이 그렇다는 것은 다 알고 있는 사실 아닌가?"

"간단치 않습니다. 법의 집행에서 누가 그것을 하느냐가 중요합니다. 대통령을 위해 물불 안 가리고 법을 집행하려는 사람을 그런 자리에 앉히면 언제든 상황이 벌어질 수 있다는 것입니다."

"그게 무슨 말이야?"

"계엄을 대통령에게 건의할 수 있는 국방부, 행안부장관. 기무사령관이 대통령 고등학교 후배라는 점이 주목되는 겁니다. 아니 땐 굴뚝에서 연기가 나겠습니까? 국정에 대한 판단은 귀에 걸면 귀걸이이기 십상입니다. 대통령이나 여소야대 정국에서 정부가 국정을 제대로 수행할 수 없다고 치고 나올 경우 사태가 복잡해질 수 있다는 거지요."

"하지만 대통령이 만약 계엄을 선포한다면 지체 없이 국회에 통고하고, 국회가 재적 의원 과반수의 찬성으로 계엄의 해제를 요구하면 대통령은 계엄을 해제해야 한다는 법이 있잖아?"

"그래서 말인데요. 야당 의원이 현재 3분의 2에 가깝지만 향후 선거법 등으로 의원직을 상실할 의원이 부지기수가 되면서 국회 의석 비율이 바뀔 수도 있다는 이야기가 나돌고 있습니다."

"예끼, 이 사람아. 이야기를 너무 꿰맞추는 식으로 하지 말게. 박근혜 정권 때 기무사에서 비상계엄을 검토했다는 문건이 나와 큰 논란이 된 적도 있으니 그럴 일은 없을 걸세."

"그 기무사령관이 5년간 미국에 숨어 있다가 귀국했는데 현 정권의 검찰이 불기소 처분했다는 점도 가볍게 볼 수 없습니다."

"됐어. 그 정도로 하면 됐고. 추석 연휴에 부산에서 환자를 이송하기 위해 소방당국이 병원에 92차례 전화를 돌렸으나 결국 이송 병원을 찾지 못해 환자가 사망했다는데. 어이, 보수 의료대란 문제는 잘 될 것 같나?"

도사는 화제를 바꾸고 싶었는지 딴전을 피우고 있는 보수에게 묻는다.

보수는 내키지 않는 듯 우물쭈물하면서 신좌파를 바라본다. 신좌파 역시 보수의 시선을 피하며 창밖으로 고개를 돌린다. 보수는 용산과 집권당 대표가 의료대란에 대해 서로 다른 견해를 표명하고 있다는 점에서 쉽게 입을 열지 못한다. 그 모습을 고소하다는 듯 바라보던 신좌파가 도사를 보며 말했다.

"이른 봄에 시작한 의대 정원 증원 문제가 반년이 훌쩍 지나는 동안 의료대란으로 비화되면서 국민들은 몸이 아파도 병원 치료를 제대로 받지 못하는 심각한 상황이 되었습니다. 정부나 의료계 어느 한쪽이 백기를 들어야 끝날 것 같은데 그럴 가능성이 없어 보인다는 게 심각한 문제지요."

"그건 다 아는 사실 아닌가? 그 해법이 무엇이라고 보나?"

"의료계는 정부가 사과하고 관련 고위공직자를 파면해야 논의를 시작할 수 있다고 하는데 용산은 전혀 그럴 생각이 없어 보입니다. 그래서."

"그래서? 야당은 의료대란 과정에서 무엇을 했는데? 강 건너 불구경하듯 했지 않았나? 정부가 백기를 들면 그 뒤 생길 정치적 이익이나 챙길 속셈으로 관망했잖아?"

"그, 그게."

"의대생들 90퍼센트 이상이 2024년도 1학기 수업을 거부하거나 등록을 하지 않았으니 전원 유급이 될 텐데 2025년에 의대 신입생을 뽑으면 의대 교육현장 문제가 심각할 것 같고, 의대 졸업생이 안 나오거나 국가고시를 거부하면 의료 현장의 의사 부족 사태가 불 보듯 뻔할 텐데. 이런 거 야당은 모르고 있어서 침묵하는가?"

"…."

"국민을 위한 최우선의 서비스로 정치를 생각한다면 이런 사태에 대해 침묵하지 않았을 거야. 정치가 정권 잡고 상대 당을 무찌르고 작살 내는 쪽으로 치닫다 보니까 기이한 현상이 만연하고 있어. 정치권과 국민이 따로 노는 거야. 이러면 국민이 불편해지는 것이지. 정치 서비스를 정치 대리인들이 거부하는 셈인데, 개꼬리가 몸통을 흔드는 격이야."

"…."

"의료대란은 그 피해가 국민에게 미친다는 점에서 여야 가릴 것 없이 정치권에서 열심히 대처했어야 했는데 전혀 그렇지 않았어. 국민들이 치료를 제대로 못 받아 아우성을 치는데 정부여당은 의료계에게 항복하라는 주장만 했지. 그러다 추석이 되니까 응급실에 환자가 몰릴까 봐 응급실 근무 의료진에게 보수를 평소보다 3.5배를 준다거나 치료비를 환자가 물게 하는 땜질 처방만 했잖아. 야당도 아무 움직임 없이 불구경하는 식으로 지켜 보고만 있었고."

"…."

"시간은 야당 편이라 기다리면 된다 이런 작전인 것 같아. 이런 정치는 최악이야. 정치를 어떻게 잘할까 하는 것이 아니라 상대 정당이 실수하거나 헛발질하기만을 학수고대하고 있는 꼴이니 말이야."

"야당이 어떻게 대처해야 했는데요?"

"몰라서 묻나? 당 차원에서 응급실 등을 매일 방문해 문제를 파악하고 정부여당의 대처 방안을 살펴 국민이 불편하지 않도록 했어야 마땅했지. 하지만 야당은 전혀 움직이지 않았어. 그러다 보니 국민은 거의 무정부 상태에서 병원 치료를 받지 못하는 불편을 겪어야 했고."

"…."

"정치권이 여야 가릴 것 없이 국민을 위한 정치가 아닌 자기 파벌이나 정당, 자기 자신을 위한 정치에 함몰되어 있어서 문제야. 용산이나 여의도가 정치셈법을 고쳐야 해. 정치는 국민에 대한 정치 서비스를 최대한 제공하는 것을 본업으로 삼아야 한다니까. 정부나 여야, 신좌파나 보수 모두 큰 차이가 없어. 권력 장악이나 쟁탈에만 혈안이 되어 있다 보니까 정치

보복이라는 말이 끊임없이 나오고 있는 거지."

"…."

"공서결이 법치를 앞세우지만 그 시각 자체가 문제야. 세상을 검사와 피고인의 관계로만 보는 것 같아. 자기 맘에 들지 않거나 비판세력은 마구잡이로 적대시하고 자기편이나 지지자들에 대해서는 간이라도 빼줄 것처럼 하는데 그럼 안 되지. 전체 정치가 파산하는 거야. 유권자들의 준엄한 심판을 면치 못할 것이고."

"어떤 심판이 내리는데요?"

"용산, 여의도가 내로남불식 정치에 매몰된다면 양쪽 다 국민의 심판 대상이 될 거야. 거대 여야당 대신 제3의 정치세력이 등장하면서 정치권이 대지각변동을 일으킬 가능성이 커."

도사가 말을 마치고 보수, 신좌파를 돌아보았지만 아무도 입을 열지 않는다. 모두 어색한 표정을 지으며 시선을 마주치지 않으려 한다. 그때 문이 열리면서 비서가 뛰어 들어와 공에게 뭐라 보고한다. 공은 거니와 함께 애완견들에 둘러싸여 즐거워하다가 비서의 보고를 받고 안색이 굳어진다. 김거니가 분위기를 살피더니 애완견들을 데리고 거실에서 나간다. 문 닫히는 소리를 들은 남자가 비서를 향해 말했다.

"통일하지 말고 두 국가로 나뉘어 잘 지내도록 노력하고 통일을 후대에 맡기자고? 전직 대통령 쪽에서 이런 말을 했어? 이걸 북한은 어떻게 받아들이고 미국은 어떻게 생각할 거 같아?"

"예엣? 그, 그건 제가 판단할 일이 아닌 것 같습니다만."

"야, 비서가 보고를 하려면 380도 전방위를 커버하는 내용을 준비해야지. 그걸 말이라고 하나?"

"예, 죄송합니다."

"당신 빨리 나가고 비서실장 오라고 해."

비서가 정신없이 거실을 빠져나간다. 조금 뒤 비서실장이 헐레벌떡 뛰어와 남자 앞에 대령하더니 입을 열었다.

"제가 보기에 남북이 통일을 하지 말고 두 국가로 나뉜 채 잘 살아갈 방도나 연구하자고 하는 말은 북한을 즐겁게 할 것 같습니다."

"왜 그러지?"

"북한은 이미 남한에 대해 동족이 아닌 다른 국가로 보고 있습니다. 그리고 평화통일은 불가능하며 전쟁에 의한 통일이 유일한 해결책이라고 선언했기 때문입니다. 남쪽에서 비슷한 주장을 내놓은 것이니 북한 지도부를 기쁘게 할 것 같습니다."

"예끼, 이 멍텅구리 비서실장 같은이라고. 그걸 말이라고 하나?"

"옛?"

"전직 대통령 쪽에서 그런 말을 왜 했는지, 그 깊은 뜻이 무엇인지 잘 생각해 봐."

"그러니까 북한 따라 하기로 보이니 종북이라고 비판할 수 있을 것 같습니다."

"그건 대외적으로 언론에 내놓는 보도자료에나 쓸 수 있는 논리지. 우리끼리 그런 헛소리를 하면 되나. 당신은 명색이 비서실장이잖아."

"예, 예. 그러니까."

"답답하기는, 두 국가론을 말하는 쪽에서 우리의 영역을 침범하려 하고 있는 점을 제일 중요하게 보아야 하는 부분이야."

"우리의 영역이요?"

"그래, 저자들이 미국을 향해 메시지를 보내고 있는 거라고."

공의 말에 비서실장이 이해가 안 된다는 표정을 짓는다. 그가 답답하다는 표정을 감추지 못하면서 입을 열었다.

"이봐. 두 국가론을 앞세우면 그건 분단 고착이잖아. 분단 고착을 제일 원하는 데가 또 있잖아. 어딘지 알지?"

"그야 미국 아닙니까?"

"그렇지. 미국은 향후 20년 전후해서 중국에 밀려 이등 국가가 될지 모른다는 공포가 있지. 그렇게 되어서는 절대 안 된다면서 중국 압박에 사력을 다하고 있잖아. 군사적으로 중국을 압박하는 데는 주한미군이 제격이지. 주한미군은 중국 본토에서 가장 가까운 우리의 군사 거점이야. 향후 미국이 중국을 이등 국가로 계속 주저앉히기 위해서는 주한미군이 계속 주둔하는 것이 필요해. 그러기 위해서는 남북한이 교류, 협력, 평화통일 이런 거 하면 안 되지. 주한미군이 계속 주둔할 명분이 사라지니까 말이야."

"아하. 무슨 말씀이신지 알겠습니다. 전직 대통령 쪽에서 난데없이 두 국가론을 외치는 것은 미국에게 '우리 여기 있습니다'라고 외치는 것과 같군요. 그쪽은 2018년 남북정상회담을 3차례나 하면서 종전선언을 하려다가 미국 반대로 못했죠. 그러니까."

"바로 그거야. 앞으로 종전선언 같은 거 안 하겠다고 미국에 공개적으로 선언하는 것과 같아. 자기들을 미국이 더 경계 안 해도 좋다고 교태를 부리는 거지."

"그렇죠. 저쪽이 집권할 때 남북협력을 강하게 주장하면서 미국이 매우 불편해 했었죠. 그러니 두 국가론을 내세우는 것은 자기들의 대북 태도를 싹 바꿨다는 전향 선언과 같은 거란 말이야."

"알겠습니다. 그러니까 각하께서 미국이 원하는 것은 다 들어주시며 공을 들였는데 전직 대통령 쪽에서 차기 정권을 바라고 미국에 의사 표시를 한 것이로군요."

"이제야 머리가 돌아가는군. 내가 일본에 굴욕 외교다 외교참사다 하는 비판을 들어가면서 일제 강제징용, 성노예 등에 대해 일본을 대신해서

총대를 멘 것도 미국이 원하는 한미일 군사협력체제를 강화하기 위해서였잖아. 우리가 계속 집권을 하기 위해서는 미국을 안심시키고 지지를 받는 게 필요하단 말이다."

"그런데 저쪽에서 날름 우리도 미국이 원하는 대로 하겠다고 나온 것이네요."

"그렇지. 그러니 이 부분을 잘 처리해야 해. 비서실장이 알아서 대처하라고."

"예, 알겠습니다. 그럼 '두 국가 수용론'이나 '통일을 버리고 평화를 선택하자', '통일부도 없애자', '헌법의 영토 조항과 평화통일 추진 조항도 삭제하자'고 주장하는 것은 대한민국 헌법이 명령한 자유민주주의 평화통일 추진 의무를 저버리는 반헌법적 발상이라고 비판하겠습니다. '현 정부는 강력한 힘과 원칙에 의한 진정한 평화를 구축하고, 이를 토대로 평화적인 자유 통일을 추진해 나갈 것'이라고 발표하겠습니다."

"그렇게 해야지. 결국 우리는 자유민주주의, 시장경제라는 이념과 가치에 의한 통일, 즉 흡수통합이나 북진통일을 추진해 나갈 것이라고 모두가 이해하도록 하라고."

"예, 그렇게 하겠습니다."

"뭐 더할 말 있나?"

"최근 두 분에 대한 언론 보도에 대해 보고드리겠습니다."

"그래? 말해봐."

"여사는 명품백 논란이 한창이던 때는 조용히 지내시다가 각하가 기자회견하던 날 쪽방촌에 가서 봉사 활동을 하고 그 사진 등을 보도했습니다. 검찰 수사심의위원회가 불기소 의견을 낸 며칠 뒤인 '자살 예방의 날'을 맞아 수난구조대와 한강경찰대, 마포대교 현장 등을 방문해 피자와 치킨 등을 전달하고 격려했습니다. 여사의 광폭 행보에 대해 일부 언론의 부정적 논조에 대해 저희 비서실은 격려 방문이라고 해명했습니다."

"그것 잘했군."

"국회 개원식과 각하에 대한 기사입니다. 각하께서는 민주화 이후 처음으로 국회 개원식에 안 갔던 날인 2024년 9월 2일, 청와대 상춘재에서는 여사 생일 파티가 열렸고 마침 이날 한국을 방문한 미국 상원의원들이 참석했습니다. 여사께서 '제 인생에서 가장 잊지 못할 만큼 감동적인 생일'이라고 하자 박수가 쏟아졌다는 기사도 보도됐습니다. 이에 대해 한 언론이 비판 기사를 통해 첫째, 대통령실의 정무 기능이 완전히 무너졌고, 둘째, 대통령실의 최종 결재권자가 김건희라고 보도를 해서 강력 항의 여부를 검토 중입니다."

"그런 몰지각한 언론이 있나?"

"각하, 너무 심려하지 마십시오. 영화 '내부자들'에서 주인공인 신문사 논설주간이 '어차피 대중은 개돼지들입니다. 거 뭐 하러 개돼지들에게 신경 쓰고 그러십니까. 적당히 짖어대다가 알아서 조용해질 겁니다'라고 한 말을 상기할 때 더욱 그렇습니다."

비서실장의 말에 공이 떨떠름한 표정을 지으며 말했다.

"보고 다 했으면 나가봐."

"예, 알겠습니다."

비서실장이 허리를 깊숙이 숙여 절한 뒤 나간다. 그때 김거니가 문을 열고 들어오면서 말했다.

"여보야. 당신 지지율이 20퍼센트대로 추락했다고 하네. 어쩜 세상이 이렇게 매정하냐. 우린 최선을 다하는데 말이야. 그치? 기분 정말 꿀꿀하다. 우리 유럽으로 바람이나 쐬고 오자. 국빈으로 방문해서 영부인 기분 낼 만한 곳 없을까?"

"그럴까? 그렇지 원전 수주 최종 계약을 확실히 하기 위해 체코나 가볼까? 재벌 총수 몽땅 데리고 가면 폼도 많이 날 거야."

그 모양을 바라보던 세 존재가 일제히 분노의 함성을 지르며 남녀에게 달려간다. 그들은 온갖 쌍소리를 퍼부으며 주먹과 발길질을 해댄다. 그러나 그들은 허공을 때리고 찰 뿐 남녀의 털끝 하나 건드리지 못한다. 존재들은 한참 동안 폭력적인 집단행동을 하다가 지쳤는지 휭하고 창문 밖으로 나가버린다. 남녀는 해외 여행 계획을 짜면서 히히덕거리는데 애완견들이 우르르 달려온다. 여자가 애완견을 품에 안으며 말한다.

"얘들도 데려가면 해외에서 국빈 개로 대접받을까?"

09

"그게 뭐야?"

"이거 감나무 낙엽이야. 예쁘지?"

"…."

"전에 자기가 좋다고 했던 기억이 나서 하나 주워왔어."

"…."

여자는 남자가 내미는 낙엽을 물끄러미 바라보더니 한숨을 푹 쉰다. 감나무 잎은 여름내 파랗던 색이 거의 사라지고 붉거나 노란빛을 띠는 황토색으로 물들어 있다.

두 사람은 남산 밑 숲이 무성한 저택 거실 소파에 나란히 앉아 있다. 창밖의 하늘은 잔뜩 흐려 있다. 바람이 불면서 노란 은행잎들이 땅바닥으로 떨어져 뒹굴다가 하늘로 치솟아 오른다. 초겨울을 재촉하는 바람이 점차 거세지고 있다. 거실 벽 달력에는 2024년 11월이라고 표시되어 있다. 남자는 여자와 함께 커다란 거실 유리창 밖의 풍경을 바라보다가 다시 감나무 낙엽을 그녀에게 내민다. 그녀는 멍한 시선으로 그것을 바라보다가 고개를 돌려 다시 유리창 밖을 바라본다. 그녀의 얼굴에 수심이 가득하다. 커다란 눈에서 금방 눈물이 쏟아질 것 같다. 그 모습을 안타까운 시선으로 바라보던 남자가 그녀 옆으로 조금 더 가까이 다가가며 말했다.

"이 감나무 낙엽 좀 봐. 정말 멋지잖아."

"…."

"가을의 아름다움이 이 이파리에 압축해서 펼쳐진 것 같지 않아?"

"…."

남자가 분위기를 잡으려는 듯 열을 내며 말하지만 그녀의 반응은 여전히 차갑다. 남자는 수직에 가깝게 가파른 이마에 땀방울이 솟아 번득이자 손등으로 쓰윽 씻어낸다. 그러면서 여자에게 감나무 낙엽을 소중한 선물처럼 내밀고 있다. 여자가 반응을 보이지 않자 남자도 정지된 모습으로 낙엽을 들고 그녀를 바라본다.

덜컹덜컹.

뜰 안의 가을 풍경을 거실의 두 남녀에게 선사하고 있는 큰 유리창의 문틀이 바람이 세차게 불자 몸부림친다. 창틀 조그마한 틈새로 차가운 바람이 스며들어 실내로 들어온다. 그녀는 바람이 싫은지 실내화를 신은 발을 움츠린다. 남자는 자리에서 벌떡 일어나 소파 위의 큰 타월을 가져와 그녀의 무릎에 덮어준다. 그녀가 입가를 조금 실룩거리며 고맙다는 표시를 한 뒤 다시 창밖을 바라본다.

"이 낙엽 자기에게 줄 거다."

남자가 소중한 선물을 선사하는 듯 제스처를 취하지만 그녀는 미동도 하지 않는다. 단단히 속이 상한 모습이다. 그럴수록 그는 여자에게 정성을 다해 행동한다. 마치 애걸하는 것처럼 덩치가 큰 남자가 감나무 낙엽을 여자에게 내미는 모습이 희극 영화 속의 한 장면 같다. 자그마한 체구의 그녀가 왜소해 보이지만 남자보다 더 당당하다. 남자의 행동 때문이다.

그의 번들거리는 얼굴에 그녀에 대한 애정과 존경심이 짙게 묻어난다.

남자는 감나무 낙엽을 그녀 눈앞에 대고 흔들면서 간절한 눈빛을 보낸다. 감나무 낙엽이 곱다고 하던 때처럼 반색하며 자신에게 고맙다는 의사 표시를 해줬으면 하는 눈빛이다. 하지만 그녀는 얼굴에 수심이 가득한 채 남자가 손에 쥐고 있는 감나무 낙엽을 멍한 표정으로 바라볼 뿐이다. 남자가 여자에게 좀 더 가까이 다가가려 했을 때 그녀가 벌떡 일어나며 말했다.

"당신. 임기 반환점이 며칠 뒤잖아?"

"그, 그건 그렇지."

"지금 당신 뭐 하고 있는 거야? 도대체 일을 이렇게 꼬이게 만들다니."

"나도 최선을 다하고 있잖아. 당신을 위해서 말이야."

"어떻게 쌓은 공든 탑인데 이 꼴로 만들었냐구?"

"믿을 놈 하나도 없어. 내가 그렇게 뒤를 봐주며 키웠는데 날 배신하다니. 당 대표가 되더니 확 달라졌어."

"최후통첩을 했다며?"

"그랬다니까. 그래서 내가 받아쳤잖아. 난 2년 반 동안 죽을힘을 다했고 앞으로도 최선을 다할 거라고 말이야. 난 당신을 위해 모든 걸 다 걸 거야. 내 진심 자기도 알지?"

"그 말 고맙기는 해."

"그럼. 난 자기를 지키기 위해서라면 대통령 자리도 내놓을 거야. 정말이야."

"에이, 그딴 소리 하지 마라. 당신."

여자는 남자의 말에 정색을 하며 쏘아붙인다. 칭찬받을 줄 알았던 공은 멍한 표정으로 그녀를 바라본다. 그녀는 목소리를 높여 말했다.

"당신이 지금 이 자리에 온 건 당신이 노력한 결과가 아니잖아. 그 자리는 나하고 법사님의 합작으로 쟁취한 거야. 어떻게 손에 넣은 자리인데 내놓는다는 말을 해."

"잘못했어. 내가 한 말은 비유를 한 거에 불과해. 실제 그렇게 한다는 의미는 아니잖아."

"어쨌든 당신은 버티는 거야. 오늘 그래도 방어를 잘했어요. 외국 한번 다녀오고 이런저런 개혁조치를 시행한 다음에 입장을 밝히겠다고 한 것은 아주 잘한 거야. 외국에서 성과 올리는 것이 기를 받는 거잖아. 그리고 지금껏 당신이 전 정권 과오를 바로잡는 일에 진력한 결과가 나올 때가 됐으니까. 버티라고."

"알았어. 그건 내가 잘 알고 있지. 당신이나 나나 뭐 크게 잘못한 게 있나? 도덕적, 정치적으로는 어떨지 모르지만 법적으로 책임질 일은 없으니까. 짜식들 해볼 테면 해보라지 뭐. 난 당신하고 계속 우리 식으로 갈 거야야. 내 진심 알지."

"알아. 그래. 바로 그거야. 우리는 하나야. 내가 당신이고 당신이 나잖아. 서로 같이 가는 거야."

여자가 조금 기분이 풀리는 표정을 짓는다. 남자는 반색을 하면서 그녀에게 조금 더 가까이 다가앉는다. 그녀는 그를 살짝 밀치더니 거실 유리창 쪽으로 걸어가 밖을 내다보며 말했다.

"난 은행잎 단풍이 더 좋아. 샛노란 게 꼭 황금 같잖아."

"그렇구나. 내가 다음부터는 은행잎 단풍을 가져올게."

그는 자신이 실수했다는 듯 번질거리는 자신의 이마를 손바닥으로 때리면서 말했다. 그러자 여자가 돌아서서 말했다.

"당신 정말 눈치가 그렇게 없냐? 지 마누라가 무슨 색을 좋아하는지도 모르고 있으니 말이야."

"내가 그건 몰랐지. 당신이 말 안 했잖아."

"아이구, 이 양반아. 내가 엄마하고 주식투자에 올인하는 거 잘 알잖아. 좀 시끄럽기는 했지만 몽창 한몫했고, 글구 부동산 쪽도 내가 도가 텄잖아. 이런 걸 잘 살폈으면 내가 좋아하는 색이 뭔지는 알고 있어야지."

"그래. 내가 실수했어. 난 당신에게 항상 배우고 있어. 당신 없이는 난 정말 흑싸리 껍데기야."

"요즘 당신 하는 것 보니까 내가 대선에 출마했어야 했나 봐. 그럼 오늘날처럼 시끄럽지 않았을 거야. 난 매사를 깔끔하게 하잖아. 박사 논문이며…."

"그래, 그건 그렇지. 당신이 나 대신 출마했으면 정말 좋았겠다. 요즘 미국 대통령 선거에 여성 후보가 출마해 세계가 주목하고 있잖아. 당신이 나를 대통령 만들려 하지 말고 당신이 직접 출마했다면 세계가 놀랐을 거야."

"지난 얘긴 할 것 없어. 앞으로가 중요해. 지금까지 당신이 나를 감싼 것은 정말 고맙게 생각해. 도이치모터스를 통해 내가 엄마하고 20억 넘게 벌었는데 죄가 없다고 불기소 처분했잖아. 당신 후배들 정말 의리 하나는 좋아."

"그럼, 검찰 쪽은 내가 꽉 잡고 있으니까."

"우리나라 증시에 개미 투자자들이 수백만 명은 될 터인데, 사실 화 많이 났을 것 같아. 주식의 abc만 아는 사람들이라면 검찰의 불기소처분 사유가 좀 그래."

"주식에 초짜라 아무것도 모르지만 20억 넘게 벌었다. 그런 내용이지?"

"그래, 내 사건 담당 검찰은 정말 주식에 깜깜인가 봐. 거짓말도 그럴듯해야 하는데, 너무 엉터리야. 다른 구실을 갖다 댔으면 더 좋았을 텐데 말이야. 그래서 말인데 혹시 그 검사가 내 사건을 특검으로 몰고 가기 위해

꼼수를 부린 건 아닐까 하는 의심이 들어."

"에이. 설마. 그럴 리가 있나. 절대 그런 일은 없을 거야."

"검사들이 당신 닮아서 좀 맹한 구석이 많은 것 같기도 해."

"그래도 당신을 향한 내 일편단심은 변함없잖아. 내가 당신 호위무사인 한 염려 놓으라고."

"그래? 근데 당신이 눈먼 검사라고 한 사람이 있어서 말이야. 그 말이 그럴듯한 구석이 있어."

"예끼, 농담도. 자기 걱정은 붙들어 매. 내가 이 자리를 지키고 있는 한 아무 일 없을 테니까."

"믿어도 될까?"

"당연한 일인데 뭘. 난 당신을 절대 버리지 않아. 당신은 내 은인이잖아. 당신이 없었다면 난 이 자리 근처도 못 왔을 거야. 난 지금까지 임기 절반 채우는 동안 당신을 위한 일이라면 물불 안 가렸잖아. 그건 알아줘야 해."

"알지, 알아. 해외에 나가야 내가 국빈대우 받으며 기를 받으니까 당신이 기회를 만들어서라도 해외여행에 나를 동반해서 같이 갔잖아. 외국 수상이나 대통령들은 많이 만날수록 좋더라. 그 왜, 기 아무개 일본 수상이 자리에서 밀려났을 때 당신이 서울로 부부를 불러다가 쫑파티 해줬잖아."

"물론이지, 그게 당신을 위한 것이면서 나라를 위한 것이니까."

"미국 늙은 대통령 임기가 끝나기 전에 한미일 정상회담을 하는 것으로 바람을 잡은 것도 나를 위해서 그렇게 한 것이라는 거 알고 있어."

"당근이지, 임기 끝나는 미국 대통령하고 정상회담은 무슨 말라비틀어진 정상회담이야. 하지만 당신이 기를 받고 국민 대접을 받을 기회가 되니까 내가 밀어붙인 것이지. 다행인 것은 야당이나 언론이 시끄럽게 하지 않는 거야."

남자와 여자가 한참을 더 이야기하는 동안 반려견들이 떼를 지어 거실을 돌아다닌다. 개들은 주인 남녀의 기분을 아는지 가까이 가지는 않고 거리를 둔 채 자기들끼리 어울리며 놀고 있다. 개들은 한참 뛰어놀다 거실의 창가 커튼 사이에서 뭔가 기이한 움직임이 생기는 것에 놀라 컹컹 짖기 시작한다. 남자와 여자는 대화를 멈추고 반려견들을 바라보더니 "제들이 배가 고파 저러는가보다"라고 말하며 자리에서 일어난다. 개들이 일제히 두 주인 곁으로 달려가자 남녀가 품에 안으면서 말했다.

"가자, 우리 귀염둥이들 밥 먹을 때 되었나 보다."

남녀가 반려견들과 함께 거실을 나가자 커튼 사이에서 세 존재가 나타났다. 도사와 신좌파, 보수다. 도사가 남자의 집무 테이블로 다가가더니 서류 한 장을 들고 소리 내어 읽는다.

"여당 대표의 건의 사항이네. 대통령의 사과와 여사의 대외활동 전면 중단, 대통령실의 인적 개편을 요구했구먼. 대통령이 정치 브로커와 대통령 취임식 전날 선거 개입 정황이 담긴 육성 대담을 하는 테이프가 폭로된 데다 대통령 지지율이 19퍼센트로 떨어지니 여당 대표가 나서서 경종을 울린 것이군. 어이 보수, 신좌파 이거 기차가 종착역 쪽에 가까이 간 것 아닌가? 이런 식의 당정 관계는 레임덕을 넘어 데드덕이라 하던데, 맞아?"

도사의 질문에 보수와 신좌파가 서로 네가 먼저 말하라는 표정을 지으며 입을 열지 않는다. 그때 거실 문이 벌컥 열리면서 공서결과 비서실장이 들어온다. 김거니가 뒤따라 들어오려는 것을 남자가 애걸하는 표정으로 문 앞에서 만류한다. 김거니가 막무가내로 들어오려 하지만 그의 커다란 몸뚱이가 문 앞에서 가로막고 있자 단념한 듯 문을 꽝 닫고 나가버린다. 남자가 비서실장에게 몸을 홱 돌리더니 버럭 고함을 지른다.

"내가 시키는 대로 했으면 됐지. 왜 이러는 거야? 내가 다자 외교 일정을 끝낸 다음에 대국민 소통 형식의 자리를 만들라고 했잖아."

"그렇기는 합니다만."

"연말까지 해외 순방 계획이 많잖아. 이달 그러니까 11월 15~16일 페루에서 APEC 정상회의가 있고 18~19일 브라질에서 G20 정상회의가 있다. 12월 초에는 한미일 정상회의가 열릴 예정이잖아. 내가 이런 일정을 마친 뒤 대국민 담화를 하겠다는 입장이었잖아. 당신 이걸 잊었나?"

"각하, 사정이 급박합니다. 여권 내 분위기조차 심각해 참모들이 비상회의를 소집해 논의 끝에 더 미룰 수 없다고 결론을 내린 것입니다. 다들 사표를 써놓은 상태입니다. 그 충정을 알아주셔야 합니다."

"…."

"각하께서 국회 예산안 시정연설에 불참하고 국무총리가 연설문을 대독하면서 불통 의지를 과시한 것이 큰 화근이 되었습니다. 더욱이 당 대표가 대통령의 대국민 사과와 대통령실, 내각 개편 등 고강도 국정 쇄신을 요구한 것에 대한 각하의 반응도 불에 기름을 부은 격이 되었습니다."

"이봐 내가 고민하고 있으나 아직 입장이 없다는 반응을 내놓으라고 했잖아."

"그게 상황을 더 악화시켰습니다. 집권 후반기 국정 과제 점검을 비롯해 북한의 러시아 파병과 미국 대선 등 외교안보 현안 대응이 필요하다는 요구가 여권 안에서도 엄청납니다. 폭발 직전입니다."

"…."

"임기 반환점을 맞아 국민에게 지난 성과를 보고드리고 향후 국정운영 방향을 설명해 드리면서 일문일답을 통해 국민이 궁금해하는 모든 사안에 대해 소상히 설명드리는 것이 절대 필요합니다. 그래야 이 사태가 진정될 것입니다."

"…."

"지금 국정 지지율은 19퍼센트대로 최저치를 기록했고, 야당이 명태균 씨와의 통화 녹음을 공개하는 등 각종 악재가 이어지는 상황을 방치하면 후반기 국정 동력을 회복하기 어렵다는 위기감으로 여권은 공황상태입니다. 특히 영부인 문제에 대해 대국민 사과를."

"대국민 사과? 내가 그걸 싫어서 안 하는 줄 아나?"

"무슨 말씀이신지?"

"이봐 내가 박 전 대통령 수사 책임자였잖아. 그래서 그때 일을 소상히 기억하고 있다고. 내가 사과를 하지 않고 버티는 건 박근혜 전 대통령처럼 급격히 무너질 수 있다는 우려 때문이야. 최순실 사건이 터진 뒤 2016년 10월 28일, 박근혜 당시 대통령의 지지율이 17퍼센트였는데 일주일 뒤 여론조사에서는 5퍼센트를 찍었단 말이다. 내 지지율이 지금 19퍼센트인데 내가 사과를 한 뒤 지지율이 올라갈까?"

"…."

"내가 내 아내 등의 문제에 침묵한 것은 모두를 위해서야. 내가 무너지면 늬들 다 힘들어져. 정권이 넘어갈 수 있다고. 내가 그래서 힘들어도 버티고 있는 거야. 여권이나 내 지지층은 내가 버팀목이 되어 혼자 총알받이 역할을 하고 있다는 걸 알아야 하는데…."

"그래도 이번만은."

"알았어. 물러가."

그가 고함을 지른 뒤 거실을 나가버리자 비서실장이 입맛을 쩍쩍 다시며 혼자 구시렁대다가 그를 뒤쫓아 나간다. 방 안이 갑자기 조용해지자 커튼 뒤에서 세 존재가 다시 모습을 드러냈다. 그들은 거실의 소파에 걸터앉아 거실 유리창 밖의 가을 풍경을 감상한다. 세 존재 모두 시무룩한 표정을 짓고 있다. 도사가 둘을 살피다가 입을 열었다.

"요즘 돌아가는 모습을 보면 나도 겁나는 게 있어."

도사의 말에 보수와 신좌파는 그게 무슨 말씀이냐는 표정을 짓는다. 도사가 엄숙한 표정으로 말했다.

"저 남자가 지금 처한 처지를 보면 뭔가 큰 힘이 작동하는 거 같아. 내가 모르는 큰 힘이."

"그게 뭡니까?"

"그건 말이야. 저 남자가 몇 년 전에 박근혜 대통령을 수사하는 검찰 책임자였는데 지금 자신이 비슷한 죄목으로 지탄을 받고 탄핵 소리까지 듣고 있는 거야. 자기가 한 행위에 대한 대가를 치른다고 할까? 자신의 행동이 결국 자신의 업보로 돌아온 것 같은 형국이잖아."

"…."

"이건 우연이 아니라고 봐. 뭔가 큰 존재, 나도 모르는 존재의 세상 지배 방식이 바뀌고 있나 봐. 과거엔 업보는 당대가 아니라 그 후손에 미친다고 했잖아. 그런데 지금은 당사자가 바로 자신의 업보를 몸으로 겪는 거야."

"…."

"박근혜를 잡아넣었던 논리가 그대로 저 남자에게 적용된다는 건 대단한 아이러니 아니야? 최순실이 공식 직함 없이 대통령을 업고 국정·인사에 개입했다가 그것을 입증한 태블릿 PC가 발견되면서 박근혜 몰락이 시작되었지. 이 남자는 '김영선 해줘라'라고 한 자신의 음성 통화 녹음 때문에 박근혜 꼴이 될 가능성도 없지 않아. 이런 막장드라마에는 인간이 감당하기 어려운 초자연적인 배후가 있을 거야."

도사가 엄숙하면서도 평정심을 잃은 듯한 표정으로 말했다. 그는 말을 마친 뒤 허공으로 시선을 던지면서 두 손을 모아 기도하는 자세를 취한다. 도사는 그 어느 때보다 왜소한 모습으로 서 있다. 유리창 밖 뜰에서 세찬 바람이 부는지 낙엽이 우수수 떨어진다. 도사는 더욱 경건한 자세로 창밖을 향해 허리를 굽힌다. 그러자 신좌파가 얼굴에 묘한 미소를 지으며 말했다.

"제가 보기에는 업보라는 말이 적절한 것 같지는 않습니다. 한국에서 권력을 쥔 자들의 하는 짓이 거의 동일해서 그렇다고 봅니다. 한국적 현상인 것 같습니다."

"뭔 소리 하는 거야?"

"도사님 보십시오. 한국 정치 권력층의 속성은 여야나 진보, 보수 가릴 것 없이 동일하다는 겁니다. 우선 대통령에 출마했거나 당선된 자들을 보면 적지 않은 수가 조상 묘를 명당자리로 옮기는 일을 했습니다. 유명 점술가를 찾아가는 것도 비슷합니다. 초자연적인 어떤 힘에 의존하려는 성향이 강합니다. 정치의 대상인 국민을 중시하고 그들의 선택에 전적으로 의존한다는 것과는 거리가 있는 행동입니다."

"그건 그렇지."

"그리고 한국 정치는 돈과 권력입니다. 추종자들을 돈이 생기거나 권력을 행사하는 자리에 앉혀서 떵떵거리며 배부르게 살게 해주는 것입니다. 그것이 권력을 유지하는 방법이지요. 이른바 떡고물을 골고루 뿌려서 조직을 관리하는 것입니다."

"그도 그렇군. 그런데 저 남자는 과거 검사 시절에 한 말이 있잖아. 자신은 사람에게 충성하지 않는다고 해서 유명세를 치렀고, 그 덕분에 대통령 자리까지 올랐잖아."

"그렇습니다. 당시 저자의 말이 사람들을 감동시킨 것은 권력 세계와 너무 다른 논리를 제시했기 때문입니다. 그런데 어떻습니까? 저 남자가 대통령이 된 뒤에 한 짓을 보세요. 저자는 검사 시절 세상을 향해 했던 자신의 말과는 관계가 없는 인물이었습니다. 그는 거짓말을 한 것이지요."

"그렇기는 하군."

"저 남자가 한동판 당 대표에게 하는 짓을 보았잖아요. 독대를 요구하자 원탁이 아닌 사각 테이블 한쪽에 자신의 비서실장을 당 대표와 같이 앉게 하고 자신은 그 앞자리에 혼자 앉아 부하직원 다루는 듯한 태도를 취했잖아요."

"그랬지."

"그건 자신에게 충성해야 할 옛 부하직원을 혼내고 겁박하는 태도였습니다. 검찰에서 철저하게 자신에게 충성하는 자들만 챙기는 식으로 조직을 관리했던 것으로 보입니다. 저자의 철학은 여자에 대한 태도에서도 입증됩니다. 지금까지 드러난 것을 보면 저 남자는 저 여자의 호위무사 짓만 주로 하잖아요. 저 여자의 대외활동이 정치, 국가 기강 등에 비춰 문제가 있는데도 아무 잘못도 없다는 것 아닙니까? 그것은 저 여자에 대한 맹목적인 충성입니다."

"그렇기는 하군."

"저 남자가 검사 시절 사람에게 충성하지 않는다고 했는데 당시에도 여자는 저 남자에게 사람 이상의 존재가 아니었나 하는 생각이 듭니다."

"자네, 말하는 걸 보니 철이 많이 들었네."

"아휴, 과분한 말씀입니다."

신좌파가 어색한 표정을 지으며 손사래를 치자 도사가 껄껄 웃는다. 그때 출입문이 거칠게 열리면서 공이 김거니에게 등 떠밀려 들어온다. 여자는 남자를 향해 고래고래 고함을 지른다.

"아니, 기자회견을 자청해서 하기로 했다고? 그럼 난 해외여행 못 갈 수도 있잖아. 글구 질문을 무제한으로 받아서 모든 것을 솔직히 털어놓겠다고? 당신 미쳤어?"

"열 보 전진을 위한 일보 후퇴가 불가피해. 이번에는 나 혼자 외국 나갈 테니까. 당신은 꾹 참고 기다려. 내 진심 알지?"

"진심 좋아하네. 뒤로 밀리기 시작하다 아차 하면 낭떠러지야. 당신 그것 알아?"

"알지, 그걸 내가 왜 모르겠어. 그래도 이번에는 그게 아니야."

"당신 정말 한심해. 눈먼 무사라더니 꼭 들어맞는 말이네. 내가 그렇게 신신 당부했건만 비서실장이 조르니까 회까닥 넘어갔구먼. 비서실장 목 잘라야겠어."

"내 말 들어봐. 그게 아니라니까. 당신 내 기질 내 스타일 알잖아. 난 두들겨 맞을수록 강해지는 사람이야. 검찰할 때 대통령에게도 대들어 승부를 걸고 이긴 사람이야. 왜 이래. 물론 당신이 옆에서 코치한 대로 한 덕분이긴 하지만서두."

"당신은 혼자 놔두면 항상 불안해. 물가에 내놓은 애 같다니까. 지금 당신은 달라. 산 정상, 권력의 최고의 위치에 있잖아. 모두 당신을 노리고 있다고. 당신을 욕되게 하고 망가지게 하면 영웅이 된다는 걸 알고 있다고. 왜 그걸 몰라."

"염려하지 마. 난 법치를 신념으로 삼고 살아온 사람이야. 법대로 해야지. 이 자리는 내가 버티면 임기 채울 수 있어. 어떤 법으로도 날 강제로 끌어내릴 수는 없어."

"그놈의 법치 타령은 그만해. 당신은 입으로만 법치하지, 실제 그렇지도 못하잖아. 아이구 못 살아."

"진정해, 내 말 잘 들어봐요. 나도 생각이 있다니까. 맞을 매라면 미리 맞는 게 좋다는 속담도 있잖아. 어떤 질문이 나와도 내가 할 답변은 이미 다 정해져 있어. 난 그 말만 되풀이할 거라고. 내가 이미 한덕수 국무총리를 시켜서 공개해 놓았잖아."

"그게 뭔데?"

"난 돌 맞아도 간다. 전광판 안 본다. 이 말들이 무얼 의미하는지 당신도 알잖아."

"기자회견 내내 그 말만 할 거야?"

"아니지, 다 준비되어 있어. 난 다음과 같이 말할 거니까. 정부 출범 이후 지난 2년 반, 하루도 마음 편한 날이 없을 정도로 나라 안팎의 어려움이 컸지만 전방위적인 세일즈 외교를 통해 기업의 운동장을 넓히고 경제 영토를 확장해 왔다. 정부는 어떠한 어려움이 있어도 4대 개혁을 반드시 완수해 낼 것이다. 연금개혁, 노동개혁, 교육개혁, 의료개혁의 4대 개혁은 국가의 생존을 위해 당장 하지 않으면 안되는 절체절명의 과제들이다. 이렇게 말이야."

"그럼, 나에 대해 질문이 들어오면?"

"그것도 이미 답이 나와 있잖아. 무슨 일을 누구에게 어떻게 잘못했는지 구체적으로 문제를 제기해 달라고 말할 거니까."

"내가 선거에 개입했다는 녹음파일이 있는데?"

"그건 그냥 농담 삼아 해본 소리라고 하면 되는 거야. 그 녹취록 하나로는 아무런 법적 증거력이 없어요. 당신이 잡아떼고 검찰이 수사를 잘하면 아무 문제 없어."

"그럴까? 당신 믿어도 돼?"

"당근이지, 다 당신을 위해서 내가 결정했다니까. 당신 맘 편하게 외국 나가서 국빈대접 받고 기 받아오라고 한 결정이라고."

두 사람은 한참 동안 더 말다툼을 하다 기운이 빠졌는지 싸움을 멈추고 유리 창밖을 내다본다. 뜰의 정원수에서 낙엽이 우수수 떨어지면서 허공으로 날아올라 춤을 추다가 바닥으로 떨어져 나뒹군다. 그 모습을 바라보던 그녀가 한숨을 푹 쉬더니 입을 열었다.

"당신이 최고의 자리에 올라서면 못할 일이 없을 줄 알았는데. 이건 너무 아니야. 영부인처럼 대접받기는커녕 어디 나들이도 제대로 할 수가 없잖아. 국내에서는 하루가 너무 길어. 난 마치 대통령 관저라는 감옥에 갇힌 것 같아. 해외로 나가면 그래도 살맛이 나는데."

"조금만 기다려. 곧 정상화될 거야."

"아냐, 옛말에 복이 화가 되고 화가 복이 된다 했는데 내가 그 꼴이 되었나 봐. 당신 잘되라고 법사님과 물불 안 가리고 노력한 건데. 이럴 줄 몰랐어. 정말."

"미안해, 내가 더 잘했어야 하는데."

"어휴 못 살아 정말."

"자 들어가자고. 우리 아이들이 걱정하겠어."

"그럴까. 이럴 때 애들 재롱이나 보면서 맘을 가라앉혀야겠네."

두 남녀가 거실을 나가자 커튼 뒤에 있던 세 존재가 나타났다. 그들은 켜진 티브이에서 한동판 당 대표가 대통령의 무제한 기자회견에 대한 요구 사항을 말하는 것을 지켜본다. 그 뉴스가 끝나자 도사가 보수를 향해 말했다.

"어이 보수, 요즘 저 남자가 고집불통이 되면서 보수 언론들도 비판의 말을 쏟아내는데 상한선이 없어. 당신이 보기에 저 남자가 잘못된 이유는 뭔가? 가감 없이 얘기 해보게."

"솔직히 저 남자와 저 여자가 그동안 누구와 무슨 일을 했는지 아는 게 너무 없습니다. 야당이 공개한 저 남자와 명태균 간의 통화 녹취가 폭로되면서 파장이 이어지지만 공서결과 김거니가 솔직하게 털어놓지를 않으니까 무슨 일이 어떻게 벌어졌는지 알 수가 없습니다. 저 남자에 대해 용산에 문의했지만 반응이 없습니다. 상반된 증언이나 녹취록이 나오는 판이니 지금 할 수 있는 말은 솔직하게 소상히 밝혀야 한다, 이겁니다."

"그래? 아는 게 너무 없어 답답하다 이 말인데. 그래도 지금 눈앞에서 일이 심상치 않게 벌어지고 있잖나, 지금까지 드러난 것만 놓고 저 남자가 잘못한 것이 무엇인지 말해 보게."

"저는 세 가지를 실패했다고 봅니다. 첫째, 국정철학이 분명치 않았습니다. 철학과 비전이 빈곤하니 국정이 독단과 즉흥으로 흘렀습니다. 대통령실 이전부터 부산 엑스포 올인, 느닷없는 홍범도 흉상 이전 등 엉뚱한 데 국정 동력을 소진했습니다."

"그래? 다른 것은?"

"둘째, 부인 단속을 못했습니다. 국민은 권한 없는 자가 군림하는 걸 못 참는데도 말입니다. 셋째, 주변에 쓸만한 인재가 없습니다. 가뜩이나 좁은 인력 풀에 김거니 인맥을 끌어다 쓰니 탈이 나지 않을 리 없었습니다. 직언도 없고 완장 차고 설치고 모두가 눈치만 살핀 2년 반이었습니다. 공천개입 진위를 떠나 대통령 부부가 명태균 같은 부류와 저급한 대화를 한 것 자체가 부끄럽습니다. 실망을 넘어 모욕감을 느낍니다."

"신랄하군, 그렇다면 앞으로 어떻게 한다? 신좌파, 자네 생각은 어떤가?"

도사의 질문에 신좌파가 기다리고 있었다는 듯 입을 열었다.

"저 남자는 세상을 적과 우군으로만 가려보는 시각의 소유자입니다. 자기 맘에 들지 않으면 누구든 적이 되는 것인데 20년 동안 한 몸처럼 지낸 후배 검사도 자기 의견과 다르다고 확인한 순간부터 타도해야 할 적으로 대처합니다. 국회는 국정의 한 파트너인데 여야 영수회담은 외면하고 자본가 우선 정책에 반대하는 노동계는 반국가세력으로 몰아붙입니다."

"…."

"저 남자는 법치를 앞세우지만 부인과 자신에게 관련된 건 진실을 말하기보다 거짓말을 너무 많이 해왔습니다. 집권당 대표가 진실을 말하라고 공개적으로 다그칠 정도로 심각합니다. 금세 탄로 나고, 망신당하지만 계속 반복하는 기이한 인물입니다. 검찰총장 청문회에서 '내 장모는 남에게 십 원짜리 한 장 피해준 적 없다'고 한 것도 사실이 아닌 것으로 드러났고, '제 아내는 도이치모터스에 2010년 5월까지 투자했다가 손해만 보고 절연했다'고 했지만 김거니 모녀의 이익이 23억 원이고 주가조작 세력들과 절연한 것도 아니었습니다. 디올백 논란을 두고 반환하라 했는데 행정관이 깜빡했다고 한 것도 도무지 믿기 어려운 답변이었습니다. 명태균과 관련해서도 거짓말이 계속 드러나면서 상황을 악화시켰지요. 두 번 만났다고 했는데 최소 네 번 이상인 것으로 확인됐고 취임 이후 소통 안 했다는 것도 거짓말이었습니다."

"그럼 앞으로 어떻게 해야 하나? 탄핵 또는 자진사퇴, 이런 것이 가능할까?"

"먼저 탄핵에 대해 살피면 그게 쉽지 않습니다. 첫째, 탄핵 정족수 200명을 채우기가 쉽지 않고 헌재에서도 인용 가능성이 높지 않습니다. 게다가 헌재 재판관이 6명으로 쪼그라들어 있는 상태이니까요. 퇴진이 가능할까요? 저 남자는 스스로 물러날 가능성은 거의 없습니다. 100만 명이 촛불을 들어도 움직이지 않을 가능성이 큽니다."

"일부에서는 임기 단축 개헌을 하면 영웅이 된다고 말하는데?"

"그건 온건하고 합리적인 대안이지만 가능성이 높지 않습니다."

"왜 그러지?"

"단순히 정치적 문제만이 아니라 사회경제적 부문의 문제에 대한 해답을 헌법에 담아야 하는데 그런 합의가 쉽지 않습니다. 지금 정치권은 국민의 참정권을 보장하는 정당법, 공직자 선거법이나 사회경제적 평등과 직결된 차별금지법에 대해 합리적으로 고칠 생각이 전혀 없습니다. 국민을 개돼지로 취급하는 이런 법을 불합리한 현 상태로 방치하는 것이 자기들의 기득권 유지에 필요하다고 보는 것입니다."

"그래?"

"그렇습니다. 우선 정치이념 문제부터 부딪히고 있습니다. 뉴라이트가 설치고 신자유주의 신봉자가 버티고 있으면서 자살률 세계 최고, 출산율 세계 최저라는 정치경제사회 현상에 대한 분석, 해법이 크게 다릅니다. 남북 분단, 통일에 대해서도 견해가 크게 다릅니다. 21세기 인공지능 시대에 사상의 자유를 제한하는 국가보안법도 방치하고 있고 트럼프가 주한미군 방위비 분담금을 9배 늘리라고 호통을 칠 정도로 한미동맹이 심각한 불평등 상태인데도 어느 정치인도 입도 뻥긋하지 않습니다."

"…."

"게다가 여의도 여야 정치권은 아빠 찬스, 엄마 찬스, 자기 찬스를 최대한 활용하는 공통점이 있습니다. 이런 상황에서 대의를 위한, 국민의 행복과 복지를 위한 큰 그림을 그리는 개헌이 쉽게 될 수 없습니다."

"…."

"용산이나 여의도가 다들 제 발밑의 이익에 올인하다 보니까 정치가 전투와 비슷합니다. 맨날 싸움질이나 할 뿐입니다."

신좌파가 입에 거품을 물면서 열변을 토하는 것을 도사가 물끄러미 바라보다가 보수에게 시선을 돌리면서 말했다.

"보수, 요즘 촛불시위가 주말마다 열린다는데 어떻게 생각해? 2017년처럼 큰일을 낼 것 같은가?"

"글쎄요. 잘 모르겠습니다만 2017년과는 다르다고 생각합니다. 그때 전국적으로 수천만 명이 거리로 쏟아져 나와 정의로운 사회를 요구하는 목소리가 높았습니다. 결국 박근혜가 탄핵당했지만 그 뒤 들어선 정권이 5년간 무엇을 했습니까? 결과적으로 촛불을 배신했고 저 남자가 대통령이 되게 만드는 환경을 청와대가 앞장서서 조성했습니다. 촛불은 엄청난 배신감을 느꼈을 것이고 이번에는 그것 때문에 망설이고 있다고 봅니다."

"뭘 망설여?"

"저 남자가 물러간 뒤에 등장할 정치인에 대한 기대감과 신뢰가 없는 것이지요. 저 남자 문제가 심각하지만 야당의 유력한 대권주자들도 아내나 자식 등 가족 문제가 다 심각하다는 점에서 공통점이 있습니다. 당의 간판만 다를 뿐 정치인의 신분으로 추구하는 바가 동일했다는 증거입니다. 내로남불이라는 공통점을 지니고 있으니 촛불이 저자가 물러난 이후의 차기 정치권에 기대를 하지 못하고 있다고 봅니다."

"그런 면이 있군. 그렇다면 신좌파 자네는 저 남자가 자리를 지키기 위해 마지막으로 쓸 수 있는 카드가 뭐라고 보나?"

신좌파가 망설이지 않고 입을 열었다

"남북관계입니다. 북한과 한바탕 하면 가자 전쟁, 우크라 전쟁처럼 최고 지도자가 국가 총력 체제의 지도자가 되니까 마누라나 시정잡배의 국정농단 비판이 쏙 들어가게 되니까요?"

"그래?"

"그렇습니다. 예를 하나 들어볼까요? 우크라 전쟁에 북한군이 러시아 편을 들어 참전한다니까 국가위기 상황처럼 호들갑을 떱니다. 그러면서 우크라이나 군에 공격용 무기를 제공하겠다고 나서면서 국제사회를 놀라게 하고 있습니다. 남측이 한미동맹을 맺고 있고 월남전, 이라크전에 미국 요구에 따라 파병을 한 전력이 있으면 좀 차분히 지켜보면서 대응하는 것이 원칙이죠. 특히 러시아와는 경제적으로 긴밀한 관계로 많은 국내기업이 진출해 있는 나라입니다. 경제안보를 챙겨야 하는데 전혀 그렇지 않습니다."

"그렇군."

"북한 정예부대 1만 명이 우크라이나전에 참전한다면 북한의 대남 군사공격 가능성은 그만큼 줄어드는 것 아닙니까? 이런 점은 철저히 외면하면서 위기를 불러오는 발언과 조치를 취하고 있습니다. 개인 단위 파병은 국회 동의 없이 가능하다는 말도 나오고 있는데 위험한 발상입니다. 국회는 국군의 외국 파견에 대한 동의권을 갖는다고 헌법에 나와 있기 때문입니다. 더욱이 북한 금강산 관광과 개성공단은 그곳에 배치되어 있던 북한 군부대를 다른 곳으로 옮겨 남측에서는 군 전략상 유리한 것인데도 두 곳을 폐쇄하도록 하는 것은 이적 행위가 아니냐는 비판을 자초하기도 합니다."

"그래? 그런 논리는 너무 나간 것 아닌가?"

도사가 신좌파의 말에 귀 기울이지 않는 듯한 태도를 보이는데 그것은 티브이 뉴스 때문이었다. 대학교수들의 시국선언이 쏟아지고 있다는 기사가 방송되고 있었다.

— 임기 반환점을 맞는 윤석열 대통령은 급속도로 악화된 민심과 마주하고 있습니다. 지지율이 10퍼센트 대로 내려앉았다는 여론조사 결과에서도 확인되는 민심 이반은 거리 집회와 시국선언 형식으로 표면화되고 있습니다. 특히 장기간 누적돼 온 '김건희 여사 리스크'가 명태균 씨와 연결된 공천개입 의혹과 맞물려 걷잡을 수 없이 커지고 있습니다. 주말마다 서울 도심 곳곳에서는 현 정권을 비판하는 대규모 집회와 범야권 장외투쟁이 벌어지고 있으며 대학교수들의 하야 촉구 시국선언이 잇따르고 있습니다.

도사가 거기에 시선을 돌리며 경청하자 신좌파, 보수도 침묵하며 티브이를 주시한다. 뉴스는 공서결과 김거니가 성남 서울공항에서 필리핀, 싱가포르 국빈 방문 및 라오스 아세안 +3 회의를 마치고 귀국하며 전용기인

공군 1호기에서 내리고 있는 동영상을 내보내면서 "대통령의 훈장을 거부하며 대학교수들의 시국선언의 도화점이 된 김철홍 교수가 속한 인천대학교에서도 교수들이 6일 윤석열 대통령의 하야를 촉구하는 시국선언을 발표했다"고 보도하고 있었다.

뉴스는 가천대에서 지난달 28일 시국선언문을 발표한 뒤, 민주평등사회를 위한 전국 교수연구자협의회(민교협), 한국외국어대, 숙명여대, 한양대 등에서 시국선언문이 잇따라 발표됐다며 해당 시국선언 전문을 소개했다.

역사와 국민의 준엄한 명령이다. 즉각 하야하라!

2017년 3월 10일 오전 11시, "피청구인 대통령 박근혜를 파면한다"라는 헌법재판소의 판결과 함께 국정농단 의혹으로 시작된 130여 일간의 박근혜 대통령 탄핵 정국에 마침표가 찍혔다.

국민의 힘으로 이룬 역사적 승리가 불과 7년이 조금 더 지났는데, 또다시 아픈 역사가 반복되려고 한다. 최근 정치권과 사회 곳곳에서 탄핵의 요구가 거세지고 있다. 탄핵이란 것은 헌법재판소의 판결문이 밝힌 것처럼 국가와 헌법을 수호하기 위한 제도로서, 국가공동체가 민주적 기본 질서를 지키기 위하여 불가피하게 치러야 하는 민주주의의 비용이다.

윤석열 정권은 출범 전부터 부부가 합동으로 온 국민과 나라를 힘들게 한 특이한 정권이다. 단순한 국정농단을 넘어 주가조작, 명품백 수수, 각종 관급공사와 관련된 불법과 부정 의혹, 온갖 의전 실수와 망신살이 멈출 줄 모르고, 그 내용과 수준 또한 치졸하고 저급하기 이를 데 없다. 그런데 왜 부끄러움과

자괴감은 항상 국민의 몫인가.

이 모든 의혹과 범죄적 행위보다 더욱 심각한 것은, 증거와 정황이 명백한데도 대통령은 물론 참모들까지 거짓말과 교언으로 끊임없이 진실을 왜곡하면서 국민을 속이고 있다는 사실이다. 온 국민이 스트레스와 분노로 힘들어하는데 김건희 씨가 대한암협회 명예회장이라니, 임계점을 향하는 국민적 분노에 기름을 붓고 있다. 지난 시간 처절한 희생과 노력으로 이 나라를 일구고 지켜온 국민이 그렇게 우스운가?

이 정권은 출범 전부터 주술과 선거사기꾼이 등장해 라스푸틴을 연상케 하더니, 본격적으로 대통령 부부를 비롯한 권력자들의 추악한 민낯을 보여주고 있다. 오직 자신의 재선과 권력 유지에만 혈안이 되어 '지록위마'로 국민을 속이는 주변의 십상시와 정치권 간신배, 한 줌도 안 되는 정치검찰 패거리가 국격은 말할 것도 없고 민주주의와 법치주의의 근간을 흔들고 있다.

온 국민의 숙원이던 노벨 문학상 수상도 제대로 축하해 주지 못하는 우리 사회의 분위기는 안타깝다 못해 서글프다. 국민을 내편 네 편으로 나누어 서로를 적군 취급하며, 상생과 균형의 정치는 실종되고 마치 전쟁 같은 정쟁만이 판치는 품격 없는 사회가 되었다. 국가 미래를 위해 늘려도 모자란 연구개발예산은 축소하면서, 순방을 빙자한 대통령 부부 해외 나들이에는 혈세를 아낌없이 쏟아부었다. 그러나 성과는 외교적 굴욕을 넘어 국제적 망신이었다. 어떻게 국격과 국가의 자존심이 이렇게 한순간에 나락으로 떨어질 수 있는가.

검사 윤석열은 박근혜에게 공천에 개입했다고 8년을 구형하고 2년 형을 받게 했다. 하지만 대통령 윤석열은 공천개입이 없다던 주장이 거짓으로 드러나자, 자신의 공천개입 논란은 당선인은 공직자가 아니라서 공천개입이 성립

되지 않는다는 파렴치하고 해괴한 논리를 펴고 있다. 이 무식하고 무도한 정권과 썩어빠진 주변부를 어찌해야 하는가? 이미 국가의 기강과 동력은 만신창이가 됐고, 국민은 집단 우울증과 정치 혐오증에 신음하고 있다. 더 늦기 전에 몰락의 고리를 끊으라는 것이 역사와 국민의 준엄한 명령이다.

탄핵은 긴 시간이 필요하고 정치 사회적 비용도 너무 크다. 정치권에서 임기 단축 개헌이 회자하는데, 앞으로도 1~2년을 더 참으란 말인가. 빠르고 깔끔한 방법이 있다. 국가와 민족에 대한 최고 공직자로서 마지막 봉사라 생각하고, 본인이 결단하여 즉각 하야하는 것이다. 이것만이 그동안의 과오와 실정의 책임을 그나마 경감할 수 있는 유일한 길이다. 차고 넘치는 정황 증거와 사실관계가 탄핵과 하야를 가리키고 있다. 국민의 분노가 하늘을 찌른다. 버티다가 국민의 어퍼컷 맞으며 끌려 내려오기 전에 결단하라.

역사와 국민이 내리는 준엄한 명령이다. 즉각 하야하라!

2024년 11월 6일

역사와 국민의 준엄한 명령을 전하는 인천대학교 교수 일동

10

윤석열이 일을 저지른 것은 2024년 12월 3일 밤 10시 30분이었다. 그는 서울 용산 대통령실 청사에서 긴급 대국민 특별담화를 발표했다. 비장한 표정이었다. 21세기 선진국 대열에 오른 나라가 일부 세력에 의해 거덜나고 대단히 긴급한 조치가 불가피하다고 국민을 향해 외쳤다.

— 친애하는 국민 여러분. 저는 북한 공산세력의 위협으로부터 자유 대한민국을 수호하고, 우리 국민의 자유와 행복을 약탈하고 있는 파렴치한 종북 반국가세력들을 일거에 척결하고 자유 헌정질서를 지키기 위해 비상계엄을 선포합니다.

윤석열은 국회를 겨냥해 "범죄자 집단의 소굴이 됐고, 입법 독재를 통해 국가의 사법 행정 시스템을 마비시키고 자유민주주의 체제의 전복을 기도하고 있다"면서 정부 출범 이후 22건의 정부 관료 탄핵 소추를 발의했으며, 이는 세계 어느 나라에서도 유례가 없는 일이라며 분노 섞인 어조로 담화를 계속했다.

— 비상계엄은 체제 전복을 노리는 반국가세력들의 준동으로부터 국민의 자유와 안전, 그리고 국가 지속 가능성을 보장하며 미래 세대에게 제대로 된 나라를 물려주기 위한 불가피한 조치입니다. 계엄 선포로 자유대한민국의 헌법 가치를 믿고 따라주신 선량한 국민들께 다소 불편이 있겠지만 이러한 불편을 최소화하는데 주력할 것입니다.

그의 담화는 폭탄선언이었다. 용산 비서실 직원 대부분도 윤석열의 심야 대국민 담화 발표 계획을 사전에 알지 못했다. 극히 일부만 그를 도왔을 뿐이다. 집권 여당도 사전에 협의 대상이 아니었다. 그는 담화 발표 1시간 반 전 비상국무회의를 용산 집무실에서 소집했고 그 자리에서 국방장관이 비상계엄이 필요하다고 건의했다. 대부분의 국무위원이 반대했지만 역부족이었다. 그는 법치를 앞세우며 강행 의지를 굽히지 않았다.

— 비상계엄법에 의해 본인은 국무회의의 심의를 거칠 뿐이지 동의는 필요치 않습니다.

대통령이 비상계엄을 선포하려면 헌법에 따라 국무회의 '심의'를 거치도록 되어 있지만, 반드시 '의결'까지 할 필요는 없게 규정되어 있다. 윤석열이 심야 기습적인 비상계엄 선포를 앞두고 국무회의를 소집하자 국무위원 19명 중 절반 정도가 이 회의에 참석한 것으로 전해졌다. 한덕수 국무총리와 최상목 부총리, 김용현·이상민·송미령·조규홍 장관 등 6명은 참석한 사실이 확인됐지만 나머지 위원 7명은 참석했는지 계엄 해제 뒤에도 불참했는지 자체를 밝히지 않으려는 태도를 보였다(이런 태도는 내란 행위로 의심받고 있는 비상계엄 선포에 찬성한 것은 공범으로 몰릴 가능성이 있다는 우려 때문인 것으로 풀이됐다).

회의 참석자들이 자리를 떠 용산 집무실을 떠난 뒤 그가 전국 방송을 통해 비상계엄을 선포했다. 살기 등등한 표정은 티브이 방송을 통해 전국의 안방과 대도시 전광판에 등장했다. 그가 야당이 탄핵과 특검법을 남발하면서 정부 예산안인 대통령, 검찰 특활비 등을 삭감하는 작태를 벌여 국정을 마비시키는 원흉이자 괴물이라며 군대를 앞세워 종북 세력과 반국가사범을 처단하겠다고 선언한 것이다. 그것은 민주주의, 국민, 국회에 대한 전면 선전포고였다. 21세기 한국 사회의 민주주의 시계를 거꾸로 돌리려는 작태였다.

윤석열은 비상계엄령을 선포하면서 자유 헌정질서를 지키기 위해서라고 했지만 정작 계엄령 선포와 해제까지 긴박했던 6시간 동안 자신은 헌법과 법률 조항을 여러 차례 어겼던 것으로 해석되고 있다. 먼저 그가 제시한 선포 요건이 엉터리로 타당치 않았다. 헌법은 비상계엄이 헌정질서를 중단시키고 민주주의 작동에 제동을 거는 조치라서 그 선포 요건을 매우 엄격하게 규정하고 있다.

헌법 77조 1항은 전시나 사변, 또는 이에 준하는 국가비상사태에 군사상의 필요에 응하거나, 공공의 안녕질서를 유지할 필요가 있을 때에만 대통령이 선포할 수 있다고 규정하고 있다. 계엄법 2조 2항에도 "적과 교전 상태에 있거나 사회질서가 극도로 교란돼 행정·사법 기능의 수행이 현저히 곤란한" 경우에 선포 가능하다고 돼 있다. 그러나 선포 소식을 들은 헌법 전문가들은 지금 상황이 전시 같은 국가비상사태는 아니라고 한목소리로 지적했다.

“비상계엄은 사회적으로 폭도들이 무장하고 국가기관을 파손하거나 불을 지르거나 화염병을 던지는 극도로 혼란 상태일 경우 선포할 수 있다. 하지만 우리 사회 어디에서도 그런 사태가 발생하지 않았다. 비상계엄 선포의 요건이 아닌” 것이다.

윤석열은 비상계엄 선포 절차도 지키지 않아 헌법을 어겼다는 지적이 나왔다. 헌법 77조 4항은 비상계엄을 선포한 뒤에는 국회에 지체 없이 통고해야 한다고 규정돼 있지만 국회의장은 대통령으로부터 계엄령 선포 사실을 통고받지 못했던 것으로 확인되었다.

민주주의를 뿌리째 뒤흔들면서 아닌 밤에 홍두깨와 같은 비상계엄 선포 담화가 나온 직후 전국은 벌집을 쑤신 듯 동요하기 시작했다.

한남동 공관에서 잠자리에 들려던 국회의장은 늦은 밤 핸드폰 전화벨 소리에 웬 전화냐는 표정으로 전화를 받다 비서가 전하는 급보에 화들짝 놀라 일어나며 외쳤다.

“비상계엄을 선포했어? 그것 가짜뉴스 아냐?”

“실제 상황입니다. 의장님.”

“어떻게 해야지?”

“국회가 나서야 합니다. 대통령의 폭거를 막을 곳은 국회밖에 없습니다. 계엄은 국회에서 과반수 찬성으로 그 해제를 가결하면 대통령은 즉각 해제해야 합니다. 의장님이 빨리 의사당으로 오셔야 합니다. 지금 의원총회를 소집해 계엄령 해제를 결정해야 합니다.”

“그래? 그럼 전 의원에게 긴급 통보를 하라고, 나도 지금 출발하겠네.”

"조심하셔야 합니다. 국회의 의원 총회를 막기 위한 공작이 자행될지 모르고 의장님이 표적이 되어 체포될지 모릅니다."

"그래?"

"국회가 마비되면 계엄이 강행되면서 광주항쟁과 같은 비극이 발생할지 모릅니다. 즉시 국회로 오셔야 합니다. 의장님 전용 차량이 지금 댁 문 앞에서 대기하고 있습니다."

"알았네. 내가 지금 바로 국회로 가겠네."

국회의장은 등골이 서늘해지는 것을 느끼면서 부랴부랴 옷을 걸치고 집을 나와 여의도 국회로 향했다. 그가 탄 승용차가 의사당 정문으로 갔지만 경찰이 대형 버스로 바리케이드를 치고 전경들은 인간벽을 만들어 출입을 차단하고 있었다. 얼굴을 익히 아는 국회의원과 의원 보좌관들이 경찰과 실랑이를 벌이고 있는 모습이 보였다.

"여긴 내 근무처인데 왜 막는 거야?"

"의원님. 상부의 지시입니다. 죄송합니다."

경찰 간부는 완강한 태도로 버티며 출입을 통제했다. 정문 앞에서의 다툼은 더욱 심해지고 있었다. 국회의장이 차 안에서 내리지 못하고 망설이는데 비서의 전화가 왔다.

"의장님, 경찰 통제로 정문으로는 들어오실 수 없습니다."

"계엄법에 국회를 통제한다는 규정은 없잖은가? 이건 헌법과 법률위반이야."

"그렇습니다. 대통령이 불법을 자행하면서 내란죄를 범하고 있습니다. 이걸 저지할 곳은 국회뿐이고 지금 의장님이 그것을 하셔야 합니다."

"이건 대통령의 친위 쿠데타로군. 내가 어떻게 안으로 들어가지?"

"담을 넘어오셔야 하겠습니다."

"내가 담을 넘어? 칠순이 내일모레인데?"

"다른 방법이 없습니다. 운전기사를 바꿔주시면 제가 적당한 장소가 어딘지 알려주겠습니다."

비서는 승용차 기사에게 경찰 통제가 심하지 않은 의사당의 구석진 곳의 담장을 알려주었고 국회의장은 담을 넘어 의사당으로 진입할 수 있었다. 그가 담을 넘는 모습은 주변 사람들의 핸드폰에 찍혔고 그것은 역사적 증거물이 되었다. 국회의장이 담을 넘자 비서가 그를 맞이하기 위해 달려오는 모습이 보였다. 국회의장이 급히 의사당 본회의장으로 들어가자 먼저 들어와 있던 의원들이 손뼉을 치며 반겼다. 국회의장은 의장석에 올라가 자리에 앉은 다음 국회 직원들에게 당부했다.

"의원총회 소집을 알리고 의원 참여를 독려하시오."

대통령의 특별담화 발표 후 약 1시간 만에 계엄 지역의 모든 행정사무와 사법사무를 관장할 계엄사령부가 설치됐고, 계엄사령관에 박안수 육군참모총장이 임명됐다. 밤 11시 30분쯤 박 총장은 대한민국 전역에 계엄사령부 포고령(제1호)을 발표했다.

— 자유대한민국 내부에 암약하고 있는 반국가세력의 대한민국 체제 전복 위협으로부터 자유민주주의를 수호하고, 국민의 안전을 지키기 위해 2024년 12월 3일 23:00부로 대한민국 전역에 다음 6개 항의 포고령을 발표한다.

1. 국회와 지방의회, 정당의 활동과 정치적 결사, 집회, 시위 등 일체의 정치활동을 금한다.

2. 자유민주주의 체제를 부정하거나, 전복을 기도하는 일체의 행위를 금하고, 가짜뉴스, 여론조작, 허위선동을 금한다.

3. 모든 언론과 출판은 계엄사의 통제를 받는다.

4. 사회혼란을 조장하는 파업, 태업, 집회행위를 금한다.

5. 전공의를 비롯하여 파업 중이거나 의료 현장을 이탈한 모든 의료인은 48시간 내 본업에 복귀하여 충실히 근무하고 위반 시는 계엄법에 의해 처단한다.

6. 반국가세력 등 체제전복세력을 제외한 선량한 일반 국민들은 일상생활에 불편을 최소화할 수 있도록 조치한다.

계엄사는 이상의 포고령 위반자에 대해서는 대한민국 계엄법 제9조(계엄사령관 특별조치권)에 의하여 영장 없이 체포, 구금, 압수수색을 할 수 있으며, 계엄법 제14조(벌칙)에 의하여 처단한다. 계엄사령부는 국방부 및 정부 대변인실의 기능을 수행하는 동시에 언론통제와 검열 기능을 맡는 보도처를 설치한다.

계엄령 선포로 구성됐던 계엄사령부는 소수의 충암고, 육사 출신들로 구성됐다고 한 언론은 다음과 같이 보도했다.

— 윤석열 대통령 출신 학교인 충암고와 육사 출신들이 12·12 쿠데타를 주도했던 하나회처럼 긴밀하게 움직였다. 한밤중 비상계엄 선포 직후 계엄사령관에 임명된 박안수 육군참모총장은 김용현 국방부장관의 육군사관학교 여덟 기수 후배다. 군 최고 서열인 해사 출신 합참의장을 제치고 육사 출신 육군참모총장이 계엄사령관으로 임명된 것이다. 계엄사 부사령관은 역시 육사 출신 정진팔 합참 차장이, 대통령의 모교인 충암고와 육사를 나온 여인형 방첩사령관은 계엄 선포로 합동수사본부장에 임명될 예정이었다. 합수본부장은 과거 12·12 군사반란 당시 전두환이 맡았던 계엄사의 핵심이다. 보도 지침을 내리고 언론을 검열하는 등의 언론통제

를 담당하는 보도처장은 박성훈 육군 정훈감이 맡았는데 역시 육사 출신이다.

국회에 계엄군 병력을 투입한 곽종근 특수전사령관과 이진우 수도방위사령관도 역시 육사를 나왔다. 마치 12·12 군사반란을 주도한 하나회처럼 소수의 육사, 충암고 출신 군내 일부 세력이 비밀리에 기습적으로 친위 쿠데타를 꾀한 것으로 보인다. 합참 관계자에 따르면 김명수 합참의장은 비상계엄 선포 사실을 사전에 알지 못했던 것으로 전해졌다. 실제로 최전방부대 관계자는 윤석열 대통령의 계엄령 선포 소식을 "'가짜뉴스'라고 생각했다"며 "비상소집이 걸린 뒤에야 주요 간부들이 부대로 복귀했고, 뉴스를 보며 상황을 주시했다"고 말했다.

비상계엄이 선포됐다는 뉴스가 전파를 타면서 전국은 발칵 뒤집혔다. 특히 모든 언론사는 사전검열을 받아야 한다는 사실에 경악했고 모든 티브이 방송은 관련 사실을 실시간으로 보도하기 시작했다. 시민들은 모두 티브이를 켜놓고 초긴장 상태에서 사태 파악에 신경을 곤두세웠다. 비상계엄은 군이 행정과 사법 기능을 전담하여 기존의 헌법 질서와 그에 따른 생활 환경이 급변하는 것을 의미했다. 그것은 한마디로 민주주의의 전면 후퇴였다. 한국 사회가 박정희, 전두환 독재 시절과 같이 자유와 인권이 유보되는 무시무시한 군부통치 시절로 되돌아간다는 의미였다.

계엄이 선포되자 경찰과 소방당국은 물론이고 각급 부처에 비상 대기와 긴급 소집령이 떨어졌다. 조지호 경찰청장은 전국 지방 시도청장에게 정위치에서 근무하라고 지시했고, 서울지방경찰청은 4일 오전 1시부로 산하 31개 경찰서에 '을호비상'을 발령했다. 을호비상은 경찰 비상 근무

중 2번째로 높은 단계다. 소방청장 역시 긴급대응 태세 강화를 지시했다. 동시에 여의도 국회의사당에서 요란한 기계음 속에서 헌정 사상 초유의 군작전이 벌어지기 시작했다.

타타타타.

계엄령이 발효된 지 약 70분 뒤인 3일 밤 11시 40분쯤 국회 상공에 헬기 소리가 울려 퍼지더니 UH-60 블랙호크 3대가 국회 뒤편 공터에 착륙했다. 헬기에서 내린 2백여 명의 계엄군들은 야간 투시경과 단검, K1 기관단총으로 무장하고 있었다. 이들 계엄군은 국회 본청으로 이동해 내부 진입을 시도하기 시작했다.

— 부대 국회의사당 앞으로.

겨울밤의 어둠 속에서도 계엄군이 착용한 전투복 상의 왼쪽 어깨에서는 특전사 부대 마크가 선명했다. 일반적인 특전사 대원의 상징인 디지털 무늬 전투복 외에 검정 유니폼에 위장 무늬 전술 장비를 착용한 병력도 포착됐다. 검정 유니폼은 특전사 최정예 부대인 707특수임무단 부대원의 특징이다. 707특임단은 전시 비밀 임무를 수행하는 국가급 대테러 특수부대지만, 국회 청사에 진입해 국회의원을 체포하고 본회의를 해산시키는 목적으로 동원된 것이다. 이들과 함께 투입돼 국회 외곽 경계 임무를 맡은 건 1공수특전여단이었다. 5·16과 12·12 쿠데타에 모두 동원되었고, 우리 현대사에서 일어났던 군사반란에 빠지지 않았던 바로 그 부대다. 또한 수도방위사령부 소속 군사경찰특임대는 요인 체포나 예비대로 활용하기 위해 동원됐다. 이들 모두 최정예 특수부대로 국회와도 가까운 서울 주변에 주둔해 신속한 투입이 가능했다.

비상계엄법에 의하면 국회에 대한 규정은 없었다. 행정, 사법은 군이 장악하지만 입법 기능은 본래대로 보호된다는 의미였다. 그러나 법치를 앞세우던 윤석열은 국회를 군이 점령하려는 군사작전이 전개되도록 한 것이다. 그와 계엄 세력은 기습적으로 비상계엄을 선포한 뒤 국회를 단순히 봉쇄하는 것이 아니라 계엄 해제 요구안 결의를 막는데 사활을 걸었음을 보여주는 대목이다. 국회를 군홧발로 짓밟고 입법을 방해하려는 이런 군의 행위는 내란죄로 처벌될 수도 있었다. 당시 경찰은 여의도 국회의사당 주변을 완전 포위한 상태였다. 군과 경찰이 의사당을 상대로 합동작전을 펴는 형국이었다. 국회의사당 정문이 경찰에 의해 봉쇄되면서 긴급히 의사당 안으로 들어가려던 국회의원이나 당직자들의 출입이 차단됐다. 군경은 모처로부터 동일한 명령을 받고 움직이고 있었다.

— 계엄사는 국회의 정치 활동과 정치적 결사, 집회·시위도 금지하며 모든 언론과 출판도 통제한다. 국회가 계엄 해제를 요구하는 조치를 취하지 못하도록 차단하라.

특명을 받은 계엄군이 난입한 국회 상공에는 헬기가, 정문 앞에는 장갑차량이 등장했다. 일부 무장 병력은 국회의장과 여야당 대표를 체포하라는 명령을 받은 것으로 알려졌다. 군 헬기가 밤 깊은 여의도 상공의 정적을 깨뜨리면서 20여 차례 국회에 착륙했고, 소총을 든 계엄군이 속속 도착해 의사당 본청을 점거하는 작전을 펴기 시작했다. 군 일각에서 계엄 선포 이틀 전부터 국회 장악 준비 작업이 은밀히 진행되고 있었다. 쿠데타 수뇌부들은 30분 만에 국회를 장악하고 단숨에 서울을 손에 쥐겠다는 계획을 모의했던 것으로 알려졌다. 이는 대통령의 특별담화가 발표되기 3시간 전인 오후 8시, 육군 특수부대 707특임단 대원들에게 긴급 메시지가 발송된 것에서 드러났다.

— 북한 관련 상황이 심각하니 당장 헬기로 출동할 준비를 하라. 카트리지, 즉 실탄 탄창을 챙겨라. 국방부장관의 특별 당부다.

북한 도발에 맞서고 대테러 임무를 수행하라고 국민의 세금으로 육성된 최정예 특수대원들은 국회 본회의를 해산시키고 주요 인사들을 체포하라는 명령을 받고 여의도에 투입된 것이다. 출동 준비는 이미 이틀 전부터 비밀리에 진행된 것으로 알려져 쿠데타 모의가 훨씬 오래전부터 추진된 것으로 드러나기도 했다. 대통령 특별담화가 나오기 하루 전날인 2일부터 해당 부대엔 비상 대기명령이 떨어졌고, 예정된 훈련도 전부 취소됐다.

군은 대통령의 계엄 선포와 동시에 계획 누설을 막고 대원들이 정확한 상황을 파악하지 못하도록 투입 장병들의 휴대전화를 회수해 갔다. 대통령 특별담화 10분 뒤엔 김용현 국방부장관이 전군 지휘관 회의를 소집하고 비상경계 및 대비 태세 강화를 지시했다.

— 대대장급 이상 전 지휘관은 비상 대기하고 국방부 모든 직원은 출근하라. 이는 명령이다.

비상계엄 선포 직후, 계엄군이 중앙선관위원회에 3차례에 걸쳐 투입돼 대대적인 작전을 폈다. 비상계엄 선포 9분 만인 10시 30분 계엄군 10여 명이 중앙선관위원회 과천 청사에 진입해 야간 당직자 등 직원 5명의 휴대전화를 압수하고 감시 및 청사 통제에 나섰다. 이는 계엄 선포 이전에 군이 이동했다는 것으로 해석됐다. 계엄군은 그 후 더 불어났다. 계엄사령관 포고령 1호 발령 이후인 4일 0시 30분 1백10여 명이 추가로 과천 청사에 투입됐고, 비슷한 시각 선거연수원 1백30명, 중앙위 관악청사 47명 등 총 297명의 계엄군이 배치됐다.

선관위에 진입한 계엄군 10명 중 6명은 곧바로 선관위 2층의 전산실로 들어가 30분간 사전투표 명부를 관리하는 통합명부 시스템 서버를 집중 촬영했다. 이어 보안장비가 구축된 컨테이너 C열 서버, 통합스토리지 서버 사진을 촬영했다. 계엄군의 이런 돌발적인 행위로 사후에 다음과 같은 의혹이 제기됐다.

윤석열이 4월 총선에 대한 일부 극우 유튜버 음모론에 빠져 부정선거 때문에 여당이 사전투표 때문에 참패했다는 환상에 빠져 있었다. 그에 따라 선관위 자료를 통해 사전투표가 불법이었다며 선거무효와 같은 조치로 거대 야당을 와해시키려는 조치를 취하려 한 것이다.

국회에 투입된 계엄군은 특전사와 수방사에 소속된 최정예 특수부대로 신군부의 12·12 군사반란에 동원됐던 1공수특전여단도 포함돼 있었다. 계엄군이 지참한 총은 미군 특수부대가 아프가니스탄 전쟁에서 사용했고, 국내에선 707특수임무단만 사용하고 있는 SCAR-L 돌격소총이었다. 국회 현관문 진입을 시도한 계엄군이 들고 있는 건 출입문 파괴용 산탄총이었다.

특수작전항공단 소속 UH-60P 특수작전 헬기 12대에 나눠 타고 국회에 도착한 특수전사령부 소속 707특수임무단의 계엄군은 권총과 기관단총, 방패뿐 아니라 탄약통과 장기전에 대비한 전투식량까지 챙겨왔다. 파란색 훈련용 탄알집을 몸에 지니고 있는 병사는 물론 저격수도 포함됐다.

윤석열은 특별담화가 끝난 오후 10시 53분 홍장원 국가정보원 1차장에게 "봤지, 비상계엄 발표하는 거. 이번 기회에 잡아들여. 싹 다 정리해. 국가정보원에도 대공수사권을 줄 테니 방첩사령부 지원해. 자금이면 자금, 인력이면 인력, 무조건 도우라"고 지시했다.

홍 차장은 여인형 방첩사령관에게서 체포 명단을 통보받았다. 정치인은 우원식 국회의장과 이재명, 한동훈, 조국 대표, 민주당 박찬대 원내대표, 김민석 최고위원, 정청래 의원 등이었고 그 밖에 방송인 김어준, 김명수 전 대법관, 권순일 전 중앙선거관리위원, 김민웅 목사도 체포 대상에 포함됐다. 여 사령관은 홍 차장에게 "1차 검거 대상, 2차 검거 대상을 축차적으로 검거할 예정이며 방첩사에 있는 구금시설에 구금해 조사할 것"이라고 했다.

오후 11시, 합참 벙커에 박안수 육군참모총장을 사령관으로 하는 계엄사령부가 설치되고, 곧바로 정치 활동과 언론, 출판의 자유를 제한하는 계엄 1호 포고령이 발표되었다. 그리고 707특임단이 국회 본청에 투입됨과 동시에 서울 강서구에 있던 1공수특전여단도 여의도로 파견되었다. 경기도 이천의 3공수여단도 북상해 서울의 길목인 과천을 틀어막는다는 등 부대별 임무가 하달됐다. 비슷한 시각 서울 시내 곳곳에서 군 병력이 이동하는 모습이 목격됐다. 용산 대통령실 근처 이태원역 앞과 정부청사로 가는 길목인 충정로 근처에서는 K-808 차륜형 장갑차를 비롯한 군용 차량들과 함께 군인들이 움직였다. 대통령 관저 근처에선 여러 명의 군인을 태운 대형 군 트럭들이 이동하는 모습도 포착됐다.

무장군인들이 불법적으로 국회의사당을 침범해 국회를 점거하려는 작전이 진행되는 것과 함께 버스를 타고 국회로 진입하려는 계엄군도 있었다. 국회 정문은 의원과 의원 보좌관들이 속속 밀려들면서 그들의 출입을 저지한 경찰들과의 실랑이가 격화되고 있었다. 시민들도 점차 수가 늘어나 차도를 가득 메울 지경이 됐다. 한 젊은 국회의원은 경찰들을 향해 성난 목소리로 분노를 토해냈다.

“경찰이 국회의원의 국회 출입을 막는 것은 위헌이고 불법이다. 어떤 정신병자가 이런 내란적 폭거를 저질렀느냐?”

그러나 경찰은 전혀 물러나지 않았다. 그러기는커녕 ”의원님 말을 삼가세요. 그렇게 거칠게 하면 안 됩니다”라고 맞받았다. 멀쩡한 하늘에서 날벼락이 떨어진 해괴한 광경이었다. 국회를 보호하는 것이 임무인 국회 경비경찰이 국회를 봉쇄하고 국회의원의 출입을 저지하는 반민주적인 폭거가 벌어지고 있었다. 그런 광경을 지켜본 시민들도 점차 격렬하게 경찰에 항의하면서 폭거를 멈추라고 외쳤다.

— 경찰은 반민주적 폭거를 즉각 중단하라.

— 계엄군은 물러가라.

국회 안팎에서 벌어진 반민주적 광경은 대통령 특별담화가 나온 후 불과 30분 사이 이뤄진 전형적인 독재국가의 공권력과 같은 행동으로 치밀한 사전모의하에 시행된 친위 쿠데타였다. 하지만 계엄 수뇌부는 시민들의 격렬한 저항과 국회의 빠른 대응은 미처 예측하지 못했다. 여의도 국회 바깥에 시민들이 결집하기 시작하면서 민주주의 후퇴를 성토하기 시작했다.

— 계엄을 철폐하라.

오후 11시 56분쯤 국회 바깥에 계엄군이 탄 버스가 등장하자 시민들이 버스 주변을 에워쌌다. 일부 시민들은 버스 아래에 누워 강력 항의했다. 이후로도 계엄군이 탑승한 코란도 및 스타렉스 차량, 한국군 험비인 소형 전술차량 등이 차례로 도착했으나, 역시 시민 저항으로 발이 묶였다. 일부 시민들은 계엄군이 탄 차량 창문을 두드리며 거세게 항의했다. 이처럼 군경이 국회의 기능을 마비시키고 민주주의를 파탄 내기 위해 긴박하게 움직이는 사이, 의사당 안에선 계엄을 해제하기 위한 정치권의 움직임이 숨 가쁘게 이어졌다. 헌법과 계엄법에 따라 계엄 해제를 촉구할 권한을 지닌 국회가 가동되기 시작한 것이다.

우원식 국회의장은 오후 12시쯤 국회 본회의장의 의장석에서 의원총회 개회를 위한 공식 절차를 밟기 시작한 메시지를 공지했다.

— 모든 국회의원은 지금 즉시 국회 본회의장으로 모이기 바랍니다. 계엄을 해제하기 위한 국회 표결을 시작하겠습니다.

비슷한 시각, 국회 본청 앞에서는 의원·보좌진과 계엄군 간의 치열한 대치가 이어지고 있었다. 국회에 추가로 도착한 계엄군들이 국회를 에워싸고 각 출입문을 통해 내부로 진입을 시도하자 국회 관계자 등이 극렬히 저항했다. 안에 있던 국회 보좌진 등은 의자와 책상 등 각종 자재로 국회 출입구를 막아 계엄군의 출입을 저지했다. 초 긴박 상태인 여의도 본청 건물 안팎에서 민주주의 파괴를 시도하는 무장군인, 경찰과 의원 보좌관 등 국회 사수 세력 간의 총성 없는 전쟁이 벌어지면서 시간은 3일에서 4일로 넘어가고 있었다.

4일 0시 35분쯤 계엄군 20여 명이 국회 본관 유리창을 부수고 본청 내부로 진입했다. 이어 본청 안에서 계엄군과 국회 직원 및 보좌진들의 대치 상황이 벌어졌다. 완전 무장한 군인들 앞에서 국회를 사수하려는 저항이 필사적으로 펼쳐졌다. 보좌진과 시민들은 온몸으로 막아서며 외쳤다.

— 대한민국의 모든 권력은 국민으로부터 나온다.

— 너희들 군인으로서 부끄럽지도 않냐, 부끄럽지도 않냐고.

국회 직원 및 의원 보좌관들은 계엄군에게 소화기를 뿌리는 등의 방법으로 저항하며 국회 본회의장 진입을 막았고, 이러한 대치 상황은 1시간 가까이 이어졌다. 완전 무장한 계엄군은 그러나 총칼을 휘두르거나 완력을 휘두르는 극단적인 행위까지는 하지 않았다. 자칫 엄청난 인명 피해가 날 수도 있는 상황이었다. 그 결과 계엄군은 3층 본회의장까지는 진입하지 않은 채 대치했다.

국회 당직자와 보좌진이 본청을 지키던 12시 47분 국회의장이 본회의 개회를 선언한 뒤 비상계엄선포에 대한 안건을 상정한 뒤 말했다.

"계엄법 제4조에 따르면, 대통령은 계엄 선포를 지체 없이 국회에 통고해야 하는데 대통령은 통고를 하지 않았습니다. 이는 관련법을 위배한 것으로 명백한 대통령의 귀책사유입니다. 이번 사태는 누구도 예상하지 못했고, 완전 무효입니다! 그래서 우리 국회도 비상하게 이 문제를 대응하고자 합니다."

4일 오전 1시, 의석 300석 가운데 190석이 채워지자 국회의장은 계엄 해제 안건을 표결에 부쳤다. 그 결과 비상계엄 해제 요구안은 찬성 190명, 전원 만장일치로 통과됐다. 재적 과반인 150명을 훌쩍 넘긴 재석 190명 만장일치로 비상계엄 해제 요구 결의안이 의결됐다. 윤 대통령이 비상계엄을 선포한 지 158분 만이었다. 국회의장은 흥분된 표정으로 의석을 바라보며 떨리는 목소리로 말했다.

"재석 190인 중 찬성 190인으로써, 비상계엄 해제 요구안은 가결되었음을 선포합니다. 헌법 77조 5항은 국회가 재적 과반수 찬성으로 계엄 해제를 요구하면 대통령은 이를 해제하여야 한다고 돼 있고, 계엄법 11조 1항도 '지체 없이' 해제하라고 규정돼 있습니다. 국회가 계엄 해제를 결의한 만큼 즉시 대통령에게 통고하겠습니다."

국회의장의 가결 선언 직후 국회 직원이 본청 안팎에서 버티고 있던 계엄군에게 말했다.

— 본회의에서 계엄 해제 결의안이 통과됐어요. 여러분들 여기 계시는 것은 굉장히 위법한 행위입니다."

약 10분 뒤 군인들에게도 철수 명령이 내려졌고, 계엄군들은 군장을 챙기며 자리를 뜨기 시작했다. 한밤중 모두를 긴장 속으로 몰아넣었던 2시간 반 여의 비상계엄 소동 속에 빚어진 군인들의 국회 유린 폭거가 일단락되면서 막을 내렸다.

계엄 해제 요구 결의안이 통과됐다는 소식이 전해지자 국회 정문 밖에서 경찰, 군과 대치하던 시민들은 환호성을 지르며 손뼉을 쳤다. "계엄령 해제"와 "윤석열 탄핵" 구호는 결의안 가결 이후 "윤석열을 체포하라"로 바뀌었다. 시민들 사이에서 "이제 집에 가자"는 음성과 "이제 용산으로 가자"는 외침이 엇갈렸다. 일부 시민들은 눈물을 글썽이며 서로 부둥켜안기도 했다.

그 시간 윤석열은 계엄사령부 상황실이 설치된 합동참모본부 지휘통제실을 방문했다. 그는 계엄 선포 직후부터 그곳에 와서 현장을 지휘하고 있던 김용현 국방장관과 심각한 표정으로 대화를 시작했다. 둘은 아무도 들을 수 없을 정도의 작은 목소리로 말을 주고받았다. 김용현 장관은 대통령의 계엄 발표 직후인 밤 10시 30분 전군 주요 지휘관 회의를 열어 “계엄사령관에 박 총장을, 부사령관에 정진팔 합참차장을 임명했다. 모든 군사 활동은 장관이 책임진다. 대통령으로부터 지휘 권한을 위임받았다”고 말했다. 박 총장은 포고령 1호에 위법 요소가 없는지 법률적으로 검토할 필요가 있을 것 같다는 의견을 냈지만, 김 장관은 “이미 법률적으로 검토를 완료한 사안”이라며 발표를 재촉했다.

김 장관은 계엄군 국회 투입을 지시할 때 계엄사령관과 협의하지 않는 등 독자적인 행동을 하면서 “명령 불응 시 항명죄가 된다”라고도 경고했다. 김 장관은 국회의 계엄 해제 결정 사실이 알려지면서 대통령이 통제실을 떠나 용산으로 가서 계엄령을 해제할 때까지 통제실에 머무르며 세부적인 지시를 내렸다. 김 장관은 4일 새벽 계엄 해제로 상황이 종료되자 지휘관들에게 “중과부적(衆寡不敵)이었다. 수고했고 안전하게 복귀하라”고 말했다.

윤석열은 국회 의결 3시간 반 만인 오전 4시 27분 국무회의를 소집하고 계엄령을 해제했다. 국회의 비상계엄 해제 의결 후 국무회의를 소집했지만 새벽이라 의결 정족수가 충족되지 못했다는 말뿐, 계엄령 선포 절차의 법적 요건을 충족시키지 못한 데 대한 추가 해명은 없었다.

민주사회를 위한 변호사모임은 윤석열의 비상계엄 선포 행위에 대한 헌법소원 심판을 청구하면서 그 이유를 밝혔다.

— 윤 대통령의 비상계엄 선포와 계엄사령관 박안수 육군대장의 포고령 등 후속 조치는 집회 및 결사의 자유, 언론의 자유, 표현의 자유, 일반

적 행동의 자유권, 인간의 존엄과 가치 등 기본권을 침해한 행위로 헌재는 위헌임을 확인해 달라.

아무도 예측하지 못한 초강력 조치가 취해지면서 조용하게 깊어가던 겨울밤의 정적은 산산조각이 나버렸다. 국회에서 그자의 반헌법, 반법률적 폭거에 대한 저항이 지속되는 모습을 방송을 통해 보고 들은 전국은 공포와 당혹감의 소용돌이에 빠져들어갔다. 한밤중 전해진 급작스러운 비상계엄 선포에 가슴 철렁했던 시민들은 라면이나 통조림 같은 비상식량을 사기 위해 편의점을 찾았다. 비상계엄이 선포된 밤 10시 반 이후, 편의점 업계 중심으로 특정 제품군 판매량이 크게 늘어났다고 방송이 보도했다.

— A 편의점 같은 경우 4일 자정까지 통조림 매출이 지난주 같은 요일, 같은 시간대보다 337%나 뛰었습니다. 라면은 253%, 생수 141%, 즉석밥은 128% 급증했습니다. B 편의점 업체도 같은 시간 통조림은 76%, 즉석밥 38% 등 생필품 중심으로 수요가 늘었고 또 다른 편의점 업체도 전일 대비 통조림과 라면 매출이 3배로 늘었다고 밝혔습니다. 한 유통 업체 관계자는 짧은 시간 동안 주요 생필품 매출이 크게 뛴 건 맞다, 특히 계엄령을 겪었던 오륙십 대 움직임이 두드러졌다고 말하기도 했습니다.

국회 앞에서 시민들은 군인들이 물러가는 모습에 환호하면서 민주주의 만세, 내란 괴수 윤석열을 탄핵하라고 외쳤다. 그들은 민주주의가 후퇴하고 헌정질서가 파괴될 뻔한 위기를 국회의 신속한 대응으로 예방된 것을 축하했다. 그러면서 윤석열과 김건희에 대한 분노를 토해냈다.

윤석열이 비상계엄을 선포한 후 이틀 뒤 더불어민주당, 조국혁신당, 개혁신당, 진보당, 기본소득당, 사회민주당 등 야(野) 6당은 윤석열 대통령이 위헌적이고 위법한 계엄과 그 과정에서 있었던 내란 행위를 저질러 더 이상 민주주의가 무너지는 것을 방치할 수 없다며 윤 대통령에 대한 탄핵소추안 최종안을 공동 발의했다. 탄핵 소추 사유는 크게 다섯 가지다.

첫째, 비상계엄의 실체적 요건을 갖추지 못했다. 전시도, 사변도 국가 비상사태도 아니었다.

둘째, 절차도 지키지 않았다. 국무회의 심의를 거치지 않았고 국회에 통고하지 않았다.

셋째, 계엄사령부의 포고령은 명백한 헌법 위반이다. 정치 활동을 금지했고 집회, 결사, 표현의 자유를 제한했다.

넷째, 국회를 봉쇄하고 심의 표결권을 침해한 것은 내란 행위다.

다섯째, 우원식과 이재명, 한동훈, 조국 등을 체포하려 시도한 것은 폭동이다.

윤석열에 대한 탄핵소추안 표결을 앞두고 국회 앞에 100만 명(주최 측 추산)의 시민들이 운집했다. 시민들은 한목소리로 12·3 비상계엄 사태의 최종 책임자인 윤석열을 탄핵해야 한다고 촉구했다. 시민들은 여의도 일대에서 산발적으로 집회를 진행하다가 오후 3시를 기해 국회 앞에 집결했다. 영하의 날씨에도 불구하고 지하철역 무정차 통과, 국회 앞 대로 통제 등의 조치가 필요할 정도로 많은 인파가 몰렸다. 오후 5시, 윤석열이 탄핵소추안이 상정된 국회 본회의가 개회되면서 시민들은 표결 결과를 숨죽여 기다렸다.

탄핵안은 오후 6시 17분쯤부터 표결에 부쳐졌지만, 결과는 3시간 뒤인 9시 30분쯤이 되어서야 나왔다. 안철수 의원을 제외한 국민의힘 의원 전원이 표결에 참여하지 않고 본회의장을 빠져나가자, 우 의장이 투표 참여를 독려하기 위해 종료를 선언하지 않고 기다렸기 때문이다. 야당 의원들이 여당 의원들의 투표 동참을 요구하며 개별 의원들의 이름을 부를 때마다 국회 밖 시민들도 함께 이름을 외치기도 했다. 하지만 김예지·김상욱 의원만 돌아와 투표했고, 나머지 의원들은 요지부동이었다.

국민의힘 의원들의 표결 불참 배경에는 한 대표의 의지도 크게 작용한 것으로 보인다.

밤 9시 반, 끝내 여당 의원들이 투표에 불참하면서 해당 투표는 무효 처리됐다. 윤석열의 탄핵안이 국민의힘 의원들의 표결 불참 끝에 자동 '폐기'됐다. 투표 참여 의원 숫자가 의결정족수인 200명에 미치지 못하면서 '투표 불성립'으로 끝이 났다. 대통령 탄핵이라는 중대한 사안이 개표조차 되지 못하는 불명예스러운 기록을 남긴 셈이다. 국회의장은 "명패수를 확인한 바 총 195매로서 투표하신 의원 수가 의결정족수인 재적의원 3분의 2에 미치지 못했다"며 "이 안건에 대한 투표는 성립되지 않았음을 선포한다"고 밝혔다. 탄핵소추안이 부결되고, 국민의힘 국회의원들이 줄지어 본회의장을 퇴장하자 복도에서 대기하던 야당 당직자들로부터 야유가 쏟아졌다.

국회 앞에 운집해 있던 시민들의 비판은 사실상 대통령의 내란죄에 동조하며 공당의 책임을 저버린 국민의힘으로 향했다.

— 국민의힘은 보수가 아니라 수구 세력에 불과하다. 나라가 망하든 말

든 권력만 지키면 된다는 기득권 수호 세력이 대한민국을 이끌어왔다는 것이다. 우리는 내란죄 책임자 퇴진과 처벌이 이뤄질 때까지 계속해서 촛불을 들겠다.

1차 탄핵소추안이 부결된 뒤 검찰, 경찰의 윤석열에 대한 수사가 경쟁적으로 진행되면서 내란 수괴와 그 동조세력의 국헌문란 행위가 속속 드러났다. 야당도 윤석열이 군과 경찰 수뇌부를 내란음모, 실행 직전 또는 실행 과정에 끌어들인 사실을 폭로했다. 윤석열은 장문의 대국민담화를 통해 "지금 야당은 비상계엄 선포가 내란죄에 해당한다며, 광란의 칼춤을 추고 있다. 지금 대한민국에서 국정 마비와 국헌 문란을 벌이고 있는 세력이 누구냐. 저를 탄핵하든, 수사하든 저는 이에 당당히 맞설 것"이라며 자신을 변호하고 국회를 비판하는 주장을 내놓았다.

— 계엄은 민주당 때문에 국정이 마비될 상황이라는 걸 알리기 위해서였다. 국회를 해산시키거나 기능을 마비시키려는 것이 아니었다. 정치적 판단이고 합법적 권한이다. 지금 야당은 비상계엄 선포가 내란죄에 해당한다며 광란의 칼춤을 추고 있다. 거대 야당이 지배하는 국회가 자유민주주의 헌정질서를 파괴하는 괴물이 된 것이다. 이것이 국정 마비요, 국가 위기 상황이 아니면 무엇이란 말인가. 국민에게 망국의 위기 상황을 알려드려 헌정질서와 국헌을 지키고 회복하기 위한 것이다. 질서 유지를 위해 소수의 병력을 잠시 투입한 것이 폭동이란 말인가. 거대 야당이 거짓 선동으로 탄핵을 서두르는 이유는 단 하나다. 국가 시스템을 무너뜨려서라도, 자신의 범죄를 덮고 국정을 장악하려는 것이다. 이야말로 국헌 문란 행위 아닌가.

야권은 '12·3 내란 사태'의 대국민담화에 대해 "극단적 망상의 표출이고 불법계엄 발동의 자백이자 대국민 선전포고"라며 즉각 탄핵을 촉구했다. 민주당은 "현재 윤석열의 정신적 실체가 재확인됐다. 헌정 수호를 위해 헌법과 법률을 위반하고 실패할 계엄을 기획했다는 발언은 극단적 망상의 표출이고 불법계엄 발동의 자백이며 대국민 선전포고다.

이미 탄핵을 염두에 두고 헌법재판소 변론 요지를 미리 낭독해 극우의 소요를 선동한 것이다. 국민의힘은 즉각 탄핵 자유 투표를 결정해 주길 바란다"며 "국회는 국민의 요구대로 이번 토요일 탄핵 가결을 위해 힘을 모으겠다"고 강조했다.

민주당은 13일 오후 5시 반경 조국혁신당, 진보신당, 개혁신당 등 야 6당과 함께 윤석열에 대한 2차 탄핵소추안을 발의했다. 당초 11일로 예정했던 발의 시점을 하루 늦추면서 헌법재판소 심리에 대비해 신중을 기한 것이다. 이날 발의한 2차 탄핵안은 A4용지 44쪽 분량으로 당초 1차 탄핵소추안 발의 당시 28쪽보다 크게 늘어났다. 2차 탄핵소추안에는 1차 탄핵소추안 발의 이후 드러난 국회·중앙선거관리위원회 등 계엄군 투입, 의원 체포 지시 등 비상계엄 선포 및 실행 과정에서 윤석열이 앞장서서 내란을 진두지휘한 의혹이 추가됐다. 이를 통해 대통령이 내란죄의 우두머리에 해당한다는 점을 적시했다.

아울러 국무회의 절차 부재, 국무총리 건의 생략, 관보 공고 미게재, 국회 통고 절차 위반 등 헌법과 법률상 계엄 선포의 절차적 요건을 갖추지 못한 점을 적시했다. 또 비상계엄으로 인해 대한민국의 위상 저하, 급격한 환율 인상, 경제와 정국 불안, 북한과의 전쟁 공포 등이 빚어져 국민의 신임을 배반했다고 했다. 계엄 선포 이유로는 '자신과 그 배우자의 불법 행위', '국회의 탄핵소추안 발의와 정부 예산 견제에 불만'이라고 설명했다.

14일 국회가 '12·3 비상계엄'을 주도한 윤석열에 대한 탄핵소추안을 가결하면서 대통령의 권한 행사가 정지됐다. 국회는 이날 오후 4시 본회의에서 대통령 탄핵소추안에 대한 박찬대 더불어민주당 원내대표의 제안 설명에 이어 표결을 개시한 후, 오후 5시 찬성 204, 반대 85, 기권 3, 무효 8표로 국회 재적의원 300명의 3분의 2 이상의 찬성 요건을 충족해 '대통령 윤석열 탄핵소추안' 가결 소식을 발표했다.

이날 가결은 지난 3일 밤 10시 27분 비상계엄이 기습 발표된 직후부터 11일간 매일 저녁 국회 앞으로 달려와 '내란 수괴 윤석열 탄핵'을 외친 국민의 승리였다. 1차 탄핵소추안이 투표 불성립으로 무산된 뒤 가슴을 졸이던 시민 200만 명은 국회 일대에 모여들어 '내란 수괴 즉각 탄핵! 범국민촛불대행진'을 진행하다 탄핵안 가결이 선포되자 열광했다.

— 민주주의와 시민의 승리다.

시민들이 대거 집결한 서울 여의도 국회의사당 일대는 함성과 박수로 진동했고 탄핵 촉구 집회가 열린 전국 각지에서도 일제히 함성이 터져 나왔다. 시민들은 서로를 부둥켜안으며 펄쩍펄쩍 뛰거나 바닥에 주저앉아 기쁨의 눈물을 흘리기도 했다. 촛불대행진을 주최한 즉각퇴진·사회대개혁 비상행동은 탄핵가결 이후 입장문을 내어 "대통령에 대한 탄핵을 외쳐온 주권자, 온 국민의 승리"라고 선언했다.

— 이제 한고비를 넘었을 뿐이다. 우리는 여기서 멈추지 않고 전국 각 지역에서 윤석열의 즉각 퇴진과 부역자 청산을 요구하는 촛불과 다양한 시민참여 운동을 확대해 나갈 것이다. 또한 사회대개혁의 방향과 대안 마련을 위해 시민들과 함께 토론의 광장을 열어갈 것이다.

윤석열은 탄핵안 가결 직후 '국민께 드리는 말씀'을 통해 "저를 향한 질책, 격려와 성원을 모두 마음에 품고 마지막 순간까지 국가를 위해 최선을 다하겠다. 저는 결코 포기하지 않겠다"며 여전히 파렴치한 태도를 굽히지 않았는데 이는 지지층의 결집과 반격을 노린 포석으로 해석됐다. 현직 대통령이 내란 수괴로 탄핵당한 것에 대한 부끄러움, 국민에 대한 미안한 마음은 찾아볼 수 없는 참담한 내용이었다.

윤석열의 반헌법, 반법률적인 비상계엄 선포에 대한 국회 해제와 국회 탄핵 이후 헌법재판소에서 첫 재판이 열린 12월 27일까지 내란은 현재 진행형이라는 불안감이 가시지 않았다. 헌재 탄핵 심판이 시작된 날 '12·3 비상계엄' 사태를 수사하는 검찰이 김용현 전 국방부 장관을 구속기소하는 과정에서 윤석열 대통령의 내란 범죄 사실도 공개했다. 검찰이 12·3 사태를 '국헌 문란 목적의 폭동', 즉 내란이라고 결론 내리면서 발표한 수사 결과는 충격적이었다.

검찰은 윤 대통령이 위헌 · 위법한 비상계엄을 선포하고 포고령을 발령한 점, 무장한 군경이 국회를 봉쇄한 점, 주요 인사와 선관위 직원을 영장 없이 체포·구금하고 선관위 전산 자료를 영장 없이 압수하려 한 점, 윤 대통령과 김 전 장관이 국회를 무력화시킨 후 별도의 비상 입법기구를 창설하려고 한 점 등을 종합해 국헌 문란의 목적이 인정된다고 밝혔다.

검찰은 "김 전 장관 등의 행위는 의회제도를 부정하고 영장주의에 위반하는 것이다. 헌법기관인 국회와 선관위의 권능 행사를 불가능하게 만드는 결과를 초래할 원인이 된다고 보기 충분하다"면서 "김 전 장관 등이 다수의 군경을 동원해 여의도 국회 및 민주당사 인근, 과천 · 수원 · 관악구 선관위 인근 등 일대의 평온을 해친 점을 봤을 때 이는 '폭동'에 해당한다"고 결론 내렸다.

검찰은 김 전 장관 구속 기소에 이어 박안수 · 여인형 · 곽종근 · 이진우 · 문상호 등 전직 군사령관 5명, 조지호 · 김봉식 등 경찰 수뇌부 2명, 노상원 등 전직 군 간부 2명 등을 상대로 내란 수사를 이어가겠다고 밝혔다. 다음은 검찰이 김 전 장관을 내란중요임무종사 및 직권남용 권리행사 방해 혐의로 기소하면서 윤 대통령 등에 대해 밝힌 주요 내용이다.

윤 대통령은 적어도 지난 3월부터 김 전 장관 등과 여러 차례 논의한 사실이 확인됐다. 윤 대통령은 지난 3월 말~4월 초 김 전 장관 등과의 모임에서 "비상대권을 통해 헤쳐나가는 것밖에는 방법이 없다"고 발언한 것을 비롯해 김 전 장관에게 최소 9차례 비상계엄 관련 이야기를 꺼내거나 구체적 계엄 실행 방안을 논의했다.

윤 대통령은 지난 24년 11월 24일 김 전 장관에게 "이게 나라냐, 바로 잡아야 한다"면서 "미래 세대에게 제대로 된 나라를 만들어주기 위해서는 특단의 대책이 필요하겠다"고 했다. 이에 김 전 장관은 과거 비상계엄 포고령 등을 참조해 계엄 선포문, 대국민 담화문, 포고령 초안을 직접 작성했다.

24년 12월 1일 윤 대통령이 "지금 만약 비상계엄을 하게 되면 병력 동원을 어떻게 할 수 있냐"고 묻자 김 전 장관은 "소수만 출동하면 특전사 및 수방사 3000~5000명 정도가 가능하다"고 하며 미리 준비한 포고령 초안 등을 얘기했다. 윤 대통령은 포고령 중 '야간 통행금지' 부분만 삭제하도록 지시했다. 계엄 전날 김 전 장관이 계엄 선포문, 대국민 담화, 포고령을 완성하자 윤 대통령은 이를 검토한 후 승인했다.

비상계엄에 동원된 군경 출동 인원은 총 4749명으로 확인됐다. 검찰 조사 결과 계엄 당일 국회에만 특전사와 수방사, 경찰 등에서 병력 2천4백여 명이 동원됐고 '부정선거' 의혹을 수사한다며 선관위 관련 장소 3곳에 700여 명이 투입됐다. 선관위 장악을 맡은 정보사는 요인 체포를 위해 안대와 포승줄, 심지어 야구방망이와 송곳, 망치까지 준비했다.

비상계엄 당시 경찰의 국회 봉쇄는 윤석열 대통령과 김 전 장관이 직접 지시했다. 윤 대통령은 박안수 당시 계엄사령관(전 육군참모총장)에게 전화해 "조지호 경찰청장에게 포고령에 대해 알려주라"고 지시했다. 김 전 장관은 박 전 총장을 통해 조 청장에게 "국회에 경찰을 증원하고, 포고령에 따라 국회 출입을 차단해 달라"고 지시했다.

이 과정에서 윤 대통령이 조 청장에게 직접 수차례 전화해 "조 청장, 국회 들어가려는 국회의원들 다 체포해", "잡아들여, 불법이야, 국회의원들 다 포고령 위반이야, 체포해"라고 지시했던 것으로 조사됐다.

김 전 장관은 이진우 전 수방사령관에게 "수방사 병력들과 함께 직접 출동해 국회를 봉쇄하라"고 지시했다. 윤 대통령도 이 전 사령관에게 전화해 "아직도 못 들어갔어? 본회의장으로 가서 4명이 1명씩 들쳐업고 나오라고 해", "문 부수고 들어가서 끌어내, 총을 쏴서라도 문을 부수고 들어가서 끌어내라"고 지시했다.

윤 대통령은 계엄 해제 요구안이 가결된 12월 4일 오전 1시 3분 이후에도 이 전 사령관에게 "국회의원이 실제로 190명 들어왔다는 것은 확인도 안 되는 거고", "그러니까 내가 계엄 선포되기 전에 병력을 움직여야 한다고 했는데 다들 반대해서", "해제됐다 하더라도 내가 2번, 3번 계엄령 선포하면 되는 거니까 계속 진행해"라고 지시했다.

윤 대통령과 김 전 장관은 곽종근 전 특수전사령관에게도 비슷한 지시를 했다. 윤 대통령은 "문짝을 도끼로 부수고서라도 안으로 들어가서 다 끌어내라"고 했고, 이에 곽 전 단장은 부하들에게 "국회의원 150명이 넘으면 안 된다. 본회의장 문을 부수고서라도 안으로 들어가 국회의원들을 밖으로 끌어내라"고 했다.

윤 대통령은 또한 홍장원 당시 국정원 1차장에게는 "이번 기회에 싹 다 잡아들여. 싹 다 정리해"라고 말하고 "국정원에 대공수사권 줄 테니, 우선 방첩사를 도와 지원해, 자금이면 자금, 인력이면 인력 무조건 도우라"고 했다.

김 전 장관은 여인형 전 방첩사령관에게 여야 대표 등 주요 인사 10여 명에 대한 체포·구금을 지시하고, 여 전 사령관이 경찰과 군사경찰을 동원해 이들을 체포하려 했다. 여 전 사령관은 조 청장에게 안보수사요원 100명 지원과 체포 대상자들에 대한 위치추적을 요청했다. 또 박헌수 국방부 조사본부 본부장에게도 수사관 100명 지원을 요청했다. 여 전 사령관은 "이재명 대표, 우원식 국회의장, 한동훈 대표 등 14명을 신속하게 체포해 수도방위사령부 B1벙커 구금시설로 이송하라"고 지시했다.

김 전 장관은 국회의 비상계엄 해제요구안 가결이 임박하자 이를 저지하기 위해 여 전 사령관에게 "이재명, 우원식, 한동훈 3명부터 잡아라"라고 새 지시를 내렸다. 이에 수방사는 기존 구금 대상 인원을 전면 취소하고 포승줄과 수갑을 동원해 3명의 신병을 확보하라고 지침을 바꿨다. 김 전 장관은 여 전 사령관, 문상호 전 정보사령관, 노상원 전 정보사령관 등에게 중앙선거관리위원회를 점거 장악과 전산 자료 확보, 서버 반출과 주요 직원 체포를 지시했다.

대통령에 대한 국회 탄핵이 가결된 뒤 세 존재가 한남동 관저를 찾았다. 도사와 보수, 신좌파였다. 사방이 쥐죽은 듯 조용하다. 겨울바람이 을씨년스러운 뜰 바닥에 쌓인 작은 먼지를 공중으로 휘감아 올린다. 세 존재가 관저 깊숙한 내실로 연기처럼 스며들어간다. 공서결 부부가 앉아있다. 침묵 속에 한숨을 땅이 꺼질 듯 몰아쉰다. 남자는 술병을 기울여 가끔씩 술을 마신다. 물끄러미 그 모습을 바라보던 여자가 입을 열었다.

"우리 잘 나갈 수 있었는데 어떻게 이렇게 됐지?"

"난 법치를 한 거야. 내 권한을 행사한 것뿐이라고. 질서 유지를 위해 소수 병력을 잠시 투입한 것이 폭동이라니 이런 망발이 어디 있나?"

"국회는 피했어야 하는 거 아냐? 법에도 없는 국회 점거를 왜 시도한 거야?"

"거대 야당이 자유민주주의 헌정질서를 파괴하는 괴물이 된 것을 더 이상 방치할 수 없었어. 난 국민을 위해 비상한 조치를 취한 것뿐이야."

"왜 그 말만 계속하는 거야? 검찰과 경찰이 당신을 소환해서 조사한다고 난린데. 긴급 체포할 수도 있다잖아."

"설마 그럴 리가 있겠어?"

"설마하다 이 꼴 된 거야. 현실을 직시하라고. 우리 폭망했어."

"…."

"당신이 나에 대한 특검법을 거부권 행사로 물리친 것은 정말 잘한 것인데, 왜 군대를 동원하는 짓을 했어?"

"그건 예방 차원에서 그랬다니까."

"시끄러워. 지금 세상이 온통 당신의 적이 되어 있어. 당신은 이제 혼자야. 패배자가 된 거라고."

"글쎄 말이야. 난 성공할 것으로 확신했는데…."

"…."

"그게, 주변에서 성공이 확실하다고 해서 그랬어."

"당신 유트뷰를 너무 많이 보고 흥분하는 건 좋지 않다고 했잖아."

"…."

"너무 쉽게 간단히 말하는 것은 일단 의심해야 했다니까. 돌다리도 두드려보고 건너야 한다는 말을 잊지 않았어야 했는데."

"그러게 말이야."

"앞으로 어떻게 할 건데?"

"난 반드시 승리할 거야. 확신해. 내가 지금껏 살아오면서 지금과 같은 경우를 여러 번 경험했잖아. 뒤로 더 물러설 수 없는 최악의 상황에서도 난 막판 뒤집기로 항상 승리했어. 이번에도 반드시 그렇게 될 거야. 두고 봐. 난 끝까지 투쟁해서 다시 재기할 거니까."

"그 말 믿어도 될까?"

부부는 계속 대화를 하면서 창밖을 내다본다. 어스름이 내리는 정원의 나무들이 잎을 떨군 채 겨울바람에 시달리고 있다. 그때 멀리서 함성이 들리더니 점차 가까워진다. 부부는 입을 다문 채 귀를 기울인다. 그들의 얼굴이 일그러지면서 입에서 거친 말이 쏟아진다. 그 모습을 지켜보던 세 존재는 혀를 끌끌 차면서 내실을 빠져나온다. 셋은 썰렁한 보도를 지나 거실로 가더니 소파에 털썩 주저앉는다. 한참 뒤 도사가 착잡한 표정으로 보수를 향해 입을 열었다.

"공서결은 법 전문가인데 왜 헌법과 법률에 위배되는 짓을 했을까?"

"저도 잘 이해가 안 됩니다. 참모들도 만류했어야 하는데…."

"공의 '버럭'하는 버릇 때문에 주변에서 아무도 '아니되옵니다'라고 말하지 못한 게 아닐까?"

"글쎄요."

"김거니는 무얼하고 있었을까? 공서결이 김거니와 사전에 상의하지 않았을까?"

"그것도 이해가 안 됩니다. 혹시 공이 혼자 저지른 것이 아닌가 하는 생각도 듭니다만."

"법사라고 하는 사람이 시켜서 그렇게 한 것인가? 그도 아니면 그 법사도 사전 협의 대상이 아니었나?"

"그것도 확실치않습니다."

"자네는 아는 것이 없구먼."

"죄송합니다."

"그럼 앞으로 어떻게 될까? 공과 집권 여당은 앞으로 어떻게 하려나?"

"그야. 야당에 정권을 내주어서는 안 된다는 대원칙으로 뭉치게 될 겁니다."

"공이 탄핵에 해당하는 짓을 저질렀는데도?"

"네, 그건 인정합니다만 야당은 저자가 지적한 대로 반국가적인 측면이 있어서."

"정치 라이벌을 적으로 보는 것에 자네도 동의하나?"

"그런 측면이 있습니다. 정권이 바뀌면 정치 보복이 잇따르는 것을 보면 정권을 내주는 일은 가급적 피해야 하니까요. 당원과 국민이 혼란에 빠지지 않도록 계속 집권하는 쪽으로 노력하는 것이 가장 중요하다고 생각합니다."

"그게 가능할까? 촛불이 다시 일어날 텐데."

"그렇지만 이번 촛불은 몇 년 전보다는 그 열기가 약할 것 같아서 크게 신경 쓰지 않습니다."

"왜 그렇게 생각해?"

"문 아무개 대통령이 촛불이 제기했던 개혁을 하나도 이행치 않았던 터라 촛불은 아직도 그에 대한 분노가 큽니다. 그래서 이번에는 그 참여도가 낮을 것으로 봅니다."

"그럴까?"

"촛불은 지난번과 같은 일이 반복될 것 같아 거리로 나오는 것을 망설이게 될 것이고 그러다 보면 보수에게 또 기회가 올 것입니다. 어차피 우리 정치는 최선의 선택이 아니라 차악의 선택입니다. 덜 나쁜 놈을 정치리더로 뽑는 사회이니까요."

"국민을 우습게 보면 안 돼. 정치는 국민이라는 바다 위에서 배를 타는 것과 같아, 국민이 어느 날 화가 나면 배를 엎어버리거든."

"그런 면도 분명 있습니다. 근데 도사님 제가 궁금한 게 있는데요. 운명을 바꾸기 위해 칼로 손금을 새로 판다는 말이 있는데 저 남자도 왕이 되려고 손바닥에 王자를 써넣었을까요. 혹시 그런 식으로 운명을 바꿀 수가 있나요?"

"예끼, 이 덜떨어진 존재야. 그 입 좀 다물어라."

도사의 호통에 보수가 머리를 긁적이며 입을 다물자 도사가 신좌파를 향해 말했다.

"어이 신좌파, 이 사태를 어떻게 생각하나?"

"글쎄요. 저도 너무 급박하게 터진 일이라…."

"그런가? 저 남자가 대통령이 된 것은 7년 전 촛불 때문에 대통령이 된 문 아무개의 기여가 컸다고 봐. 그건 어떻게 생각해?"

"예, 그건 사람이라는 게 겉 다르고 속 다른 존재라서."

"예끼, 이 존재야. 정치는 인사가 만사라 하지 않나? 사람 가려볼 줄도 모르면서 무슨 정치를 한다고 해?"

"그게 그러니까."

"사람은 제 버릇 개 못 준다고 하잖아. 평소 어떻게 해왔나 하는 것만 살펴도 어느 수준인지 훤히 드러나는 것 아닌가?"

"…."

"지금 저자가 한 짓을 보면 검사 시절 어떻게 했을지를 짐작할 수 있잖아. 흔히 말하는 악덕 검사 말이야. 없는 죄도 만들어내고 저지른 죄도 없었던 것으로 만드는 재주가 탁월했을 같아. 저 남자 때문에 죄없이 고생한 사람 많았겠어. 저런 인간을 검찰개혁의 적임자라고 검찰총장으로 덜컥 발탁한 것은 참 기가 찰 노릇이야."

"…."

"그 문 아무개 대통령도 집권 기간 동안 촛불에 대한 책임감은 까맣게 잊어먹은 채 무능력, 무소신, 불통 고집으로 세월 보내다가 저자가 집권할 환경을 만들어주는 결정적 역할을 했잖아. 그러고도 고향에 내려가 책방을 열고 세월을 낚는다고 하고 있으니 참. 기가 찰 노릇이지."

"…."

"정치는 원칙이 무엇보다 중요한데 거대 여야당은 그것이 없어요. 모든 것을 선거 유불리라는 정치공학적 공식에 맞춰 판단하고 거기에 당론을 맞춰가는 식이야. 안 그런가 진보?"

"…."

"진보정당이라고 하는 곳도 기본 체질을 바꾸지 않는다면 공서결 이후 집권한다 해서 크게 기대하기는 어려울 거야."

"그래도 저 남자가 하는 것보다 낫지 않을까요?"

"그렇지 않아. 주권자인 국민을 대하는 태도가 문제야. 국민의 정치사회적 권리를 보장해줄 법의 다수가 엉터리이거나 악법인데 그걸 방치하고 있잖아. 그런 태도는 보수 정당도 마찬가지고. 국민을 개돼지로 여기는 법을 방치하는 것이 기득권 유지에 유리하다는데 진보, 보수당이 의견을 같이 하고 있다고 봐."

"…"

"인공지능 시대인데도 사상과 표현의 자유를 원천 봉쇄하는 국가보안법을 여야가 고치려 하지 않잖아. 진보는 거침없는 상상력을 보장받아야 그 존립과 발전이 가능한 법인데 이 나라 진보는 국보법으로 불편하지도 않나 봐. 보수당이 종북, 용공, 친북이라는 단어를 일상화하면서 진보적 정치세력을 부당하게 공략하는데도 국보법 개폐 이야기는 거의 안 나와. 전체 국민이 이 악법으로 고생하는데도 발밑의 정치적 이익에 눈이 먼 격이라 할까. 안 그래 진보?"

"…"

"차별금지법도 만들지 않으니까 불평등이 제도화되어 있어 꽉 막힌 불통에다 황량한 사막과 같은 사회가 되어버렸잖아. 정규직, 비정규직으로 갈라 차별하고 성소수자에게 불이익을 주는 일이 일상화되어 있잖아. 그러다 보니 출산율 세계 최저, 자살률 세계 최고라는 나라가 되어버렸고 진보, 보수 어느 정당도 그에 대한 근본적 해법을 내놓지 않는 거야."

"…"

"저자가 군대를 시켜 점령하려 했던 국회도 문제가 너무 심각하잖아. 개개 국회의원이 헌법기관인데 당 대표가 공천권 행사라는 권력을 휘두르면서 마치 군대 사단장같이 군림하잖아. 여야, 보수와 신좌파 모두 똑같아. 국회의원들은 그 앞에서 '끽' 소리도 못하고 복종하는 군 사병과 같아. 이게 말이 돼?"

"…"

"국민 누구나 정치에 뛰어들 수 있도록 정당법, 공직자 선거법도 고쳐야 하는데 여야 모두 그걸 외면하고 있잖아. 그래야 자기들 기득권이 유지되니까."

"…"

"국가의 자주권에 대해서도 여야가 모르쇠하는 침묵의 카르텔을 유지하는 것도 심각해. 미국이 군사적 주권을 틀어쥐고 있어 남북 간의 자율적 교류협력이 저지되는 일이 트럼프 때 일어났고 그자가 재집권하면서 주한미군 주둔비를 한국이 종전보다 9배 더 내라고 호통을 치는데 국내 어느 정치인도 거기에 대해 입을 열지 않아. 국내 정치를 놓고 사사건건 죽기 살기로 난리 치는 여야 정치권은 21세기 지구촌에서 유일하게 군사자주권이 없는 나라의 현실을 국민에게 알리지 않는 것에 공동보조를 취하고 있잖아. 국민을 개돼지로 여기는 이런 야바위 정치가 저 남자 이후에 시정이 될까?"

도사는 신좌파와 보수에게 계속 질문 공세를 퍼부으며 다그치다 지쳤는지 한동안 침묵하다가 화제를 바꾼다. 그러자 대화가 활성화되기 시작했다. 그들은 향후 그자의 운명과 공서결 이후의 정치권에 대해 이런저런 이야기를 나누는데 그 말은 인간이 알아들을 수 없었다. 그들은 언성을 높이며 다투다가 너털웃음, 허탈한 웃음을 웃기도 했다. 그러다가 어디론가 사라졌다.

훗날 그들이 한 말이 무엇인지에 대해 알려졌는데 그것은 용산, 청와대, 여의도의 정치에 대한 기본 문법이 바뀌어야 한다는 내용이었다. 그들은 현실 정치의 문법이 주권자인 국민을 개돼지로 보고 기득권자끼리 떡을 나누는 방식이라고 말한 것으로 전해졌다. 이 말에 대한 해석은 여러 가지였지만 정작 세 존재는 그에 대해 입을 다물었다.

| 작가의 말 |

2024년 12월 14일 전 국민의 활화산 같은 대통령 탄핵 요구를 외친 끝에 국회가 두 번째 탄핵 표결에서 가까스로 가결했다. 현직 대통령이 내란 수괴가 되어 반헌법, 반법률적 국정문란 범죄를 저지른 것에 철퇴를 가한 것이다. 윤석열은 비상계엄 선포와 계엄 포고령 1호 발령, 국회·선거관리위원회에 대한 무장군인 투입과 정치인 체포를 시도한 뒤 국회가 그 해산을 결의한 뒤에도 12일 동안 '자신은 헌법적 권한을 행사한 것뿐'이라며 국회 탄핵을 저지하려 사력을 다하다가 마침내 무릎을 꿇었다.

국회의 윤석열 탄핵소추 가결은 전국 곳곳에서 벌어진 국민의 탄핵 요구가 있었기 때문에 가능했다. 윤석열 탄핵이 국회 문턱을 넘어 헌재로 간 추동력의 주역은 국민이었다. 국회를 성원해 국민이 이뤄낸 역사적 쾌거였다. 그것은 전국에서 윤석열 탄핵을 외친 국민의 승리였다. 12월 14일은 혁명 또는 그에 맞먹는 날로 기억되어야 할 것이다.

이번의 국민적 혁명이 진정한 민주주의로 발전할 계기가 되어야 한다는 점에서 쾌거가 이뤄진 승리감과 함께 과거를 되돌아보는 성찰의 자세가 필요하다. 윤석열이 자행한 12·3 반란은 해방과 정부수립 이후 축적된 한국 정치의 모순이 극대화된 것으로 풀이할 수 있다. 정치는 주권자인 국민을 섬기는 것이 아닌 베푼다는 후진적 행태가 지속되면서 권력욕을 충족시키려 헌법과 법률을 짓밟는 내란 수괴 대통령이 등장했다.

그는 반대세력을 종북, 반국가세력이라며 일거에 처단한다면서 군과 경찰을 동원, 분단 상황을 악용해 내란을 획책했다. 이 사태에서 국민의 생명과 재산을 지켜야 할 군과 경찰 수뇌부가 반란획책에 저항하기는커녕 가담, 또는 동조했다는 점은 박정희, 전두환 쿠데타의 악몽이 재연된 것을 의미한다. 남북이 전쟁 일보 직전의 갈등 상황을 고려할 때 군은 국방의무에 전념해야 하는 안보구조였다면 상상도 못할 짓을 저질렀다. 그 이유는 자명하다. 한국군이 안보의 주역이 아니고 미군의 하부구조에 불과한 상태라서 정치군인들이 속출했고 12·3 사태에도 내란 수괴로 변신한 대통령의 부당한 지시와 명령에 복종, 친위 쿠데타에 동원되는 참극이 발생했다.

이승만, 박정희, 전두환 독재정치는 국방자주권을 미국에 넘겨준 기형적 안보구조 속에서 자행된 특성을 지니고 있다. 그러다가 4·19 혁명과 1987년 시민혁명, 2017년 촛불혁명으로 민주주의의 수위가 상승했으나 대미 예속성 심화는 약화되지 않았다. 미국은 한국에서 진보정부 수립 이후 남북관계 개선, 교류협력에 대해 국방력 강화를 요구하면서 갖가지 방식으로 동맹구조를 다양하고 깊숙하게 심화시켰다. 한미동맹은 문재인 정부가 3차례의 남북정상회담에 합의했지만 트럼프가 북미관계 추진을 위해 올 스톱시키면서 그 역기능이 만천하에 공개되었다.

미국은 자국 이익을 위해 남북관계 개선을 통한 한국 국익을 100퍼센트 백지화했다. 한미동맹이 동등한 주권국가 간의 동맹이 아니라는 것이 만천하에 공포되었지만 문재인 정부는 그에 대해 입도 뻥긋하지 못했고 2018년 이후 한반도 정세가 악화되고 말았다. 문재인은 한미동맹의 실태에 대해 침묵했고 윤석열 정부는 한미일 군사협력이 북한 핵에 대한 유일한 해법이라며 올인하고 있다. 미군은 한국군 전작권을 장악하고 있는 상황이고 한미동맹에 의해 미 군사력의 한반도 배치를 권리로 누리면서 북한 핵과 관련해 대북 선제타격을 1990년대 이후 계속 검토할 때 한국 정부와 사전 협의치 않았다.

이런 미국의 대북 정책은 자국법에 의한 것으로 현재도 여전히 유지되고 있어 한국민은 미국 정부의 판단에 의해 한반도 전면전쟁의 피해를 당할 처지이다. 하지만 한국 정부는 국민에게 이런 사실을 한 번도 공지하지 않았고 미국에 공식적으로 그 문제점을 제기하지도 않았다. 한국민은 주권자로서 군사적 주권을 외세가 장악한 것으로 인한 전쟁 발생 가능성 등에 직면해 있지만 정치권은 그에 대해 사실관계조차 밝히지 않고 있다. 너무 심각한 일이다. 정치권이 외세의 한국에 대한 군사전략에 대해 국민에게 알리지 않는 것은 국민을 개돼지로 보고 있다는 비판을 자초한다.

한국의 민주주의는 대미 안보의존과 군사적 예속성 심화 속에 정상적인 발전의 경로를 밟지 못하고 있다. 안보상업주의, 안보문제의 정치화가 주요인의 하나가 되고 있기 때문이다. 시민사회가 피를 흘리는 희생 속에 거듭된 혁명 이후 집권은 혁명 주체가 아닌 기득권 정치세력이 담당하면서 진정한 민주주의 발전에 기여하지 못했다. 민주주의 발전에 민중이 생명을 던지며 기여했지만 그 과실은 구태의연한 기득권 세력이 따먹으면서 혁명적 개혁 조치 등은 취해지지 않았다. 그 결과 정치는 국민을 섬기고 나라의 빛나는 미래를 설계하려는 것과는 거리가 먼 구조로 악화되었다. 여의도 정치셈법이 기형화되고 강력한 지도자가 군림하는 통치 제도는 개선되지 않았다.

오늘날 한국 정치는 동물적인 권력욕, 개인적 신분 상승 욕구의 화신이 된 정상배들이 판을 치고 선거 유불리만을 따지면서 개혁과 새 질서 창조에는 눈을 감고 있다. 당 대표가 공천권을 휘두르면서 개개인이 헌법기관인 국회의원이 군대의 졸병처럼 전락한 모습으로 끌려다니고 있다. 당의 실권자가 당론으로 정하면서 국민의 정치 머슴이라는 사실은 까맣게 망각한 채 일사불란한 모습으로 천박한 집단행동을 일삼는다. 이는 정치 서비스를 통해 국민의 행복지수를 높여야 하는 국회의원의 책무를 철저히 외면한 행태라 하겠다.

집권 여당이 탄핵 반대를 당론으로 정한 건 국민에 대한 무한봉사라는 기본을 망각한 집단적 추태가 자행된 것도 그런 비정상의 하나일 뿐이다. 국회의원이 상습적으로 유권자를 배신하고 정치판이 어지러워지면서 선거는 국민의 정치적 축제라는 기본적 의미를 상실하고 있다. 선거 후 당선자는 전체 유권자를 아우르는 정치를 외면한 채 자기편만을 챙기는 진영논리, 내로남불, 확증편향의 아귀다툼을 벌이면서 여의도만의 정치 논리를 확대 재생산하는 작태에 열중할 뿐이다.

그 결과 21세기 인공지능 시대에 한류, K-팝이 세계의 박수갈채를 받으며 행복을 선사하고 있는 상황에서 한국 정치는 국가보안법, 정당법, 공직선거법 등 국민을 개돼지로 여기는 제도를 온존시키고 있다. 세계가 지탄하는 악법인 국보법을 신주단지 모시듯 한다. 그 결과는 참혹하다. 자살률 세계 최고, 출생률 세계 최저의 헬 조선이 모두를 괴롭히고 있다.

12·3 사태를 계기로 국민이 주권자가 되는 정치가 되어야 한다. 국민이 사상과 표현의 자유를 가지고 생존과 직결된 분단과 외세문제를 고민하고 해결하는 주체가 되도록 해야 한다. 2017년 전국의 촛불시위로 성

취된 박근혜 탄핵 이후 등장한 문재인 정권은 무능력, 무기력 속에 이렇다 할 개혁조치를 취하지 못한 채 순풍이 불던 남북관계도 악화시키면서 윤석열이라는 희대의 괴물에게 정권을 넘겨주었다. 그 결과 헌정사상 최초의 현직 대통령 내란 수괴 범죄가 저질러졌다. 이번 12·14 혁명 이후 다시는 촛불 혁명 주체들이 뒤로 밀리고 권력 욕구의 화신이 된 직업정치인이나 한국의 진정한 민주주의를 가로막는 악법, 후진적 제도 개혁이나 정상화에 아무 관심도 없는 자들이 집권하는 비극이 재연되어서는 안 된다. 동시에 이승만이 일제 잔재를 온존시킨 채 독재정치를 하면서 미국에 국방자주권을 넘겨준 뒤 70여 년간 이어져 온 심각한 내부모순과 외세종속성의 구각(舊殼)을 타파해서 진정한 국민주권, 외세로부터의 해방을 쟁취해야 한다.

2025년 1월

고승우